AF283111

Javier Castaño

La inspectora

(Suspense contable)

JAVIER CASTAÑO

La inspectora

(Suspense contable)

Universidad de León

Servicio de Publicaciones

LEÓN, 2025

Serie *Pecus*, 2

Castaño Gutiérrez, Francisco Javier

La inspectora : (suspense contable) / Javier Castaño. -- León : Universidad de León. Servicio de Publicaciones, 2025.

369 p. ; 22 cm. – (Creaciones literarias ; 5)

ISBN 979-13-87583-15-6

1. Contabilidad-Obras de divulgación. I. Universidad de León. Servicio de Publicaciones. II. Título. III. Serie

821.134.2-31"19"

657(035)

SERVICIO
DE PUBLICACIONES
UNIVERSIDAD DE LEÓN

© Universidad de León. Servicio de Publicaciones.
© Francisco Javier Castaño Gutiérrez

ISBN: 979-13-87583-15-6
Depósito legal: DL LE 374-2025
Colección Creaciones Literarias, 5. Serie *Pecus*, 2.

Diseño y maquetación digitales:
Juan Luis Hernansanz Rubio

Ilustración de portada:
Javier Castaño

Imprime: LOZANO Impresores
Impreso en España / *Printed in Spain*
León, 2025.

 UNIÓN DE EDITORIALES UNIVERSITARIAS ESPAÑOLAS   Esta editorial es miembro de UNE, lo que garantiza la difusión y comercialización de sus publicaciones a nivel nacional e internacional.

*A todos los que me han ayudado
y a los que lo han intentado*

Capítulo 1. Acciones

El sonido del hueso mientras se introducía en el rodillo se parecía al crujido de la madera seca cuando se rompe. La máquina, que al principio arrancó de forma óptima y con un eco cadencioso y musical, se paró en el momento en el que el cráneo fue aplastado. La sangre y el líquido cefalorraquídeo impregnaron algunas piezas del engranaje. Uno de los ejes rotores quedó dañado y será difícil repararlo. La mejor solución pasará por sustituirlo. Hasta ese momento, todos los huesos que iban rompiéndose producían un aterrador estruendo en la nave vacía donde se fabrica ropa de cama, almohadas y edredones. En el pasado, también se confeccionaba ropa industrial, camisetas y cortinas de escasa calidad.

La noticia de la muerte accidental de Miguel Ventura Soto se difundió en prensa, radio y televisión local y regional. En una ciudad pequeña, donde existe muy poca industria, este tipo de sucesos tienen un amplio eco y entre los que trabajan en la empresa, los que lo hacen en alguna auxiliar o los que tienen algún familiar o amigo relacionado, prácticamente toda la ciudad se entera de forma instantánea del incidente. A escala nacional, únicamente una cadena de televisión y dos o tres emisoras de radio comentaron el accidente del propietario de Ventura Creaciones debido a la imprudencia del propio fallecido que había puesto en marcha la máquina cuando estaba solo y le había atrapado por el brazo hasta que le aplastó la cabeza durante la Semana Santa. Más concretamente, el Sábado Santo.

La fábrica y la vivienda unifamiliar del fallecido fueron sitiadas por un enjambre de periodistas que revolotearon cerca de las entradas durante unos días hasta que el devenir de otros acontecimientos más recientes desplazó el foco informativo en esa incipiente primavera donde empezaba a calentar el sol ahogando el frío del invierno. La ciudad estaba consternada.

Miguel Ventura, don Miguel para sus empleados, era muy conocido y admirado en los círculos económicos, bancarios y laborales de la pequeña ciudad de provincias donde participaba en los actos sociales y culturales con aportaciones económicas que luego sabía recuperar mediante contratos muy lucrativos y, además, era asiduo al Café Imperial donde, casi todos los días hacía una parada para tomar su café solo con gotas de un aguardiente que destilaba el propietario del local para sus más insignes clientes. Los segundos martes de todos los meses, participaba, junto con otros ilustres convecinos, en una tertulia en la que se manoseaban todos los temas que se les ocurrían, desde religión, política, deportes, economía y hasta filosofía. Nunca faltaban temas para la amigable y combativa charla y, cuando sucedía, se tiraba de cotilleos, bulos o simplemente noticias falsas.

Miguel Ventura era la tercera generación que dirigía la propiedad de la fábrica. Su abuelo, Nicasio Ventura, la había creado después de haber trabajado en el mismo local con otro nombre y otro propietario que había ido a la quiebra en el siglo pasado. Don Nicasio compró todos los medios de producción por una cantidad irrisoria, puso su apellido en el nombre de la fábrica y rápidamente obtuvo pingües beneficios explotando a los trabajadores con sueldos de miseria y vendiendo a precios astronómicos sus productos al tener buenas relaciones con quien detentaba el poder en aquel momento. Este meteórico auge de los beneficios fue muy comentado en su época en los mentideros oficiales, llegando a insinuar que él mismo había provocado la quiebra de su antiguo empleador para así quedarse con el negocio.

El padre de don Miguel, don Jacinto Ventura, modernizó las instalaciones, mecanizó procesos, despidió a muchos empleados y, aunque pasó algunas penalidades con la irrupción de la fabricación en China, supo mantenerse a costa de ingentes esfuerzos que pedía a sus trabajadores y de rebajas en la calidad de las telas cuando sus competidores iban cerrando por falta de beneficios.

Don Miguel ejerció su derecho de primogenitura ante sus tres hermanas para, engañando a una y comprando a otras, quedarse con todas las acciones de Ventura Creaciones, S.A. Al medio centenar de empleados que trabajaban para él los consideraba, como la mayoría de los empleadores paternalistas, su familia. Familia a la que se pide sacrificios en épocas de crisis y de la que se olvida uno cuando hay que repartir beneficios. Familia sí, pero lejana y, en el mejor de los casos, política.

Mientras Ezequiel Mansilla, profesor de finanzas de la universidad, leía un artículo sobre la rentabilidad de los fondos de inversión sostenibles con una música clásica ambiental de fondo, Aurora Escribano, su compañera sentimental, escuchaba *jazz* a través de unos auriculares de tipo diadema. Ella movía la cabeza siguiendo un ritmo que no coincidía con las notas de Tchaikovsky y el desacoplamiento le distraía a él y no le deja concentrarse. La tranquila sobremesa del Domingo de Resurrección sabía a café con leche, té rojo y pastas de mantequilla, hasta que el estridente sonido del móvil de la inspectora de policía interrumpe a Duke Ellinton mientras interpreta "Mood Indigo" en los auriculares y la Obertura 1812 en los altavoces del equipo de música.

El profesor levantó una ceja mientas Aurora asentía, dejaba a Euterpe a un lado y abría la caja fuerte donde tenía la identificación y la pistola con su funda. Era la primera llamada oficial que recibía como inspectora así que Ezequiel le deseó suerte mientras besaba suavemente sus labios. Aunque no quería reconocerlo, Aurora estaba nerviosa, sentía que lo que le fuera a proponer el comisario Rubio sería una excelente oportunidad y gran responsabilidad para demostrar su valía. Podría ser su primer caso al frente de una investigación. No le había computado el caso de la estudiante universitaria Lucía García ya que, por entonces, solo era subinspectora y los méritos se los había llevado el inspector Fernández, aunque habían sido ella y Ezequiel quienes lo habían resuelto. Era injusto y una discriminación, pero así funcionaban los méritos en el cuerpo de policía. El único beneficio que había sacado de ese caso era la relación sentimental que tenía con el profesor Ezequiel con el que ya compartía cama, comida y piso.

Aurora Escribano había ascendido a inspectora después de pasar tres años como subinspectora y haber participado en múltiples investigaciones. Estaba considerada por sus camaradas policías como una trabajadora incansable, intuitiva e inteligente, aunque un poco borde en sus maneras. Sin embargo, era efectiva en sus decisiones. Desde hace años se viste y peina de la misma manera; coleta de media melena, sin maquillaje o como mucho con un leve toque en los labios, camiseta, vaqueros y cazadora que esconde el arma. No es una belleza, pero sus profundos ojos negros brillan como una noche sin luna y resaltan en una cara redonda y simétrica. Un incipiente mechón de canas sobre la sien derecha le dan un toque exótico a su aspecto que no representa los más de cuarenta años que tiene. Sonríe poco.

Al llegar a la comisaría el agente de la entrada saludó a su compañera a la que conocía desde hacía varios años y con la que había coincidido en alguna intervención. Se alegraba de que hubiera ascendido a inspectora ocupando la plaza del inspector Fernández que se trasladó a la Jefatura Central. Él era un trepa. Aurora es buena compañera y, de momento, no se le ha subido el ascenso a la cabeza.

El edificio, al ser un día señalado de fiesta, estaba prácticamente vacío con las estancias silenciosas y oscuras. Subió a la última planta donde se encontraba el despacho del comisario, Aurora llamó en el marco de la puerta abierta y, por indicación de este, se sentó en una de las sillas de confidente que estaban al otro lado del escritorio. El sol del atardecer impactaba de lleno en la cara de la inspectora lo que provocaba que no viera bien el rostro del comisario e impedía ver sus reacciones con claridad.

Esteban García Rubio se había hecho cargo de la comisaría el mismo año que Aurora tomó posesión del cargo de subinspectora, así que se conocían bien y, respetando la categoría profesional, no se llevaban mal. Al comisario todo el mundo le conocía por Rubio. Alto, con algo de sobrepeso debido a la vida sedentaria y las copiosas comidas que le obligaba el cargo, vestía siempre con corbata que podía ir variando a lo largo del día según exigiera el compromiso que tocase. Con formación universitaria, era culto, disponía de una amplia y profunda biblioteca en su casa que complementaba con frecuentes visitas a la biblioteca pública. Buen gestor de recursos humanos, no recibía apenas quejas de sus subordinados. Su buena memoria le permitía controlar y estar al día de los casos abiertos que se resolvían bajo sus órdenes, aunque, en esa pequeña ciudad de provincias, no es que la comisaría tuviera un número excesivo de asuntos pendientes. Tertuliano compañero del fallecido Miguel Ventura en el Café Imperial donde tenía frecuentes criterios dispares sobre todo lo relacionado con la gestión pública y privada. El comisario se esforzaba en convencer a sus contertulios de la necesaria e imprescindible intervención del gobierno en los mercados frente a la opinión liberal y anti intervencionista del empresario y la mayoría de los participantes. Al comisario no se le conocía pareja sentimental ni de otro tipo. Trabajador infatigable, disfrutaba de una amplia vida social acudiendo a todos los actos a los que era llamado o invitado.

— Siento estropearte el domingo de fiesta, pero esto no puede esperar.

Fue el saludo del comisario poniendo las dos manos sobre una carpeta marrón con el emblema del cuerpo de policía—.

La ilusión de un caso en el que ella fuera la que dirigiera la investigación mantenía en tensión a Aurora. Se sentía como el primer día de colegio, ansiosa por saber los detalles, conocer a sus compañeros que, en este caso, serían subordinados y ver cómo y en cuánto tiempo resolvía lo que le estaba proponiendo su comisario.

— Para eso estamos, ¿no? Va en el cargo.

El comisario esperó unos segundos en los que parecía que estaba reconsiderando la decisión y finalmente se decidió.

— Voy a confiarte este asunto que puede que no sea nada o que sea un gran caso con mucha repercusión. Estoy seguro de que estarás a la altura y si demuestras tus grandes dotes de investigadora como en el caso de la alumna universitaria, puedes recibir un gran reconocimiento.

— Muchas gracias, comisario.

La inspectora se vino arriba física y emocionalmente. Incluso estiró la espalda. Era su oportunidad.

— Déjate de formalidades y llámame Rubio como todo el mundo, aunque sé que algunos ya me llamáis Blanco por la cantidad de canas que tengo.

— ¿De verdad? —fingió la inspectora con su mejor sonrisa—.

— Te cuento. Supongo que estarás enterada del accidente laboral que se ha llevado por delante a Miguel Ventura, de Ventura Creaciones —Aurora asintió con la cabeza mientras arrugaba el entrecejo—.

15

Bueno, pues, dada la repercusión mediática que puede alcanzar el asunto y que hay fuerzas encontradas en las altas instancias, he ordenado una investigación exhaustiva sin escatimar medios y con toda la profundidad que se precise para poder dictaminar finalmente lo que parece que fue un desgraciado accidente y no otra cosa.

La ilusión que le había hecho a Aurora de tener su primer caso como inspectora se diluyó como un azucarillo en una taza de café caliente, al considerar que lo que le estaba encargando el comisario era un simple accidente laboral y que no iba a suponer un verdadero trabajo policial. Ya la extrañaba a ella que así, de buenas a primeras, nada más ascender, el Rubio le sirviera en bandeja un caso jugoso.

— Lo que no te puedo asignar, de momento, es un subinspector, por lo menos hasta que no se cubra la plaza que dejaste al ascender. Como parece que el caso no tiene mucha complicación ni te va a llevar mucho tiempo, estarás sola.

— Gracias Rubio —dijo Aurora con la boca pequeña, el tono apagado y pensando que antes había dicho que no iba escatimar esfuerzos. Adiós a los compañeros y a los subordinados—.

— Creo que desde la Delegación de Trabajo también lo están investigando, o lo deberían de investigar, o lo van a investigar. En realidad, es un asunto que les atañe a ellos directamente. Ponte en contacto con la persona encargada y con el forense para que determinen finalmente que fue un accidente y así nos cubrimos las espaldas y le damos carpetazo lo antes posible.

Acompañó las últimas palabras entregándole el dosier, que no abultaba mucho, con la documentación de la que se disponía hasta ese momento.

Con miedo a meter la pata y que le pareciera mal al comisario Aurora le preguntó si no sería mejor dejar actuar a los de la Inspección de Trabajo y al forense y si, finalmente, ellos concluyeran que no fue accidente empezar a intervenir.

— Eso sería lo lógico, pero los de arriba —dijo señalando al techo, lo que llevó a iniciar un contenido gesto de amago de sonrisa a Aurora al darse cuenta de que el despacho del comisario estaba en la última planta del edificio y lo que quedaba por encima de él era el cielo con sus nubes y los satélites dando vueltas en torno a la Tierra—, quieren que participemos en la investigación y si al final no es accidente, que, seguro que lo es, habremos avanzado y cerramos cuanto antes el asunto.

— Ya, pero si no es un accidente tiene que haber un culpable y no voy a señalar a presuntos autores sin saber que no es accidente. La investigación no se acelera por eso.

— También tienes razón y más teniendo que tratar con esta familia que tiene tentáculos conocidos en las altas instancias y acreedores de favores en los más insignes despachos. Así que no entres al trapo, tiento y mano izquierda —qué taurino se había vuelto el comisario, pensó Aurora—. Como esto es lo que quieren las fuerzas políticas y económicas de la ciudad, eso tendrán. Hazlo lo mejor que puedas y tenme permanentemente informado. De momento, discreción y cuidado con la familia del fiambre que es muy poderosa.

Aurora sentía que su comisario estaba echándola a los leones, sola y sin defensas. Más le valía que finalmente fuera un accidente y se cerrara todo pronto y que los periodistas no tocaran mucho la vihuela y la dejaran en paz.

Sentada en su mesa de la comisaría, Aurora leyó el expediente que le había entregado el comisario. Incluía poca información y algunas fotografías. Al parecer, el difunto Miguel Ventura Soto se había acercado a la empresa, Ventura Creaciones, a recoger unos documentos el sábado para trabajar con su contable, Luis Sánchez, en casa del empresario. Ante la tardanza de su jefe, Luis se acercó a la fábrica y se encontró al propietario enganchado dentro de una de las máquinas. Llamó a emergencias que solo pudo certificar la muerte de Miguel Ventura. Las fotografías no eran agradables de ver; planos largos de la situación de la máquina, planos cortos del cuerpo del fallecido y primeros planos de la anatomía afectada por los rodillos.

De camino a casa, se paró en una pastelería para comprar unas torrijas de postre para la cena con las que celebrar con Ezequiel su primer caso. Al abrir la puerta sonaba en el ambiente las últimas estrofas de la canción "La Saeta" interpretada por Serrat. No era su estilo de música preferido. A Ezequiel le gustaba todo tipo de música. ¡Qué falta de criterio!, pensó.

—Cariño, vamos a celebrar dos cosas —dijo la inspectora al traspasar el umbral de la puerta de casa—.

— Para todo lo que sea celebrar, me apunto.

Ezequiel se levantó para ver cómo quería celebrar Aurora y con qué. La notó un poco cariacontecida, con una carpeta bajo el brazo y una bandeja de la pastelería. La besó en el moflete mientras ella dejaba la liviana carga en la cocina.

— Vamos a festejar que el comisario me ha asignado el primer caso como inspectora, que no voy a tener ayuda y que me deja como Gary Cooper, sola ante el peligro y que quizás no sea ni un caso.

— Eso son más de dos cosas. Tendrías que haber traído más torrijas —comentó el profesor haciéndose el gracioso mientras desenvolvía los dulces—. Cuéntame.

— Es el caso del accidente de Creaciones Ventura.

— Ventura Creaciones —corrigió Ezequiel—. Pero, si fue un accidente según la prensa, ¿qué pintas tú ahí?

— Eso mismo he dicho yo. Pero parece ser que "los de arriba" —acompaño la frase con un movimiento de los dedos índice y corazón simulando las comillas—, quieren curarse en salud y demostrar a la familia que están muy preocupados y que hacen todo lo posible y destinan todos los recursos públicos para esclarecer las circunstancias de la muerte del patriarca del clan, Miguel Ventura.

— Bueno, no deja de ser un caso.

— Ya, pero este, si al final, como parece, es un accidente, no me contará como resuelto y mientras tanto no me asignarán otro.

— Míralo por el lado contrario· Si no fuera un accidente, es un caso que puede ser muy interesante, ¿no?

— Si no fuera un accidente, además de tener que enfrentarme a una familia muy poderosa y a los medios de comunicación, que normalmente son un coñazo, estaría sola. No me han asignado subinspector al no haberse cubierto, aún, la vacante que yo dejé al ascender.

— Esa vacante será muy difícil de cubrir, cariño. Dejaste un hueco muy grande.

— ¡Qué cielo eres!, por favor no cambies.

Ezequiel se quedó pensativo antes de continuar con la conversación.

— Pues fíjate que cuando he leído la noticia del accidente del dueño de Ventura Creaciones esta mañana en el periódico se me pasó por la cabeza que era muy raro que el jefe de una empresa como esa estuviera en el taller un día de fiesta, y menuda fiesta, nada menos que en plena Semana Santa, que pusiera él en marcha solo la máquina y que le atrapara hasta matarlo sin que el aparato parara. Pensaba que ahora este tipo de equipos tendrían un sensor o cédula que, en caso de que alguien metiera la mano, se parara para evitar accidentes. Imagínate que voy con mis alumnos a visitar la empresa y uno de ellos, por curiosidad, se acerca a esa máquina y le atrapa.

— Imagino que, en ese caso, los empleados no dejarán que nadie se acerque o tendrán la máquina parada sin funcionar.

Ezequiel hizo un gesto de asentimiento.

— Pero es que también es una forma de evitar accidentes. Seguro que el comité de riesgos laborales de la empresa habrá evaluado esa posibilidad y habrá planteado, imagino, alguna medida de prevención. De todas formas, es muy raro que el jefe fuera a mancharse las manos manipulando la máquina.

— Entonces, tú piensas que no fue un accidente.

— Sí, yo diría que hay muchas posibilidades de que no sea accidental y que el asesino sea el mayordomo.

— ¡Puf! Sigamos haciendo elucubraciones. Si no fue un accidente y fue un asesinato, ¿cómo, según tu imaginación, le mataron? Y que conste que no tengo ni idea de si los Ventura tienen o no mayordomo.

— Pudo ser un homicidio. Se tropezó o le empujaron sin darse cuenta y cayó sobre la máquina.

— Parece ser que estaba solo cuando le pilló la máquina. Y si solo se tropezó, sigue siendo un accidente.

— Le obligaron a meterse dentro de la máquina.

— ¡Que estaba solo! — le gritó Aurora—.

— ¿Cómo sabéis que estaba solo en el momento de la muerte?

La inspectora se quedó pensando y, al final, tuvo que reconocer que Ezequiel tenía razón. No sabía si, en el momento del fallecimiento, estaba solo. Tendría que leerse bien el expediente.

— Además, imagino que habría un guardia de seguridad en la nave o unas cámaras de vigilancia, digo yo.

— No lo sé, pero no tiene por qué.

— También pudieron matarle en otro sitio y luego llevarle a la fábrica y meterle, ya muerto, en la máquina.

— Esa duda nos la despejará el forense. Determinará si las lesiones que causaron la muerte coinciden con las provocadas por la máquina.

Se quedaron en silencio mientras terminaban las torrijas y cada uno iba dando vueltas a posibles situaciones que podían haber desembocado en la muerte de Miguel Ventura. Aurora no echó en saco roto los atinados comentarios de Ezequiel.

— ¿Quién encontró el cuerpo? —preguntó el profesor—.

— El contable, un tal...Luis Sánchez, ¿le conoces?

— Ni idea de quién es. Pero a falta de mayordomo, él es el asesino.

El gesto de resignación acompañado de un suspiro de Aurora lo decía todo.

— ¿Qué sabes de la empresa a nivel económico? —preguntó Aurora—.

— Ventura Creaciones, S.A. —empezó a explicar Ezequiel mientras abría un portátil para buscar datos en internet—, es una mediana empresa ...

— ¿Por qué mediana?

— Porque no llega a ser considerada grande hasta que no supera los doscientos cincuenta trabajadores y esta tendrá entre setenta y cien trabajadores y, según el último balance que tienen publicado en su página, el activo no pasaba de los seis o siete millones de euros y las grandes deben tener más de once millones de euros de activo y de ventas ronda los diez millones que ya es dinero para una fábrica localizada en esta ciudad. Así que se la considera mediana empresa, aunque seguro que la familia ya la considera una gran empresa sobre todo comparándola con las otras empresas localizadas aquí. Pues como te decía, además de ser mediana empresa está funcionando desde el siglo pasado, creo recordar que no hace mucho tiempo celebraron por todo lo alto el noventa aniversario. Además, ha tenido algún escándalo judicial ya que las hermanas de Miguel Ventura le demandaron por un tema del valor de las acciones. Recuerdo haber visto en alguna noticia de la prensa económica a las tres hermanas entrando en los juzgados. Puedo informarme más si quieres y hacerte un análisis de los datos económicos de la empresa y ver en qué quedaron las demandas de las hermanas.

— De momento déjalo hasta ver cómo se califica la muerte de Miguel Ventura.

El resto del domingo lo pasaron, una leyendo el expediente policial y el otro, artículos científicos de finanzas. Y la música seguía sonando de forma diferente para cada uno de ellos.

Mientras se iban recogiendo en sus casas para, después de unos días de descanso, poder empezar una nueva semana de actividades, la luz de las luminarias envolvía en la calle a los pocos ciudadanos que ese Domingo de Resurrección había pillado fuera de sus hogares.

Capítulo 2. Operación acordeón

El Lunes de Pascua, la ciudad se despertó con el cielo azul, cristalino, sin nubes que ocultaran al sol sin calor de la mañana. La temperatura al amanecer era fría, al mediodía, sería agradable y, por la noche, con toda probabilidad, refrescaría otra vez obligando a los paseantes a abrigarse. Sería una agradable sensación recibir durante el día los rayos del astro rey sobre la piel después del intenso frío del invierno. Aurora se enfundó en un abrigo cuando salió temprano de casa. Los pardales estaban nerviosos recogiendo palitos, trozos de tela y plumas para hacer los nidos. Empezaban a construir para una nueva vida.

A las nueve de la mañana se acercó al despacho de Pedro Carrera, inspector de la Delegación de Trabajo asignado al expediente de Ventura Creaciones. La sede de la Delegación está en pleno centro de la ciudad y aunque no era fácil aparcar por allí, Aurora tuvo suerte y pudo dejar el coche cerca de la plaza que contenía las funcionales oficinas a las que iba a acceder por primera vez. Nunca antes había estado allí. El edificio de mediados de los años sesenta del siglo pasado necesitaba una limpieza en su fachada, sobre todo en el alero donde se apreciaban los signos de los excrementos de las palomas que revoloteaban por las inmediaciones. En la entrada nadie se fijó en ella y tuvo que buscar a un bedel para preguntarle cuál era el despacho del inspector.

— ¿Pedro Carrera? —preguntó mientras llamaba y abría la puerta de un cubículo no muy grande en el pasillo oscuro de la cuarta planta atestado de carpetas, expedientes, herramientas, legajos y cachivaches de todo tipo. El orden desordenado hacía presencia en aquel despacho—.

— Sí. ¿Quién pregunta?

Contestó un sorprendido funcionario levantando la cabeza por encima de la pantalla del ordenador.

— Soy Aurora Escribano, la inspectora de policía a la que han asignado el caso de Creaciones Ventura.

— Ventura Creaciones, quiere decir.

— Eso.

— Pase. Aunque no sé muy bien qué pinta la policía en este expediente.

— Lo mismo pienso yo, pero si tiene alguna reclamación que hacer, puede ponerse en contacto con mi superior, el comisario Rubio. Si quiere le doy su número de teléfono.

— Yo no tengo ninguna reclamación, pero me parece absurdo gastar recursos públicos y perder el tiempo dos instituciones cuando estamos ante un accidente laboral. Ya de puestos que lo investigue también alguien de Obras Públicas.

Aurora se le quedó mirando fijamente y tomó conciencia de que el inspector de trabajo no le iba a caer muy bien, ni por su aspecto que parecía que se había acabado de levantar y no se había peinado, y por supuesto no se había afeitado, ni por su tono de voz áspero, avinagrado y excesivamente ronco, ni por el hecho de que estaba fumando dentro de un organismo oficial, ni por verter opiniones que nadie le había pedido. No, Pedro Carrera no iba a ser santo de su devoción.

— Lo sé, pero mis órdenes son claras. Acompañarle en sus indagaciones por si finalmente se dictamina que no fue un accidente.

La inspectora iba paseando la mirada por las estanterías metálicas de un gris perla deslucido de la estancia, fijándose en la montonera de expedientes que contenían, evitando mirar a la cara a su interlocutor. La ventana abierta para que saliera el humo del cigarro enfriaba la estancia, aunque se notaban la presencia de radiadores que intentaban caldear el ambiente. El derroche de energía era más que evidente. Ninguno de los dos hizo ademán de acercarse para saludarse o darse un apretón de manos.

— ¡Vaya tontería! Lo consideraré como que ahora tengo guardaespaldas.

— No se emocione. Yo no soy Kevin Costner y como su vida corra peligro yo no voy a ponerme delante para salvarle el pellejo.

La tensión entre los dos inspectores era palpable, uno porque no quería que le vigilaran y la otra porque no quería vigilarlo.

— ¿Puede hacerme un resumen de lo que ha averiguado hasta ahora?

— No.

La cara de sorpresa de Aurora se materializó en una abertura exagerada de los ojos y un alzamiento de las cejas. La respuesta le parecía de mal gusto y una falta de educación. Cuando iba a contestar a la negativa con un improperio, Pedro Carrera se explicó.

— No se ofusque, ni se sorprenda, ni le parezca mal. No puedo hacer un resumen de lo averiguado porque aún no he hecho ninguna prueba ni he obtenido ningún resultado. He estado de permiso toda la Semana Santa y me he incorporado hoy con el aviso de mi jefe de que tengo que atender y comunicar a la policía todo lo que se vaya desvelando de este accidente. Nadie me dijo que iba a venir a verme.

— ¿Y cuándo va a tener a bien redactar el informe que dictamine que lo ocurrido fue un accidente laboral?

La inspectora quería urgir al funcionario para que se diera prisa, cerrar el expediente y a ver si le caía un caso con más enjundia.

— Va para largo. Primero tengo que visitar el centro de trabajo de la empresa donde ha ocurrido el suceso, después tengo que revisar la máquina donde se produjo el accidente, comprobar su funcionamiento y sus medidas de seguridad. Después tengo que reunirme con el comité de riesgos laborales de la empresa para revisar las medidas que tenían establecidas para que este tipo de accidentes no se produjeran y alguna otra actuación que me parezca oportuna o que se desprenda de lo que vaya averiguando.

La primera intención de Aurora fue decirle que cuando hubiera terminado que la avisara, pero eso no era lo que le había dicho el comisario. Una orden es una orden y no se discute, salvo que sea absurda o ilegal.

— Vale, ¿cuándo empezamos y por dónde?

La cara de resignación de Pedro era todo un poema. Al final tendría que ceder y cargar con el lastre de la policía tocapelotas. Con lo bien que trabajaba él solo.

— Hoy no puede ser. Tengo que terminar lo que dejé pendiente antes de irme de permiso y en breve es la hora del café, así que mañana, si le parece bien, podemos acercarnos a la empresa.

— ¿A qué hora?

— A las ocho u ocho y media en la puerta de Ventura Creaciones, S.A., ¿le va bien?

— Perfecto, nos vemos allí mañana a las ocho y media de la mañana.

El respeto en el tratamiento había sido intencionado entre los dos inspectores y reflejaba una lucha por la jerarquía que ninguno de los dos quería perder.

Mientras salía del edificio, Aurora iba pensando en la mala suerte que había tenido al tener que tratar con el típico funcionario de los chistes. Se acordó del último que le habían contado en el que un señor entra en una panadería y pide dos funcionarios. El panadero le mira y le dice que no se llaman funcionarios, que se llaman *baguettes*. Una leve sonrisa se dibujó en su cara. Ella no se consideraba funcionaria, aunque lo era.

Para aprovechar la mañana, decidió ir hasta la casa de Miguel Ventura, presentarse a la familia y conocer a sus integrantes. Le pareció buena idea tener una primera toma de contacto personal, preguntarles por su impresión del accidente e ir recabando información y adelantando trabajo para incorporarla al expediente policial.

Antes de arrancar el coche, llamó a la comisaría para saber cómo estaban los trámites de la autopsia y la entrega del cuerpo a sus allegados. Le comunicaron que el forense tendría un informe por la tarde, al menos uno provisional y que lo antes posible avisarían a la familia para que se hicieran cargo del cuerpo. Ante estos datos la inspectora dudó si acercarse o no a ver a los parientes cercanos de Miguel, seguramente le pedirían que agilizara la entrega del cuerpo. Siempre lo hacían. A pesar de ello y como no tenía otra cosa que hacer, puso rumbo a la casa de los Ventura-Altozano.

La residencia del fallecido se encontraba en una urbanización de lujo en el alfoz de la ciudad. La entrada estaba custodiada por un guarda de seguridad que tomaba nota de los vehículos que accedían al recinto. La placa de Aurora le franqueó la valla bicolor que cruzaba la carretera. En las inmediaciones del domicilio de los Ventura-Altozano apreció la inspectora la presencia de la prensa local al ver un coche rotulado con el nombre de uno de los diarios provinciales. Seguramente estaban haciendo alguna entrevista en la zona. La finca, de más de dos mil metros cuadrados tenía por perímetro una malla de más de dos metros de alto que se situaba delante de un seto de cipreses perfectamente recortado de forma recta, lisa e igualada en su parte superior que formaba una masa compacta de más de cincuenta centímetros de grosor que no dejaba ver el interior de la misma, pero expedía una agradable fragancia a trementina que le era muy agradable al olfato de Aurora. La puerta de acceso de vehículos y la de peatones tenían formas geométricas y también impedían el ojeo interior. Aurora llamó al telefonillo justo en el mismo instante en que detectó que una cámara la estaba enfocando. Una voz metálica preguntó quién era y a quién quería ver.

— Soy Aurora Escribano, inspectora de policía — dijo mostrando la identificación al objetivo de la cámara—, y quiero ver a toda la familia.

Hicieron que esperara más de cinco eternos minutos mientras la inspectora observaba los dibujos que componían el paño de la puerta y la empresa que la había fabricado. Buena publicidad. Cuando iba a volver a pulsar de nuevo el timbre, un clic le avisó de que podía empujarla para acceder al interior de la finca.

El jardín presentaba un aspecto primoroso con un color verde primavera que denotaba un cuidado escrupuloso y con buen gusto. En determinadas zonas, no elegidas al azar, había parterres de flores recién plantadas de intensos colores o pequeños arbustos de plantas aromáticas que complementaban a la perfección la sensación visual con la olfativa. El sendero que llevaba hasta la puerta de la vivienda había sido adoquinado con grandes bloques de piedra entre las que crecía un césped que daba continuidad al jardín. Otro camino, esta vez de zahorra, unía la entrada de carruajes con el garaje adosado a la casa.

Antes de llegar a la puerta principal, como si la hubieran estado vigilando, se abrió y una mujer con rasgos orientales y uniforme de trabajo en las tareas domésticas, apareció en el umbral. Saludando con una inclinación de cabeza a la que la inspectora respondió con un "buenas", la mucama le señaló con el brazo izquierdo la dirección que tenía que tomar.

La estancia indicada estaba vacía de personas y los escasos muebles de excelente calidad animaban a tener una agradable conversación. La decoración consistía en una librería con pocos ejemplares que formaban colecciones bellamente encuadernadas, escogidas figuras decorativas y fotos enmarcadas de la familia. Se completaba la decoración con dos grandes y cómodos sofás enfrentados y separados por una mesa baja de tipo especiero, todo ello subido en una alfombra de colores suaves y textura cálida. Una chimenea con repisa decorada con dos candelabros de una rica madera presidía el centro de la pared del salón y daba un aspecto acogedor a la estancia. Las ventanas miraban a una zona del jardín que no se veía desde la entrada y que recogía un macizo de flores silvestres aleatoriamente ordenadas y protegidas por un seto de *photinias*.

Hasta la semana pasada los habitantes a los que pensaba encontrar Aurora en la casa, con la excepción de los empleados contratados para llevar a cabo las tareas domésticas y manuales de atención a la familia, de mantenimiento de la flota de vehículos y del jardín, eran, según se había informado la tarde anterior, el propietario, cabeza de familia y recientemente fallecido Miguel Ventura Soto, su esposa, a la que Aurora suponía afligida y afectada por el accidente, Virginia Altozano Prieto, dedicada a las obras pías, cofradías y experta en decoración de interiores lujosos. El matrimonio Ventura-Altozano había sido bendecido por Dios con cuatro hijos; Miguelito, que por expreso deseo de su padre y con la oposición de su madre continuaba la saga familiar de los Ventura con el mismo nombre que su engendrador. En cambio, Miguelito había estudiado Medicina por su propio deseo, con la bendición de su madre y la oposición de su padre que hubiera preferido una titulación en la rama de las ciencias económicas que le facilitara el poder dedicarse en su día a seguir dirigiendo la empresa. La segunda hija del matrimonio, Elena, había iniciado estudios de ingeniería industrial que había abandonado para casarse y seguir la estela de su madre en cuanto a sus actividades extramatrimoniales. Marta, la tercera hija había completado un módulo de Formación Profesional de decoración después de haber peleado para no entrar en la universidad que era lo que sus padres esperaban de ella. A pesar de las primeras reticencias, esta hija trabajaba con su padre sin sueldo fijo, con todos los gastos pagados, derrochando a manos llenas y dedicándose a la publicidad y las relaciones públicas de Ventura Creaciones, S.A.

El último y menor de los hijos Ventura-Altozano era Jacinto, como su abuelo, cuya única dedicación y afán conocido era la drogadicción y el dar dolores de cabeza a su madre y enormes disgustos a su padre. No había terminado el bachillerato y frecuentaba los clubs nocturnos, las fiestas alocadas e intervenía en la mayoría de las trifulcas y peleas de la ciudad. Era el miembro de la familia más conocido por la policía.

— Buenos días. ¿Qué desea?

La llegada de Virginia, la señora de la casa en la más extensa acepción de su término, pilló a Aurora fisgando en las fotografías enmarcadas de la estantería. Se dio la vuelta.

— Buenas. Quería hablar con la familia de Miguel Ventura.

— ¿Con qué persona de la familia de don Miguel quería hablar?

A la inspectora le sorprendió que Virginia le diera el tratamiento de don a su marido, pero tampoco le extrañó tanto a la vista de su aspecto, ya que lucía un elegante vestido negro compuesto por una blusa con un lazo vaporoso como prolongación del cuello atado con un nudo simple, una falda, también negra, de buena tela apreció la inspectora, que le cubría las rodillas, medias y zapatos de medio tacón discreto, todo en negro. Hasta el peinado de peluquería, pensó Aurora, hacía juego, así como el suave maquillaje en tonos grises. Sin joyas que llamaran la atención a excepción de un pequeño reloj Cartier en la muñeca derecha. ¡Qué elegancia! La mujer parecía tan cursi, atildada y por encima del resto de los mortales que entre el matrimonio seguro que se trataban de usted para no perder la compostura. No sería la primera vez que lo veía entre los miembros de la clase pudiente.

—Quería hablar con toda la familia, si es posible.

—¿Para qué?, si puede saberse.

La postura firme, con las piernas juntas y la cabeza ligeramente elevada de Virginia daba la sensación de una entrevista militar, parca en palabras y escueta en los gestos.

—En primer lugar, para presentarme a todos y después para comentar que, aunque de momento el fallecimiento de... don Miguel —remarcó la inspectora— se está tratando como lo que parece que podría ser un accidente, la policía va a estar presente en todas las actuaciones que se lleven a cabo por parte de la Inspección de Trabajo por si, finalmente, no hubiera ocurrido así el fallecimiento de su esposo.

—¿Y para eso necesita hablar con toda la familia?

—Para eso y para, como le he dicho, presentarme y para irnos conociendo.

La inspectora no se encontraba a gusto. Notaba cierta inquietud y aprensión al hablar con la viuda y tenía la sensación de hallarse en inferioridad de con-

diciones. Las advertencias sobre la influencia que podía ejercer la familia que le había contado el comisario estaban haciendo efecto.

— No es necesario. Yo misma transmitiré a mis hijos y allegados las circunstancias que usted ha mencionado. Y como supongo que el fallecimiento de mi
marido será declarado accidente en un breve plazo
de tiempo, no es necesario que vuelva usted por
aquí. Buenos días.

— Ruego me disculpe, señora —interrumpió Aurora la retirada de la viuda—. ¿Podría usted contarme
cómo sucedió el accidente de su marido?

A Virginia se la notaba que estaba molesta con la
nueva interrupción y por tener que seguir conver-
sando con la policía, pero por respeto y educación,
contestó.

— No sé cómo sucedió porque yo no estaba allí.

— Cuénteme lo que usted sepa.

— Está bien. El sábado sobre las doce de la mañana vino a casa Luis …

— Perdone, ¿quién es Luis? —preguntó la inspectora, aunque lo sabía perfectamente, pero, de ese
modo, quería distraer a la viuda—.

— Luis Sánchez es el jefe de contabilidad de la
empresa de mi marido. Creí que lo sabía.

— No, no lo sabía. Gracias —mintió—.

— Como le decía, el sábado vino Luis a tratar con
mi marido el cierre del balance de la empresa del
año anterior. Se metieron los dos en el despacho de
don Miguel —otra vez tratando a su marido de usted
notó Aurora—. Estarían como una hora, más o menos. A la una, mi marido salió hacia la empresa. Luis
se quedó aquí en casa esperando a que don Miguel

trajera la documentación necesaria que se le había olvidado. Después de esperar más de tres horas y al ver que mi marido no regresaba, Luis —este no tiene derecho al tratamiento de don, pensó la inspectora, total es un empleado. Clasista—, me dijo que le extrañaba la tardanza, así que decidió que iba a buscarle a la empresa por si le había pasado algo. Al cabo de, aproximadamente, media hora o cuarenta y cinco minutos, me llamó diciéndome que don Miguel había tenido un accidente y que estaba esperando una ambulancia. Poco después llegó a casa para decirme que había fallecido. Que estaba en la morgue del hospital. Eso es todo lo que sé de la muerte de mi marido. Ahora solo espero que terminen pronto la autopsia y podamos velarle y darle cristiana sepultura.

— ¿No les extrañó que su marido tardara tanto?

— Sí, pero mi marido era así. Hacía lo que consideraba mejor.

— ¿Por qué no fueron los dos hasta la empresa a por los documentos?

— No tengo ni idea. Tendría que preguntárselo a mi marido, lo que veo muy difícil o a Luis.

— ¿Qué comió Luis, el jefe de contabilidad?

— ¿Cómo dice?

— Sí. Si don Miguel, según dice usted, salió para la empresa a la una y Luis no fue hasta las cuatro, supongo que ustedes dos comerían aquí los dos juntos.

— Pues no. No comimos nada. Estábamos esperando a mi marido y Luis había manifestado su deseo de ir a comer a su casa. Aunque no tenía prisa. Pero si le interesa y resulta fundamental para la investigación, Luis bebió dos cervezas y comió algunas aceitunas.

— No piense usted mal, es por dejar atados todos los cabos. Me gusta ser concienzuda. ¿El personal de servicio estaba en casa?

— No. Tenemos la tradición de dar permiso a los empleados desde el Jueves Santo por la tarde hasta el Domingo de Resurrección para que puedan asistir a los oficios religiosos que estimen. Bien, con esto hemos terminado.

Si a Aurora le sorprendió la llegada de Virginia, ahora no podía creer que la hubiera despachado sin posibilidad de réplica ni de comentario alguno a mayores. Antes de poder reaccionar ya estaba la empleada asiática indicándole la puerta de salida. Eso era eficacia y lo demás tonterías, pensó.

Al subir al coche, la inspectora abrió, en la tableta que le había comprado Ezequiel cuando ascendió, un nuevo fichero con el nombre de "Ventura" y anotó, el día, la hora y las siguientes frases:

"Virginia, gran señora borde como una esquina. Piensa o desea que se declare accidente. El personal empleado ausente.

¿Por qué el contable tardó tanto en ir a buscar a su jefe?

¿Por qué no hicieron la reunión en la empresa? Allí es donde se supone que están todos los datos para cerrar el ejercicio."

Aurora llamó al teléfono fijo del despacho de Ezequiel en la universidad, sabía que por la mañana no tenía clase. El profesor no tiene teléfono móvil, lo que cabrea mucho a la inspectora.

—Hola, cari.

—¡Qué alegría, no esperaba tu llamada!

—¿Qué haces?

—Estoy preparando una tarea a los alumnos del Grado en Finanzas para que no se acostumbren a dejar de estudiar e intentar ilusoriamente que lleven al día la asignatura o, por lo menos, que estudien un poco antes de las evaluaciones de junio.

—No seas malo y pónselo fácil.

—Ya sabes que soy un santo. Solo me falta el halo.

—¿Podrías informarte de quiénes son los propietarios de Ventura Creaciones?

—Claro. Todo lo que haya en el Registro Mercantil es público y, aunque yo no tengo acceso, se lo pido a un colega del área de Derecho Mercantil.

—¿Para cuándo lo puedes tener?

—Si lo localizo ahora por la mañana, esta noche te cuento algo.

—Perfecto. ¿Vienes a comer a casa?

—No, tengo clase a primera hora de la tarde, así que me quedo a comer en la cafetería del campus. ¿Te apetece acercarte por aquí y comemos juntos?

—No. Tengo que ir a primera hora al Instituto Anatómico Forense para ver qué dice la autopsia de Miguel Ventura.

—Vale, pues nos vemos esta noche en casa.

—Un beso.

—Otro para ti.

Al terminar de hablar Ezequiel con Aurora y nada más colgar el teléfono, un alumno le pidió permiso para entrar al despacho preguntando si podía resolverle algunas dudas que le habían quedado de la clase anterior a la Semana Santa.

El profesor le mandó pasar y sentarse frente a su mesa. Sin dar tiempo a más, el alumno desplegó unos folios escritos con letra ilegible y números imposibles de entender desde la posición que ocupaba Ezequiel.

Las dudas del alumno se centraban en el cálculo de la rentabilidad de las letras del Tesoro y en el funcionamiento de las subastas que se realizan para adjudicar las emisiones de la Deuda Pública. Por las preguntas planteadas, Ezequiel supuso que la semana anterior a la Semana Santa ese alumno no había asistido a clase porque había explicado varias veces la fórmula, habían realizado su demostración teórica y había planteado y resuelto un montón de ejercicios prácticos hasta que todos los asistentes, según pudo comprobar personalmente el profesor, lo habían entendido. Otra cosa era que esos que lo habían entendido lo hubieran sabido explicar al estudiante que ahora tenía enfrente de su mesa.

Se armó de paciencia y asumiendo que las tutorías con los alumnos eran parte de su tarea docente, Ezequiel empezó a repetir alguno de los argumentos teóricos y a repasar los ejercicios prácticos hasta que constató que el alumno lo había entendido.

Sin agradecer las molestias, el alumno recogió sus papeles desperdigados, los metió en su mochila y con una breve despedida, abandonó el despacho.

Ezequiel llamó al Departamento de Derecho Privado para que le facilitaran el acceso a la base de datos del Registro Mercantil Central y así poder obtener información de Ventura Creaciones.

Paradójicamente el Instituto Anatómico Forense se encuentra en un edificio anejo a un centro de salud y no muy lejos del tanatorio local, aunque, esto último, si se piensa bien, es muy práctico al poder pasar los cadáveres de un edificio donde los examinan y establecen las causas de la muerte a otro donde se les vela, se les acompaña en su último viaje y se consuela a los familiares.

No eran las cuatro de la tarde cuando el sol calentaba levemente y Aurora hacía su entrada, con el abrigo en la mano, para conocer las causas del fallecimiento de Miguel Ventura. Intuía que iba a ser una visita rápida, aunque tampoco le importaba hablar con los forenses ni estar en el mismo sitio que los muertos. A algunos de sus compañeros del cuerpo les causaba aprensión estar cerca de cadáveres. Aurora tenía claro que, una vez muerto, lo que queda era un trozo de carne, grasa, huesos y fluidos que no pueden ser considerados como una persona. Ella había donado sus órganos por si le servían a alguien vivo cuando falleciera. Lo consideraba solidaridad entre humanos.

A la entrada del edificio ya se notaba un considerable descenso de la temperatura respecto de la que hacía en la calle, lo que le provocó un ligero escalofrío, más que por la temperatura por el ambiente frío y aséptico del lugar. El olor tampoco ayudaba a mejorar las impresiones sensoriales. Quien lo había diseñado no se había roto la cabeza. Dibujó un cubo con ventanas pequeñas, todo de hormigón visto y con el nombre en letras doradas como única decoración.

El funcionario de la entrada la conocía así que no pidió su acreditación y a la pregunta de quién se había hecho cargo de la autopsia de Miguel Ventura, le contestó, para alegría de Aurora, que el doctor Casasola. Con paso rápido se dirigió al despacho de Javier. Se conocían desde el primer caso de Aurora, un atropello con fuga, hacía ya bastantes años. Incluso mantenían una buena relación a pesar de que, ya hacía algún tiempo, habían tenido un par o tres de encuentros íntimos que no habían tenido éxito ni continuidad, porque lo que funcionaba bien en la cama, no funcionaba en la relación social y personal, aunque habían quedado como buenos amigos.

Aurora llamó a la puerta de la consulta de Javier y, para su sorpresa, le pilló escribiendo al ordenador. El forense levantó la vista para atender a la recién llegada.

— Buenas tardes, Javier.

— ¡Qué alegría, Aury! —a la inspectora no le gustaba el diminutivo. No le gustaba ningún diminutivo de los nombres propios, pero estaba resignada a soportarlos—.

— Creo que tienes algo para mí.

Javier se levantó de su asiento para, arreglándose la bata blanca y mesándose suavemente el pelo, dar dos besos a Aurora que le correspondió sin llegar a tocarle la cara.

Javier era más alto que ella, con buena figura moldeada en el gimnasio y en los restaurantes donde disfrutaba "del buen comercio y del mejor bebercio" como le gustaba bromear. Con abundante pelo y la cara perfectamente rasurada y un suave olor a colonia cara, ofrecía una imagen de dandi que atraía a las mujeres. Hay que reconocer que es guapo, pensó Aurora.

— Estás igual que siempre. Te veo muy bien.

— Tú sí que estás bien, cabrón. Ni una cana, ni una arruga. Tienes algún pacto con el diablo como Dorian Grey.

— ¿Quién, el de las cincuenta sombras?

— No, hombre, el del retrato que envejece mientras su propietario sigue joven. Es una novela de Óscar Wilde.

— ¡Ah, sí! Ya sé. Algo así. Bueno, ¿qué haces por aquí?, no vendrás solo a visitarme ¿verdad?

— No, vengo por la autopsia de Miguel Ventura. Según me han dicho, la llevas tú.

— Te han dicho bien.

— Si estableces como causa el accidente laboral me quitas un marrón de encima y mucho trabajo —dijo la inspectora haciendo una ligera mueca de sonrisa—.

— Pues, si te soy sincero, aunque todavía me faltan algunos análisis, creo que te voy a fastidiar. Voy a establecer la defunción por asesinato o sin determinar. Desde luego lo que no voy a firmar es que fue accidente.

La sorpresa de Aurora era mayúscula. No se esperaba que el forense fuera a determinar otra cosa diferente a accidente y este cambio daba vuelta a todo lo que había imaginado y pensado. Tenía que ponerse rápidamente a idear cómo planear la investigación antes de que le pillara el toro.

— ¡No me jodas!

— Si quieres, por los viejos tiempos, ahora mismo.

— Déjalo. Cuéntame lo de la autopsia porque todo el mundo está en la creencia de que fue un accidente.

— Lo sé. He recibido presiones y por eso he pedido más pruebas y análisis para poder confirmar mi primera opinión.

Javier podría ser lo que fuera en la esfera personal, pero era un excelente profesional, meticuloso, concienzudo y que no se dejaba influenciar por nadie. Esa actitud le había frenado su ascenso a una muy merecida jefatura del Instituto. No le hacía la pelota a ningún jefe ni a ningún político lo que le había costado algún disgusto. Se le consideraba un verso suelto entre su gremio. En el aspecto forense, Aurora confiaba plenamente en él.

— ¿Qué te hace pensar que fue un asesinato?

— Las pruebas que he practicado hasta ahora y varios indicios. Primero, en la máquina apenas había sangre, mejor dicho, sangre sí que había, lo que no había eran salpicaduras. Es decir, el corazón no bombeaba cuando el cuerpo empezó a destrozarse en la máquina. Segundo, presenta un tremendo golpe en la parte posterior del cráneo que a algún forense novato podría habérsele colado como un daño más que hubieran podido producir los rodillos pero que no cuadra con la forma en que entró el cuerpo en la máquina y, tercero, la hora de la muerte no la tengo muy clara.

— ¿En qué rango de horas estás?

— Yo me decantaría entre la una de la tarde y las dos, no como parece que quieren hacer creer que ocurrió entre las dos y las cinco. Mi impresión preliminar estaría más cerca de la una que de las dos.

— ¿En qué te basas para establecer esa hora de la muerte?

— En los fenómenos cadavéricos, el enfriamiento, la deshidratación, la rigidez, … Ten en cuenta que un cadáver pierde temperatura hasta igualarla con la del ambiente en que se encuentra. Entre las tres y las cuatro primeras horas desciende aproximadamente medio grado por hora y si la temperatura normal del cuerpo humano es de treinta y siete grados, cuando me llamaron y acudí a la empresa, la temperatura del fiambre era de treinta y cuatro grados y medio y eran las seis de la tarde. Eso supone que ha descendido dos grados y medio, esto es cinco horas y la muerte sería en torno a la una de la tarde. Pero esto no es una ciencia exacta, depende de las condiciones de temperatura que tuviera el hombre antes del fallecimiento. También es verdad que algunas personas tienen la temperatura más baja por alcohol, drogas, diabetes o algún hipotiroidismo. Por eso he pedido el expediente médico de Miguel Ventura a la inspección médica y voy a realizar más análisis.

— Bueno. No quiero pensar cómo se pondrá la familia si se retrasa aún más la entrega del cadáver.

— No, a la familia ya se la ha avisado para que se hagan cargo del cuerpo. A mí, con las muestras que he tomado, me vale para terminar los análisis.

Aurora pensó que, por lo menos, Virginia podría dar cristiana sepultura como le había dicho, en breve. Le causaba un cierto desagrado saber que tendría que volver a visitarla. El encuentro anterior no había sido muy amigable precisamente.

— Y, ¿cuándo tendrás conclusiones definitivas?

— Como no depende de mí, supongo que en un par de días. Si por mí fuera, esta misma tarde, pero no puedo hacer más.

— Vale, vale.

Aurora se quedó pensativa mirando sin ver el impoluto suelo de la consulta. Mirando al forense, le comentó:

— Te rogaría que, hasta que no tengas el dictamen definitivo no difundas esta primera impresión. No quiero que se convierta este caso en un espectáculo y que se llene esto de periodistas carroñeros ávidos de exclusivas.

— No te preocupes. No diré nada, pero vete haciéndote a la idea de que este va a ser un caso mediático. De cualquier manera, supongo que le tocará lidiar con la prensa al inspector Fernández, ¿no?

— Pues no. El inspector Fernández, que me dejó tirada en el caso anterior, ya no se encuentra entre nosotros.

— ¡No me digas que ha fallecido!

— Pues tampoco. Ha pasado a mejor destino.

— Esa expresión también podría interpretarse en el mismo sentido.

— En realidad, está en la Jefatura Central.

— Y ¿quién ha ocupado su puesto?

— La menda.

— ¡Enhorabuena! No sabía nada. ¿Desde cuándo has ascendido a inspectora?

— La semana pasada.

— Pues eso hay que celebrarlo —dijo Javier ladeando la cabeza y poniendo ojos pícaros—.

— Sí, pero no como estás pensando. Con un café y unas pastas vas que pedaleas.

— No seas estrecha, ¡con lo que nosotros hemos disfrutado juntos!

—El ayer nunca vuelve y yo ya he sentado la cabeza. Estoy viviendo con alguien.

—Vaya, ¿quién es el afortunado?, ¿lo conozco?

— No. Es un profesor de economía de la Universidad.

— Vale. Te tomo la palabra, me debes un café bueno y unas pastas ricas.

— Eso está hecho. Avísame cuando tengas el informe definitivo y antes de que se haga público.

— Cuenta con ello.

Con otros dos besos se despidieron quedándose uno trabajando y la otra preocupada por la repercusión de lo que ahora sabía.

En el documento abierto en la tableta para este caso anotó:

"Giro de guion. No es accidente, es asesinato

Hora del fallecimiento: sobre la una. Nada más llegar a la empresa

¿Qué pasó entre la hora que marchó de casa y la hora que le encontró el contable?"

Aurora se acercó a la comisaría y trasladó al informe policial las declaraciones de Virginia Altozano, pero no puso nada de lo que le dijo Javier Casasola sobre la autopsia. Como no tenía ganas de hablar con el comisario, apagó el ordenador y decidió volverse a casa. Se acercó al supermercado y compró todo lo necesario para preparar una ensalada contundente para cenar con Ezequiel.

El día había resultado interesante y sorprendente.

Mientras cenaban Ezequiel y Aurora, esta le preguntó al profesor si había conseguido algo de la empresa en el Registro Mercantil.

— He podido hacer una consulta rápida que ha dado escasa información, aunque interesante. La información completa la tendré en unos días.

— Y, ¿piensas compartir conmigo esa información, aunque escasa e interesante?

— Claro. Estaba esperando que me lo pidieras de forma cariñosa.

Aurora le besó apasionadamente, aunque durante un tiempo que le pareció corto, según la apreciación de Ezequiel que hubiera preferido pasar a mayores muestras de intimidad. Al terminar recogió la cartera de la que sacó unos folios con los que le explicó a la inspectora lo que había conseguido.

— Bueno, veamos. La empresa la constituyó Nicasio Ventura en los inicios del siglo pasado junto con Abel González que, según los datos del Registro tenía de profesión maquinista, es decir, él era el técnico de la maquinaria. El otro socio era Jacinto Ortega que tenía de profesión viajante. Los tres fundaron Ventura Creaciones, sociedad limitada. Parece ser que Nicasio llevaba la dirección y las finanzas del negocio. No hay muchas anotaciones en el Registro hasta los años ochenta en que Nicasio compra las participaciones de los otros dos socios a través de su mujer Rosario Estrada con lo que el matrimonio se queda con el cien por cien de la empresa.

"Al morir Nicasio, la mayoría de las participaciones de la sociedad limitada que eran todas excepto una que tenía su mujer Rosario pasan a sus cinco hijos.

A saber: Abel, Jacinto, Remedios, Gabriel y Cecilia. Al parecer Abel falleció sin descendencia ni testamento por lo que sus participaciones pasaron a nombre de su madre.

— Resulta curioso que a los dos primeros hijos de Nicasio y Rosario les bautizaran con los nombres sus dos socios —apuntó Aurora—.

— Supongo que en esa época se llevaban muy bien y era habitual poner como padrinos de tus hijos a los amigos más cercanos y aprovechar para ponerles el mismo nombre. Sobre todo, si no te llevabas bien con la familia.

— Un momento, —le cortó Aurora—, ¿cómo que la madre antes solo tenía una acción?

— No, no son acciones. En aquel momento era una sociedad limitada y la denominación que se utiliza para nombrar la parte alícuota del capital de una sociedad limitada, es participación. Las acciones son lo mismo, pero de una sociedad anónima. Solo tenía una porque su marido, Nicasio, había ido poniendo las participaciones de su mujer a su nombre.

Aurora le preguntó a Ezequiel si se sabía por qué los dos socios iniciales habían vendido las participaciones a Nicasio y a su mujer. Ezequiel tuvo que reconocer que no lo sabía, que no había encontrado nada sobre esas ventas, pero que podía deberse a desavenencias entre socios o a que los otros necesitaban dinero o simplemente se quisieran jubilar y dejar de trabajar. En el Registro Mercantil solo figuraba que el valor que se había dado a las participaciones coincidía con el valor de libros, es decir, lo que figuraba como valor de las participaciones en el balance de la empresa teniendo en cuenta los resultados acumulados.

— ¿De qué murió Nicasio?

— Eso no lo sé. Eso no figura en el Registro Mercantil.

— Vale, continúa, cari —le animó Aurora mientras terminaba de cenar—.

— No hay más movimientos societarios hasta que fallece Rosario y los cuatro hijos supervivientes se reparten, a partes iguales, todas las participaciones y todos tienen una cuarta parte de la empresa. El único que tiene poderes y que ejerce la dirección es Jacinto, el padre del fallecido Miguel.

"A partir de ese momento empiezan a producirse varios movimientos de compra y venta del capital, pero siempre en el mismo sentido. Jacinto empieza a acumular las participaciones hasta el punto de que deja fuera de la empresa a su hermana Cecilia y alcanza el cincuenta por ciento del capital. Es un mal momento para Ventura Creaciones, S.L., con la irrupción de las fábricas chinas en el mercado textil español, lo que provoca el endeudamiento de la empresa, se registran varios préstamos hipotecarios, algunos préstamos de Jacinto a la empresa y, seguramente, eso provocó algunas tensiones ya que en una junta general de socios se aprobó una operación acordeón."

— ¿Y eso qué es?

— La operación acordeón es una maniobra societaria en la que se compensan las pérdidas con el capital social que se reduce, pudiendo, incluso, llegar a cero, para, en el mismo acto, proceder a una ampliación de capital.

— Es decir, si no lo he entendido mal, los socios tienen que poner más pasta.

— Eso es. Así, además, se puede expulsar de la sociedad a aquellos socios con pocas o nulas posibilidades económicas. Es cierto que se podría lograr el mismo objetivo ampliando directamente el capital y aquellos socios que no tuvieran recursos para ir a la ampliación, se quedarían con una menor participación, pero seguirían siendo socios. Con la operación acordeón se les expulsa.

— Ya entiendo. ¿A quién expulsó Jacinto?

— A todos. Los otros dos hermanos no participaron en la ampliación por lo que se quedó como socio único y transformó la sociedad limitada en sociedad anónima con lo que la empresa, en realidad, se denomina Ventura Creaciones S.A.U., sociedad anónima unipersonal. Todo ello después de, intuyo, varios litigios, por lo que he podido leer entre líneas. Esto último te lo confirmaré otro día.

— Mira tú por donde se me acaban de revelar dos nuevos sospechosos.

— ¿Cómo que dos nuevos sospechosos?, pero ¿no fue un accidente?

— Pues, parece ser que no. Que es un asesinato. Supongo que no tengo que recordarte que no difundas nada de esto.

— Soy una tumba —dijo Ezequiel haciendo un gesto de cerrar la boca con una cremallera—.

— Pues, esta tarde estuve con el forense y en su informe preliminar va a dictaminar que fue asesinato.

— ¡No me fastidies! Menudo notición.

— Efectivamente. Me acabo de encontrar con el asesinato, si al final se confirma, con más repercusión en la ciudad de los últimos años.

— Y tú que pensabas que era un marrón.

— Así y todo, sin ayuda va a ser muy complicado.

— Cuenta conmigo para lo que necesites.

— Pues vete recabando toda la información que puedas de la empresa que sea oficial y pública para ir adelantando trabajo.

— Vale. Registro de la Propiedad. Registro Mercantil. Deudas. Pero aún tengo más información que darte.

— Dale, cari.

— El padre de Miguel tuvo otras tres hijas más, Carmen, Concepción y Eva. En el testamento de Jacinto dejó todas las acciones a su hijo primogénito y, por las anotaciones en el Registro, a la muerte de este debió de haber pelea por las valoraciones o algo. No estaría de más poder acceder al testamento de Jacinto y al fallo del tribunal que tuvo que decidir sobre ese asunto. Así que tienes otras tres sospechosas, las hermanas de Miguel.

— Pues qué alegría. Me estás dando la noche.

— Ya lo siento. Anda, termina de cenar y vamos a la cama.

Mientras Aurora recogía y Ezequiel iba fregando, el silencio y la concentración de cada uno de ellos era patente. Ezequiel pensando en cómo podía ayudar a su compañera y ella pensando en que la poderosa familia Ventura le podía complicar la investigación. Tiento. Recordó Aurora que le había recomendado el comisario.

Capítulo 3. Renta y riqueza

El martes se levantó la ciudad radiante con un cielo salpicado con escasas nubes que simulaban algodón e invitaban a mirarlas de frente recibiendo en la cara el calor suave del sol. Los brotes, en la mayoría de los árboles, anunciaban el definitivo asentamiento de la primavera.

Aurora se despidió temprano de un Ezequiel madrugador que ya se preparaba para ir a la Universidad. Ella desayunó un simple café con leche y cuatro galletas. Con esa frugal ingesta se dirigió al polígono donde se ubicaba la empresa de Ventura Creaciones. Allí había quedado con el inspector de trabajo Pedro Carrera. Llegó con dos minutos de retraso y Pedro le recriminó su tardanza.

—Habíamos quedado a las ocho. Llega con media hora de retraso, inspectora.

Al inspector de trabajo se le veía muy enfadado con un maletín grueso en bandolera sobre el hombro derecho. La amenaza del dedo índice en el que se fijó la policía no le gustó nada.

— No, artista. Habíamos quedado a las ocho y media y no son las ocho y treinta y cinco. Así que chitón y para adentro. No me toque los ovarios —dijo Aurora sin amilanarse y empujando desde el hombro al funcionario del Ministerio de Trabajo —.

—Bueno, bueno —se acojonó Pedro—. Es que yo había anotado la cita a las ocho. Creía que habíamos quedado a esa hora.

—Si no sabía seguro a qué hora habíamos quedado podría haberme llamado. A mí me hubiera dado igual media hora antes.

Desde luego a Aurora no le habría dado igual levantarse media hora antes. Con lo bien que se estaba en la cama. Pero el comentario la dejaba en buen lugar delante del desagradable funcionario que seguía sin caerle bien.

Mientras los dos se dirigían al edificio principal, salió a recibirles a la puerta Luis Sánchez, el jefe de contabilidad de Ventura Creaciones con gesto preocupado y preguntándose quién era la acompañante del inspector de trabajo.

— Buenos días, Pedro. Y usted, ¿es? —preguntó mirando a la policía—.

— Soy la inspectora de policía Aurora Escribano. ¿Ustedes ya se conocían?

— Sí, —dijo Luis—, hemos tenido alguna que otra inspección de prevención de riesgos. Aunque siempre lo hemos resuelto satisfactoriamente para ambas partes. Pero no entiendo el porqué de la presencia de la policía en esta actuación cuando ha sido un accidente.

— Además de asistir a la inspección con don Pedro como observadora estoy aquí por si finalmente se dictamina que no fue accidente.

Aurora no podía desvelar aún la posibilidad cierta de que el accidente se convirtiera en asesinato.

Siguiendo los gestos de incredulidad del contable, los tres accedieron a la fábrica pasando previamente por la recepción de la empresa donde, a través de una cristalera, se apreciaba el trabajo de varios operarios delante de ordenadores y portátiles. El olor a algodón, a tela nueva, a almidón, se hacía presente en cuanto traspasabas la puerta hacia la nave donde se realizaba el proceso de producción de la ropa de cama. La inspectora rememoró los años de su niñez en el pueblo cuando ayudaba a su madre a recoger la ropa seca después de haberla lavado. El encanto de los olores lo rompía el ruido sordo y continuo de las máquinas en funcionamiento. La mayoría de los operarios llevaban cascos antirruido y otros auriculares. La nave era grande, con techos muy altos y un entramado de cables que discurría por encima de las cabezas de los trabajadores. La luz se filtraba por varias claraboyas en el techo. Todos vestían un guardapolvo celeste con el logotipo de la empresa.

— Vale, pues procedamos —dijo Pedro Carrera haciendo gestos de sorpresa y agilizando la visita—. Veamos esa máquina.

La máquina donde se había encontrado el cuerpo del propietario de la empresa estaba a la entrada de la nave, rodeada con un precinto de plástico que Pedro rompió. Abrió su maletín de herramientas y sacó una linterna para observar detenidamente la parte externa. Observaba con interés, minuciosidad, calma y detalle. Se notaba que no era la primera vez que hacía ese trabajo. La máquina estaba muy limpia a excepción de la sangre seca que aún permanecía en el interior. Demasiado limpia, pensó Aurora. Sólo presentaba daños en los rodillos que habían machacado los huesos y el cráneo de Miguel, según pudo apreciar Aurora al dar una vuelta de reconocimiento, mientras Pedro Carrera, después de guardar la linterna, tomaba fotografías con una cámara digital. Aunque la máquina era muy grande, Pedro estaba haciendo una inspección como si se tratara de un relojero. El símil hizo sonreír a Aurora. Parecía muy profesional. Cuando terminó el reportaje fotográfico, el inspector de trabajo procedió a quitar la carcasa para ver el interior utilizando las herramientas que él mismo había llevado. Siguió tomado fotos del interior. Con varios aparatos desconocidos para Aurora comprobó la solidez de los rodillos, midió otros elementos y se fijó especialmente en los ejes más afectados por la dureza de los huesos del fallecido. Metía y sacaba la cabeza del interior de la máquina cual domador en la boca del león. La inspección se estaba alargando más de lo previsto por Aurora que empezaba a ponerse nerviosa por no hacer nada. El contable miraba alternativamente unas veces a Pedro y otras a la inspectora sin saber muy bien en quien centrarse.

Cuando Pedro dio por terminada su labor pidió al jefe de contabilidad que pusiera en marcha la máquina. Luis tuvo que llamar a uno de los operarios para que hiciera esa operación ya que él, les dijo a los dos inspectores, nunca había sabido cómo funcionaba. Cuando el operario iba a accionar el interruptor, Aurora le ordenó que lo hiciera con el máximo cuidado y con guantes para conservar las huellas, por si al final se necesitaba saber quién había tocado la máquina. Luis y Pedro se sorprendieron de la insinuación de la inspectora.

Al poner en marcha la máquina los engranajes se quejaron y cuando parecía que iban a empezar a rodar, se pararon haciendo un ruido cada vez más amortiguado hasta que se callaron definitivamente. Con la máquina en marcha, pero sin funcionar y con sumo cuidado, el inspector de trabajo fue revisando algunos de los circuitos y de los sistemas de seguridad a la vez que hacía fotos iba anotando sus impresiones en su cuaderno. En ocasiones hacía esquemas y dibujos. Después de más de una hora de revisiones y comprobaciones ordenó apagar la máquina, cerró el cuaderno, guardó la cámara de fotos y las herramientas en su maletín y dio por terminada la inspección.

— Según tu opinión, ¿qué pudo pasar? —preguntó el contable a Pedro ante la mirada atenta y la sensación de compadreo que experimentaba Aurora—.

— Es pronto para responder, tengo que ver el despiece técnico de la máquina y, en unos días, emitiré el informe. ¿Habíais tenido alguna incidencia con esta máquina?

— Aunque es un modelo ya pasado de moda, podéis ver que el resto de la maquinaria de la empresa es más moderna —dijo señalando con la mano el interior de la nave—, a este aparato lo mimábamos mucho ya que, por lo que fuera, era el ojito derecho del pobre don Miguel. Él había trabajado mucho con ella cuando era joven y todavía vivía su padre y la tenía en una especial consideración. Desde luego parece una triste fatalidad que haya sido, precisamente esta máquina, la que le haya matado.

— Entonces, ¿don Miguel conocía bien esta máquina? —preguntó Aurora—.

— Perfectamente. Alguna vez incluso ayudaba a limpiarla. Aunque eso lo hacía más antes. Ahora casi no tenía tiempo.

— Entonces, ¿cómo se explica que le atrapara hasta causarle la muerte? —inquirió Aurora a los dos hombres que tenía enfrente—.

El inspector de trabajo se encogió de hombros para manifestar físicamente que no podía opinar.

— Supongo que sería un descuido. Cuando conoces algo muy bien, te relajas y no prestas todo el cuidado o precaución que debieras —dijo Luis—.

— Y, ¿para qué pondría don Miguel en marcha la máquina un sábado y más un Sábado Santo, cuando usted y su mujer le estaban esperando en casa?

— Eso no lo sabremos nunca. Quizás para ver que funcionaba bien. Además, el sonido que producía decía que le relajaba.

— Ya, …, le relajaba —ironizó Aurora poniendo cara de incredulidad—.

— Bien, pues, hemos terminado —dijo Pedro—.

— Por favor, vuelvan a precintar la máquina y que nadie la toque hasta que haya un dictamen definitivo sobre si fue o no accidente —ordenó Aurora—.

— De acuerdo —dijo Luis—.

Los tres se dirigieron a la salida donde el jefe de contabilidad les despidió con un apretón de manos y una promesa al inspector de trabajo para quedar a tomar algún día un café.

Mientras los dos inspectores se dirigían a sus respectivos vehículos, Aurora le preguntó al funcionario de trabajo si había visto algo evidente que le hubiera llamado la atención en la inspección realizada.

— La verdad es que, como dice Luis, es un modelo antiguo, pero está en muy buen estado. Además, le habían incorporado todo tipo de sistemas de seguridad y detectores de presencia para evitar accidentes. No quiero adelantarme, pero uno de los fusibles que controlaba esos detectores estaba roto …

— Quiere decir fundido.

— No, roto. Tengo que hacer algunas comprobaciones de cómo puede quedar inutilizado el detector antes de emitir mi informe.

— ¿Para cuándo lo tendrá terminado?

— Como muy tarde, mañana.

— ¡Carai qué agilidad! —se sorprendió la inspectora mostrando una leve sonrisa—.

— Para este caso me han autorizado a emplear horas extras y todos los medios que necesite. Como ve, a mí también me están presionado.

— Pues ya somos dos —dijo Aurora entrando en su coche—. Llámeme cuando lo tenga para adelantarme el resultado.

— Se lo enviaré por correo electrónico —se despidió Pedro Carrera—.

Antes de poner en marcha su coche, Aurora abrió la tableta y escribió:

"¿Fusible defectuoso o manipulado? Luis y Pedro 'colegas'. El jefe de contabilidad se comporta como si ya fuera el jefe de la empresa. Improbable que Miguel pusiera en marcha la máquina. No me lo creo."

Cuando iba a darle al botón de arranque le sonó una notificación en el móvil. El comisario Rubio le escribía: "Ven a verme inmediatamente". No parecía augurar nada bueno. Quizás se había enterado de la información privilegiada que le había dado el día anterior el forense y de la que no había trasladado nada al expediente del caso. Tendría que ponerse a la defensiva.

Al llegar a la comisaría, el funcionario de puerta recordó que Blanco, por el comisario Rubio, había preguntado por ella bastantes veces y la última le ordenó que en cuanto apareciera, la enviaran a su despacho.

Como si fuera una un paquete, pensó la inspectora. Sin pasar por su mesa fue a llamar a la puerta de su jefe.

— ¡Vaya horas de venir a trabajar, inspectora! —el tono del comisario le resultó molesto e irritante a Aurora—. Le recuerdo que tenemos obligación de cumplir un horario. ¿Qué ha pasado para presentarse a estas horas?

— Como dice un conocido mío —dijo pensando en Ezequiel—, lo primero, buenos días. Lo segundo, mi horario teórico empieza a las nueve y media, …

— Sí, pero son más de las once de la mañana.

— … y lo tercero, vengo de asistir, como tú me indicaste, a la inspección técnica del Ministerio de Trabajo que se inició a las ocho y media de la mañana —remarcó la hora como si la hubiera escrito en negrita—, una hora antes de mi horario oficial y que no tenía intención de solicitar como horas extra.

La cara crispada del comisario se relajó y alzando las cejas recordó que efectivamente había ordenado a la inspectora que asistiera a dicha revisión.

— Lo siento, no tenía ni idea. Claro como no me informas no sé dónde estás —se defendió el comisario—.

— ¿De qué te tengo que informar, de que tú me ordenaste quedar con el inspector de trabajo en la empresa a las ocho y media de la mañana?

—Ya, tienes razón. No hace falta que me informes de eso. Perdona. ¿Ha salido algo interesante en esa inspección?

—Solo un fusible en mal estado al que el inspector tiene que hacer pruebas.

—Y ¿cuándo podrá decirnos algo del accidente?

—Cuando él quiera. Es muy suyo el tal Pedro.

—Bueno, seguro que le urgen para que termine pronto.

—Rubio —Aurora dudaba de si contar al comisario la sospecha que tenía el forense de que en realidad se trataba de un asesinato. No quería alarmar ni anticipar un resultado no confirmado, pero, por otro lado, consideraba que el comisario debería de estar al tanto de esa posibilidad. Al final se decidió—. Ayer me acerqué al Instituto Anatómico Forense a ver si tenían algo que adelantarme.

—¿Y?

—Y el forense, Javier Casasola, que es el responsable de la autopsia piensa que no fue accidente que fue un homicidio o un asesinato.

—¡Qué dices! ¡No me jo...robes! —dijo el comisario dejándose caer en el respaldo del sillón donde estaba sentado y cerrando los ojos para meditar sobre lo que le acababa de contar la inspectora—.

—Lo que oyes.

—No puede ser. Como sea un homicidio ...

—O un asesinato —puntualizó Aurora—.

—... o un asesinato se nos cae el pelo. Lo que nos faltaba. Se nos cae la gorda encima.

—Eso es sexismo, comisario.

—Bueno pues el gordo y sin haber jugado a la lotería. Los periodistas nos van a bombardear a preguntas, la família nos va a exigir respuestas y los políticos nos van a presionar como nunca.

—Y, en ese caso, ¿puedo contar con alguien que me ayude?

—Sabes que, de momento, estamos en cuadro. Así que hasta que no se cubra tu plaza de subinspectora, estás sola y yo te ayudaré en lo que pueda.

Esa canción ya se la sabía Aurora. Buenas palabras, buenas intenciones, pero ningún apoyo. Estaba sola. Y todo apuntaba a una muerte de Miguel Ventura no accidental. La autopsia, el fusible, todo hacía presagiar que la posibilidad de que fuera un accidente se alejaba y se acercaba la de un asesinato.

—¿Cómo cree Javier que le mataron? —preguntó el comisario—.

—Pues parece ser que tiene un fuerte golpe en la parte posterior del cráneo que no concuerda con nada que estuviera en la máquina. Así que la máquina no lo mató. Lo mataron antes de introducir el cuerpo en el aparato y, después lo quisieron hacer pasar por un accidente.

—Vale, prepárate para iniciar una investigación policial en toda regla.

Se fue a su mesa para volcar en la aplicación del ministerio todas las actuaciones que había realizado hasta el momento. Tardó poco en terminar. Aprovechó el resto de la mañana para ordenar los hechos del sábado y empezó a buscar información de la empresa en las redes sociales. La verdad es que Ventura Creaciones tenían cuenta en prácticamente todas las aplicaciones. Solo quedaban fuera las apps de contactos en las que se ligoteaba. Alguien en la empresa había hecho un buen trabajo en ese sentido.

Después se bajó en su tableta todas las noticias relacionadas con la empresa para leerlas detenidamente. Sobre todo, había, como era de esperar y suponer, noticias de este siglo. Amenazas de huelga, apertura de nuevos mercados nacionales e internacionales, celebraciones, promoción comercial y actos sociales presididos por Miguel Ventura "hombre muy querido en la ciudad" como decía uno de los periodistas en una crónica donde se le veía al empresario dotar de ropa de cama al orfanato de forma altruista. Le extrañó a Aurora que no hubiera, o por lo menos no a simple vista, noticias muy negativas o escándalos de la familia. No había nada de las veces que se había detenido a su hijo pequeño. Estaba claro que, si a Miguel Ventura le habían matado, había alguien a quien no le caía bien ni le era muy querido precisamente.

Tenía que empezar a interrogar a los posibles sospechosos y los primeros siempre son los del círculo familiar más cercano: la familia directa, mujer, hijos, nietos. Estos no que son muy pequeños. Hermanos, tíos. Todos los que tienen o tuvieron relación con la empresa. Aurora estaba convencida de que el posible asesino, si al final se confirmaba, tenía que estar relacionado con la empresa. Así que sí. Primero empezaría por la familia para ir descartando, luego por los empleados, para terminar con los clientes y proveedores. Sin olvidar otras relaciones sociales o íntimas.

Llamó a Ezequiel para saber si iba a ir a comer a casa o no y como no contestó supuso que estaría en clase o en alguna reunión aburrida de la Universidad.

Hizo la compra en una pequeña tienda cerca de casa y se dispuso a tener una tarde tranquila a la espera del informe final del forense y del inspector de trabajo.

Cuando ya terminaba de comer, entró en casa Ezequiel. Enfadado.

— Estoy hasta las narices del nuevo equipo rectoral y eso que solo llevan en el cargo cuatro días como quien dice.

— Buenas tardes para ti también, Ezequiel —dijo Aurora—.

— ¿Pero ya has comido? —bramó el profesor al ver los restos encima de la mesa—.

— Sí.

— Y no me has esperado. ¡Cojonudo!

— Oye, oye, que te llamé al despacho y no contestaste.

— Estaría en la reunión con el vicerrector.

— Ves, si tuvieras móvil te habría enviado un mensaje, al terminar, lo hubieras visto, me habrías llamado y todo solucionado.

— Esta conversación sobre el móvil ya la hemos tenido y ya te he dicho que no pienso comprarlo.

— Pues entonces, sigue en la prehistoria, sufre las consecuencias y no te enfades conmigo. A ver, ¿qué te ha hecho esta vez el vicerrector?

— Perdona es que me hierve la sangre cada vez que veo la incompetencia y el derroche en la función pública. Tú no tienes la culpa.

— Eso ya lo sé yo. Anda, desahógate.

Más calmado y recogiendo la cartera que había tirado en medio del sofá, Ezequiel se sentó con otro talante a la mesa del comedor para, después de servirse un vaso de agua, contar su encontronazo en la universidad.

— Fui a ver al vicerrector de Patrimonio que es el encargado de la compra de bases de datos para que nos financiara una que necesitamos para la tesis de un becario y que aprovecharíamos el resto del departamento para publicar artículos científicos que nos ayudarían a aumentar la productividad investigadora que, como ya te he explicado, es fundamental para progresar en nuestra carrera profesional. Después de tenerme media hora dorándome la píldora con lo buen investigador que soy y que gran equipo formamos, me tiene otra media hora mareando la perdiz con el tipo de datos que necesitamos y para qué y, al final, me dice que no tiene dinero para esa compra, cuando sé de buena tinta que ha llegado un montón de dinero de la Unión Europea. Pero se lo querrá gastar él con sus compinches.

— Oye, ¿pero no está en el equipo rectoral tu compañera de departamento, Noelia? Díselo a ella. Que te eche una mano con ese vicerrector.

— Sí, están ella de vicerrectora y Sofía de directora de servicio, pero no quiero recurrir a contactos y enchufes para que me den lo que me corresponde. Sabes que mi relación con Noelia no era precisamente muy buena. Hemos tenido más de un encontronazo. Es una pesetera y no la soporto. Y Sofía se ha desarrollado como investigadora conmigo, pero ahora está bajo la tutela de Noelia con un cargo administrativo y me ha dejado un poco de lado.

— Pues si es así, te quedarás sin la base de datos.

— Pues que les den. Yo ya he hecho todo lo que tenía que hacer en mi carrera universitaria.

Aurora dio por terminada la discusión.

—¿Vas a comer o no?

—¿Me preparas algo rico?

—No, guapo. Yo estoy muy cansada y también he tenido lo mío con el comisario.

Con cara de pocos amigos y gesto de contrariedad, Ezequiel se fue a la cocina y se preparó una bandeja con un bocadillo de fiambre y una cerveza y se encerró en el despacho que compartían los dos mientras Aurora se quedaba en el salón haciendo la digestión.

El ambiente caluroso del día fue rebajándose a medida que avanzaba la tarde. Aurora seguía leyendo noticias sobre la familia Ventura. Ezequiel no dio señas de actividad hasta pasada la media tarde que salió del despacho ofreciendo a Aurora la pipa de la paz con un té acompañado de unas galletas. Aurora se decantó por café con leche y sin galletas.

Después de algunos arrumacos, mimos y sobeteos sonó el teléfono de Aurora.

—Aury, ¿te pillo mal? —le gritó el forense nada más descolgar—.

—No Javier, dime.

—Ya me llegaron los últimos análisis. Te confirmo que Miguel Ventura falleció de forma violenta de un golpe en la nuca con un objeto redondeado de madera. Probablemente con un bate de béisbol o similar antes de que su cuerpo apareciera en la máquina de la empresa.

—¿A qué hora se produjo el óbito?

—Entre la una y las cuatro de la tarde.

—¿No puedes ser más preciso?

— Lo siento, puedo, pero no quiero. Así aseguro que no haya problemas en un posible informe pericial contradictorio de alguna de las partes. Pero sí te puedo comentar confidencialmente que mi hora favorita sería entre la una y las dos de la tarde. Incluso un poco antes de la una.

— Muchas gracias, Javier. Te debo una.

— Esta te la pienso cobrar con algo sabroso —el tono de Javier Casasola había sonado pícaro e íntimo y como Ezequiel estaba cerca Aurora se puso un poco colorada—.

— Por su puesto. Muchas gracias otra vez. —dijo Aurora colgando el móvil—.

— ¿Quién es ese Javier que te molesta a estas horas? —preguntó el profesor—.

— Es el forense del caso. Me ha confirmado que no ha sido un accidente, sino un asesinato.

— ¿Y no puede mandártelo por uno de esos mensajitos al móvil?

— Pues ya ves que no.

— Y, además, quiere algo sabroso —Ezequiel sonaba irritado—.

A Aurora le pareció mal el tono que estaba empleando.

— Oye, está feo escuchar las conversaciones ajenas. Y si no te gusta lo que oyes, te aguantas.

— Ya sabes que tengo el oído muy sensible, de tísico. No puedo evitarlo.

— Pues si te molesta que me pida algo sabroso por adelantarme la información y, de esta forma, poder prepararme y que no me pillen desprevenida, tienes dos trabajos. Cabrearte y contentarte.

Al final, la tarde-noche amenazaba tormenta.

En cuanto Ezequiel se despistó un momento, Aurora ya estaba preparada para salir a la calle. Se había soltado la coleta, peinado y maquillado con un leve corrector, un poco de colorete y se había delineado el contorno de los ojos. Estaba revisando el bolso en el que metió el monedero y su identificación. Depositó la pistola en la caja fuerte. No creía que tuviera que necesitarla. Dejó las zapatillas de estar por casa y se calzó unas botas de media caña. Mientras se ponía el abrigo acolchado que no era precisamente su preferido, Ezequiel preguntó.

— ¿Dónde vas a estas horas?

La cara de Aurora era todo un signo de admiración e interrogación a la vez que reflejaba incredulidad. Mientras le miraba fijamente estaba pensando si soltar una grosería, mentir, ignorar sin más o recordar a Ezequiel que había quedado con sus amigas.

— A la calle por no verte —le dijo por fin Aurora—.

— ¡Pero qué malasombra tienes!

— Te dije hace tiempo que hoy quedaba con mis amigas para tomar algo. Pero como no me prestas atención ya no te acuerdas No eres más egoísta porque no te entrenas. Solo prestas atención a lo que te interesa, a tu universidad y a los acólitos que tienes alrededor. Hay más mundo fuera.

En el segundo que tardó Ezequiel en recordar que ciertamente se lo había dicho, le cambió la cara.

— Es verdad que me lo dijiste. Perdona. Hoy no estoy muy centrado.

— Bueno, pues para estar empatados, yo reconozco que también me he pasado. ¡Qué difícil es la convivencia! Joder.

— Pásalo bien.

La despedida de Aurora ya sonó fuera del domicilio.

Gloria, Bea, Mamen y Aurora se hicieron amigas desde que entraron en el instituto. El primer día, en el patio, se conocieron, se cayeron bien y siguen juntas. Al grupo le han puesto como nombre de guerra "Las chicas de oro". Por entonces se juntaban para ir a clase, para salir de fiesta, para comer, para copiarse entre ellas en los exámenes e incluso, algunas veces, para estudiar. El vínculo que habían creado en la terrible edad de los últimos años de la adolescencia y en los inicios del despuntar como adultas era tan fuerte que había sobrevivido a distintas facultades, diferentes trabajos, a novios celosos y horteras, a maridos cariñosos, incluso a un exmarido, a alguna infidelidad dentro del grupo de amigas y, sobre todo, había sobrevivido a los embarazos y a la maternidad.

Gloria es abogada. No tuvo que estudiar mucho ni esforzarse para obtener buenas notas en la licenciatura. No es una abogada brillante ni ha ganado o perdido causas de amplio eco social. Lo que más le gusta son los casos civiles con menos responsabilidad personal. Al final, como dice ella, en la mayoría de los asuntos se trata solo de dinero y los problemas de dinero son los menores problemas. Ha cambiado varias veces de bufete y así y todo se siente explotada. Lleva veinte años con el mismo novio ingeniero con el que no se ve mucho porque su trabajo le obliga a viajar constantemente. Cree que le pone los cuernos cuando está fuera de la ciudad, pero sigue coladita por él.

Bea es empresaria. Regenta una tienda de decoración heredada de su padre de gran prestigio en la ciudad. No tiene pareja estable y nunca la ha tenido. Con veinte años tuvo que ir a abortar a Londres. El viaje se lo pagaron sus padres con la excusa de mejorar el inglés. El resto del grupo piensa que, desde ese traumático suceso, Bea se desmelenó y no quiere relaciones estables, ni con hombres ni con mujeres, aunque ninguna se atreve a comentarlo y ella es tan discreta en sus encuentros personales que jamás se la ve con pareja alguna.

Mamen tardó en casarse y, como ella misma se queja, se casó mal. Tiene dos niños de doce y diez años que están todo el día peleándose, a golpe limpio. Trabaja como enfermera en un centro de salud y se desahoga sexualmente con un cardiólogo. Su marido ni la mira, ni le hace caso, ni la soporta, pero siguen juntos. Hace ya varios años, cuando ya estaban casados, su marido y Aurora tuvieron una aventura que, hoy en día, todavía le duele a Mamen. A veces, se lo recuerda a Aurora con el único propósito de molestarla.

El nombre de "Las chicas de oro" no es porque sean rubias, que ninguna lo es en su estado natural, ni porque todas tengan mucho dinero, que tampoco. Le pusieron el nombre al grupo porque se dieron cuenta que cada vez tenían más años y esperaban estar juntas cuando alcanzaran la edad de las actrices de la famosa serie de televisión.

No es que se reúnan muy a menudo, pero un par de veces al mes, todas hacen lo posible por juntarse, cotillear, despellejar a conocidos, quejarse por casi todo y ponerse al día de sus sentimientos. Para alguna de ellas es una terapia a precio de café.

La cafetería Arte, en el centro de la ciudad, va acogiendo a las integrantes del grupo. Como siempre, Gloria es la primera en llegar y hacerse fuerte en una mesa. Al poco tiempo hacen su entrada juntas Bea y Aurora y con casi media hora de retraso hace su aparición Mamen descontenta por no encontrar un buen lugar de aparcamiento.

El olor a bollería de mantequilla del local, la música *chill out* y una adecuada iluminación incitaban a una conversación relajada, casi susurrando. Aurora y sus amigas son las más estridentes del local hasta el punto de que muchos de los clientes se les quedan mirando. Tras pedir la mayoría bebidas calientes, excepto Bea que pide una copa de vino de una marca concreta y una añada determinada, Gloria se frota las manos y es la señal inequívoca de que empieza la sesión de cotilleos, informaciones, chismorreos y curiosidades. Todas empiezan por detallar su situación personal, sus problemas, sus ilusiones, sus esperanzas y desesperos inmediatos y los que prevén en un futuro próximo. Mamen habla de sus dos niños, de sus últimos virus, de sus deberes, sus trastadas, sus carantoñas y de la visita de su suegra que, aunque no la soporta, no deja de ser la abuela de sus hijos.

— Lo único bueno de la visita de la arpía es que, con ella en casa, el idiota —término con el que siempre se refiere a su marido—, está más atento con nosotros que nunca para demostrar a su madre lo buen padre y marido que no es. Así se interesa algo por sus hijos. Hasta fue a una reunión del colegio donde hizo el ridículo al no conocer siquiera, a estas alturas del curso, a la tutora.

—Pues mi madre va a venir a casa y todavía no se lo he dicho a Ezequiel —comentó Aurora—, no creo que le siente muy bien. Ahora no pienso decir nada hasta que ya sea inevitable. Para qué voy a hacerle sufrir —todas rieron—.

—En mi caso, cosa rara, mi osito …

—Por favor, Gloria no le llames así, por lo menos, delante de nosotras. Me da grima —dijo Mamen—.

—Bueno, pues mi maromo, ¿te gusta más así? —Mamen hizo un gesto afirmativo—. Como decía, él se lleva muy bien con mis padres. Es más, con mi padre va al fútbol y discuten apasionadamente las jugadas. Son como niños.

Tanto Aurora como las otras dos amigas pensaban que el tener una afición como el fútbol entre dos hombres no era para estar orgullosa tal y como se la veía a Gloria, más suponiendo que, como los marinos, su maromo tenía una amante en cada puerto. A todas les daba un poco de pena.

Era el turno de Bea. Todas se quedaron mirando a ver qué aportaba. De todas es la más hermética con sus relaciones y sentimientos. Así que, en cuanto empieza a manifestarse, todas callan esperando alguna noticia o novedad que les alegre el día.

—¿Os habéis enterado del accidente de Miguel Ventura? Dicen que quedó destrozado todo el cuerpo, que no se le reconocía.

Aurora calló para no desvelar nada. Conocía a sus amigas. A la menor indiscreción o comentario lo sabría toda la ciudad al día siguiente o esa misma noche. Se entretuvo en acercarse al plato que la estaba llamando con una tortita de chocolate con nata y pasar el bocado con el café con leche. Bea seguía explicando su relación con el fallecido.

— Era proveedor de la tienda. Alguna vez fue a visitarme y, os aseguro, que era guapo hasta hacer daño. Qué hombre más apuesto, qué porte, qué voz de locutor tenía. ¡Qué desaprovechamiento! —suspiró—.

Gloria, sin paños calientes, le preguntó a Bea si habían tenido más que relaciones comerciales, a lo que ella contestó que hubo, en su día, un acercamiento por su parte con intenciones sexuales, incluso llegaron a quedar para cenar y lo que surgiera.

— Pero qué pendón eres —dijo Mamen riéndose—.

— Mira quien fue a hablar que no calló. La que está casada y felizmente atendida por un médico que le cuida el corazón.

Rieron. Aurora aprovechó para preguntar a Bea por qué no había llegado a más su relación con Miguel Ventura.

— En la cena que os comentaba, tened en cuenta que esto pasó hace ya algunos años, le llamaron porque a su hijo pequeño le habían ingresado en el hospital. Así que se disculpó, me metió la lengua hasta la campanilla, pagó la cuenta de la cena, como buen caballero, y se fue.

— ¿Y no le volviste a ver? —quiso saber Gloria—.

— No. Cuando mi padre se enteró de la cena, ya sabéis cómo es esta ciudad que parece un dedal de lo grande que es —ironizó Bea—, me prohibió volver a verle con la amenaza de desheredarme. Mi padre no le podía ver. Me dijo que le conocía bien y que no era una persona de fiar, que era un mujeriego, "comebragas" creo que fue la expresión que utilizó. Miguel trató de ponerse otra vez en contacto conmigo, pero ante la disyuntiva de un amor pasajero o el fin del dinero de mi padre, le rechacé y nunca más supe de él.

— Pero sigues teniendo relaciones comerciales con la empresa, ¿no? —preguntó Aurora por si sacaba algo de información que ayudara en el caso—.

— Sí, pero siempre a través de comerciales o el contable. Y, la verdad, cada vez menos. Se han subido un poco al guindo en cuanto a precios. Mis clientes no pueden pagar los precios que exige Ventura Creaciones. Además, sus condiciones comerciales son leoninas.

Después de una breve interrupción seguida de un silencio pensativo, todas se dedicaron a terminar su consumición. Gloria les contó que habían incorporado al ayuntamiento como cliente a su bufete y ella estaba de ayudante con el socio encargado de llevar la cuenta. La felicitaron.

Después de dos horas largas de ir repasando su vida personal, profesional y social, decidieron levantar la sesión.

Cuando Aurora llegó a casa todo estaba silencioso y oscuro.

A primera hora de la mañana, Aurora recibió, en la bandeja del correo electrónico entrante, el informe oficial del forense donde dictaminaba la muerte violenta de Miguel Ventura producida antes de que su cuerpo fuera introducido en la máquina de la empresa que le destrozó. Ya era público. Al acercarse a la comisaría pudo apreciar que se iban congregando en sus puertas algunos periodistas. Seguro que el comisario Rubio había convocado una rueda de prensa para informar a la sociedad de la noticia. La inspectora pensó que tenía que meditar muy bien cuáles iban a ser sus próximos pasos. Esperaba que el comisario hubiera hablado ya con la familia, seguramente lo habría hecho a través de su abogado. Así no tendría que enfrentarse al mal trago que supone informar de un asesinato. La verdad es que ella hubiera preferido estar presente cuando el abogado se lo dijera a la mujer y a los hijos. La reacción espontánea de la gente ante un hecho inesperado podría significar mucho a la hora de definir al culpable o de establecer responsabilidades o remordimientos. La cara, los gestos, las miradas a veces eran delatadoras.

Después de comentar con el comisario la estrategia a seguir en la investigación y las siguientes actuaciones y de obtener su aprobación, llamó a la residencia de los Ventura-Altozano para ver cuándo podía hablar con todos los miembros de la familia más cercana de Miguel: mujer e hijos. Aurora no tenía intención, de momento, de interrogar a nadie, solo quería saber qué opinaban ellos del asesinato y qué teorías barajaban y, por supuesto, conocer sus coartadas para ir descartando sospechosos, algo fundamental en esa fase de la investigación.

Cuando llamó al teléfono fijo de la residencia del fallecido una empleada del hogar con un marcado acento de fuera de España le informó de que no había nadie de la familia en casa, "*todos in sipelio*". Comprobó que, efectivamente, la misa de funeral y la inhumación del cadáver se había programado para ese día. Así que decidió preparar la visita durante la mañana y presentarse en la casa a primera hora de la tarde. En su razonamiento lógico pensó que, en ese día, los acontecimientos obligarían a comer juntos a toda la familia.

A media mañana recibió una llamada de Pedro Carrera, el inspector de trabajo.

—Aurora Escribano, por favor.

—Sí, señor Carrera, soy yo. ¿Tiene algo para mí?

—Claro, para eso llamo —seguían sin caerse bien ambos inspectores, aunque disimulaban todo lo que podían. No había *feeling* entre ellos—. Aunque no tengo redactado el informe definitivo, como le prometí, puedo anticipar las conclusiones. Los sistemas de seguridad de la máquina donde se encontró el cadáver de don Miguel fueron manipulados, por lo que no pudieron ejercer su función de impedir que un cuerpo fuera atrapado por los ejes rotores y produjera daño en el cuerpo de una persona.

—En resumen, que alguien manipuló la máquina para meter el cuerpo de Miguel Ventura y así que pareciera un accidente.

—En términos vulgares, sí.

—Y, ¿cómo lo hicieron?

—El mecanismo de seguridad lleva un fusible para que una cédula fotoeléctrica detecte la presencia de un objeto en el interior de la máquina que al notar cualquier interrupción corte el suministro eléctrico. Pues bien, ese fusible no es que estuviera fundido como usted pensaba ayer, estaba manipulado el casquillo metálico y cortado el hilo interior. Le habían hecho una especie de puente un poco rudimentario pero efectivo. Así, la máquina no se detenía nunca.

—¿Pudo ser un fallo eléctrico?

— Imposible. Lo ha manipulado un ser humano. Ni siquiera ha podido ser un fallo de fabricación del fusible.

— ¿Es fácil manipular ese fusible?

— Sí. Cualquier estudiante de formación profesional conocería la función del mismo y sabría cómo anularlo. La única dificultad que presenta está en el lugar al que hay que acceder para manipularlo. Pero, como digo, cualquiera que conociera la máquina lo sabría.

— ¿Cuándo se manipuló el fusible? —quiso saber Aurora—.

— Eso no se lo puedo decir. Pudo ser justo antes de que metieran el cuerpo o pudo estar así durante años. Su disfunción no impide el buen funcionamiento de la máquina. Solo evita accidentes.

— Entonces, en su informe concluirá que la máquina fue manipulada, ¿correcto?

— Efectivamente y además propondré una sanción por incumplimiento de la prevención de riesgos laborales a la empresa.

— Ese es un mal menor para la empresa en estos momentos.

—Lo sé, pero es mi obligación y mi responsabilidad.

— ¿Cuándo va a comunicar el informe a la empresa?

— Hoy lo termino, lo firmo, lo registro y mañana seguramente ya lo tendrán los responsables administrativos de Ventura Creaciones, S.A.

— Muchas gracias por anticiparme los resultados.

— De nada. Que tenga un buen día.

— Igualmente. Ha sido un placer —dijo Aurora con la boca pequeña—.

Con el informe del inspector de trabajo, Aurora ya pudo establecer el *modus operandi* del asesino o asesina. Primero le da a Miguel un golpe en la cabeza con un objeto contundente, pudo ser en la misma fábrica, y después, o antes, manipula la máquina para que destroce el cuerpo y pase por un accidente. Aquí hay premeditación para delinquir, pensó Aurora y tuvo que ser una persona fuerte o dos personas al menos para mover un cuerpo del tamaño de Miguel Ventura y llevarlo hasta la máquina porque más de dos personas es muy improbable. Aunque también podría ser que el golpe se lo dieran al lado de la máquina. El autor o autores contaban con la ausencia de testigos al ser un día festivo. Pero, ¿cómo sabía el asesino o los asesinos que Miguel Ventura iba a ir a la fábrica precisamente ese día? ¿Le estaban esperando, habían quedado con él o fue casualidad? Quizás estuvieran vigilando a la víctima. ¿Qué papeles iba a buscar y dónde estaban? Si los papeles eran el motivo del asesinato, entonces la culpabilidad se desplazaba al personal de la empresa, aunque, si estaban vigilando, pudo ser cualquiera y por cualquier otro motivo. De todas formas, quien fuera el responsable tenía que saber cómo manipular la máquina y lo había hecho antes de matar a Miguel o justo después de haberlo matado y antes de meter su cuerpo en la máquina. La hora de la muerte era importante. Normalmente, casi con toda seguridad, Miguel Ventura no hubiera ido a la empresa ese día. Se acercó, según el testimonio de su mujer, al estar preparando el cierre del balance con el contable para recoger una documentación que se había olvidado.

Aurora escribió en la tableta:

```
"Muerte violenta = asesinato
•  ¿Por qué fue a la empresa?
•  Revisar las cámaras de seguridad
•  Geolocalizar los teléfonos móviles y
   solicitar últimas llamadas
•  Familia, empleados, resto de gente.
   Interrogar, preguntar, indagar, in-
   quirir, …"
```

No se le ocurrieron más sinónimos. Cuando ya se estaba preparando para irse a comer, Aurora recibió un aviso para que pasara a ver al comisario.

— ¿Has visto la rueda de prensa? —le preguntó el comisario a modo de saludo—.

— No.

— ¡Joder inspectora Escribano! Es tu caso deberías de mostrar más interés.

— Nadie me avisó.

— Hemos desatado a la hidra de la prensa. En dos o tres días los tendremos subidos a la chepa para rascar cualquier declaración, escándalo o metedura de pata. Así que tiento, tranquilidad y trabajo. Si no quieres lidiar con los periodistas, lo que puedes hacer es enviármelos y yo los toreo —volvían los símiles taurinos—. Así solo damos una versión de lo que tengamos. Por cierto, el subdelegado ya me ha llamado para ver si teníamos algún culpable.

— Hombre claro. Y también sabemos el número ganador del sorteo de Navidad. ¡Hay que fastidiarse!

— Ten en cuenta que es un cargo político y un éxito policial rápido le vendría muy bien. Tú, ¿cómo ves el caso?

— Me ha llamado Pedro Carrera, el inspector de trabajo, para adelantarme el informe en el que señalará que la máquina fue manipulada. He enviado a los de la científica a recoger huellas y todo lo que puedan sacar de la empresa. También he mandado revisar las cámaras de seguridad de la zona.

— Bien hecho.

— Esta tarde iré a visitar a la familia para ver cómo respiran. Cuando me den el número de sus teléfonos móviles geolocalizaremos dónde estaban en la hora del asesinato.

— Moderación Aurora. Es una familia con mucha influencia. Un resbalón con ellos nos mete en problemas.

— Ya me lo has advertido, pero digo yo que tendré que interrogarles.

— Claro, pero como si fuera una charla informal sin que noten que les estás sacando información.

— ¿Sin preguntas?

— Buena idea, sin preguntas.

— Me quieres decir ¿cómo voy a saber cosas de ellos, de dónde estuvieron a la hora del crimen, sin hacer preguntas?

— Ya. Tienes razón. Pero no les molestes mucho, procura que todo se desarrolle en una sola visita.

— Vale. Lo intentaré, pero no prometo nada. De todas formas, si tienes quejas les dices que es que soy nueva y que voy por libre y me trasladas toda la culpa a mí.

— Si les digo que eres nueva soy yo el que sale mal parado por asignarte este caso. Pero lo de que vas a tu bola, sí que puedo decirlo. Mantenme informado en todo momento.

—Lo que tú digas, jefe.

Cuando volvió a su mesa, llamó a Ezequiel para ver si comían juntos. El profesor tenía clase por la tarde, así que le propuso comer en la cafetería del campus. Aurora aceptó.

El olor envolvió a Aurora nada más acceder al interior de la cafetería situada cerca de la Facultad de Económicas y empezó a salivar. Era una mezcla agradable de sabores. Olía a guiso lento, a carne cocinada con mimo, a cocina antigua y a postre reciente. Buscó con la mirada a Ezequiel que ya estaba sentado a una mesa leyendo el periódico del establecimiento con una cerveza a medio consumir.

—¿Hace mucho que esperas? —preguntó Aurora señalando el vaso—.

—No, pero tenía mucha sed. Llevo toda la mañana hablando. ¿Qué te apetece comer?

—Ni un ¿qué tal estás, cari?

—¿Qué tal estás, cari? —repitió Ezequiel lanzándola un beso al aire—.

—Entre bien y muy bien, tirando a la excelencia, y, como puedes apreciar, físicamente como un tren.

El profesor no tuvo más remedio que reír.

—Es verdad, estás muy guapa, no como yo que estoy hecho un desastre.

—En eso tienes razón. Últimamente te estás dejando un pelín. Deberías de hacer algo de deporte. Te está saliendo un flotador en el abdomen y los botones de las camisas cada vez sufren más para mantenerte el ombligo oculto a la vista de los demás.

—Tienes razón. Lo intentaré.

Para que Aurora apreciara el esfuerzo que empezaba a hacer con la comida, Ezequiel pidió una menestra de verduras, filete de ternera con abundantes patatas fritas que no dejó ninguna, tarta de manzana, al fin y al cabo, esa tarta se podía considerar fruta, y un té, eso sí, sin azúcar. Aurora, en cambio, optó por un plato combinado de verduras a la plancha, croquetas y huevos rellenos, sin postre, pero con azúcar en el café.

— ¿Has podido conseguir más información de Ventura Creaciones?

— Tengo a un becario descargando los balances y las cuentas anuales depositados en el Registro Mercantil.

— ¿Desde qué año?

— Todas las que estén disponibles. Cuando estén descargadas, pasaré los balances y las cuentas de pérdidas y ganancias a una hoja de cálculo para hacer comparaciones y análisis más concretos a ver lo que puedo decirte. También he pedido que me saquen informes del sector textil para contrastar los datos de la empresa con el resto de sus competidores.

— No entiendo para qué puede servir eso, pero me parece bien.

— También he pedido que me busquen en una base de datos de incidencias judiciales si hay algo de Ventura Creaciones S.A.

— Vamos que tienes a un montón de esclavos trabajando para ti.

— A los alumnos predoctorales les viene bien foguearse en la búsqueda de información. Tendrían que hacer algo parecido para aprender, así que he aprovechado y mato dos pájaros de un tiro.

—Está bien. Pero ojo con lo que les dices. No pueden saber que están colaborando con la policía.

— No te preocupes, les he dicho que dado que el accidente es muy mediático y la empresa es muy conocida en la ciudad aprovechamos el nombre para practicar la búsqueda de información empresarial. De todas formas, ellos solo buscan información pública. Los análisis los voy a hacer yo.

— Siendo así, perfecto.

Aurora se levantó, le dio un beso tenue en la frente y diciéndole que no se olvidara de pagar la comida, se fue.

En cuanto Ezequiel se quedó solo terminando su té, se le acercó el vicerrector de Patrimonio para darle una buena noticia. Tenía posibilidades de financiar parte de la base de datos que le había pedido.

— ¿Y ese cambio de opinión a qué se debe? —quiso saber el profesor con cara de asombro.

— He estado mirando la productividad investigadora de vuestro grupo y me he dado cuenta de que ha bajado un poquito, pero que tenéis un par de becarios predoctorales con un potencial investigador muy bueno y no podemos desaprovecharlos.

Las ideas de Ezequiel empezaron a relacionarse, las conexiones de las neuronas a través de las sinapsis le provocaron varios tics que esperaba no se vieran reflejados en su cara. Una de las razones del cambio de criterio del vicerrector, la menos probable, era que fuera verdad que había comprobado lo que publicaban y dónde lo publicaban y, por su cuenta, hubiera decidido que tenían que mejorar. Ezequiel tenía siempre presente los resultados de su grupo de investigación en ese campo y aunque reconocía que desde que Sofía se había dedicado más a la gestión universitaria que a la investigación, sus resultados no habían subido, pero tampoco bajado. Esa explicación no le convencía.

Otra posible razón del cambio de opinión para que le financiaran la base de datos, aunque solo fuera parte del coste, podría estar en que Sofía o Noelia hubieran hablado con él. Aunque ninguna de las dos conocía su petición al vicerrector, también era posible que él mismo le hubiera comentado su entrevista a una de ellas o a las dos. Esta opción tenía más visos de ser posible. Pero la que tenía, según relacionó Ezequiel, más papeletas para que fuera real era que uno de los becarios era hijo del arquitecto más reputado de la ciudad y cuando les comunicó la negativa de la compra y que su investigación podía ralentizarse, suponía que su padre no habría dudado en hablar con la Rectora y esta con el Vicerrector y a Ezequiel le llegaría el dinero para comprar la base de datos. Así funcionaba la política universitaria.

Ezequiel dio las gracias al Vicerrector por tan buena nueva y le aseguró que intentarían mejorar los resultados en investigación en los próximos años. De bien nacidos era ser agradecidos.

No era media tarde cuando la inspectora volvía a llamar al timbre de la residencia de los Ventura-Altozano. Se sorprendió del número de vehículos aparcados en las inmediaciones y el amplio murmullo que traspasaba el seto de la finca que denotaba la presencia de mucha concurrencia dentro del recinto. Varios vehículos con logotipos de empresas periodísticas hacían guardia al otro lado de la acera custodiados por un par de policías locales. La noticia del asesinato de Miguel Ventura todavía estaba en el candelero. La empleada de origen asiático, esta vez vestida de riguroso luto, le abrió la puerta de la valla y le dejó pasar sin preguntar a quién iba a visitar.

La primera imagen que vio Aurora se parecía más a una fiesta o una celebración que a un funeral. Las personas se movían en grupos por el jardín sin importarles estropear el cuidado césped. La mayoría con una copa en la mano, otros con un plato y los más audaces con las dos cosas en un equilibrio inestable. Lo que sí abundaba era corbatas negras delante de camisas blancas impolutas que acompañaban un traje oscuro en el sexo masculino y vestidos negros cortos y medios en el sexo femenino. Unos camareros que Aurora supuso de algún *catering* se movían entre el personal haciendo verdaderos malabares con bebidas y canapés variados. A primera vista distinguió a varios políticos locales de distintos signos ideológicos, empresarios y le pareció ver a algún bancario de alta nómina. Se acercó a la puerta para preguntar a la mucama por su señora o por alguno de sus hijos. La empleada, sin decir palabra y con gesto hierático, le señaló el interior del edificio.

El atuendo informal de la inspectora con camiseta, vaqueros viejos rotos y cazadora, eso sí, negra pero desgastada, desentonaba en el jardín por lo que agradeció tener que ir a la casa. Todas las puertas que desde el interior daban acceso al jardín estaban abiertas. Lo que diferenciaba el interior del exterior era el volumen de gente. Dentro había menos espacio libre. Aurora se asomó al salón donde ya la había recibido anteriormente Virginia Altozano. La vio sentada en uno de los cómodos sofás, rodeada de tres personas entre las que identificó a sus dos hijas y un hombre que no reconoció.

Al intentar el acercamiento Virginia la vio y su gesto no denotaba amistad, ni emoción, ni pesadumbre. Era una cara seria, con la mirada fría y, por el movimiento de sus manos, enfado.

— ¿Qué desea, inspectora? —fue el saludo de la viuda de Miguel Ventura—.

— Les acompaño en el sentimiento —dijo Aurora abarcando con la mirada a todo el grupo—. Supongo que ya conoce las últimas novedades sobre las conclusiones del forense y del inspector de trabajo.

— Sí, ya nos ha informado nuestro abogado.

— Me gustaría hablar con usted y sus hijos, cuando haya pasado el funeral.

— ¿Le parece bien mañana por la tarde? —se ofreció la viuda—

— Por mí, perfecto.

— Pues hasta entonces.

— Buenas tardes.

Desde luego, no fue una conversación muy amistosa. Virginia ni siquiera le había presentado a sus acompañantes. Tenía interés por saber quién era el desconocido masculino.

Al salir al jardín reconoció entre la gente que deambulaba por él al juez Segura, al obispo, a un teniente coronel de la Guardia Civil, al gerente del Hospital y a la Rectora de la Universidad. Todas las fuerzas vivas de la ciudad. Realmente la familia era muy conocida entre los ambientes más influyentes.

Cuando se alejaba del chalet, en una tapia de una finca sin construir, se fijó en una pintada borrada y vuelta a pintar en la que se intuía "Ventura explotador". Al verla, le vino a la mente una entrada en un blog donde se refería a la contratación de inmigrantes ilegales por parte de la empresa. Cuando lo leyó no le dio más importancia ya que no aportaba prueba alguna, solo eran juicios de valor, opiniones y suposiciones del autor. Además, no había encontrado nada en artículos de prensa contrastados. Aunque, pensó, si la empresa está tan bien relacionada con los poderes fácticos de la ciudad, no va a permitir ese tipo de noticias. Ninguno de los periódicos locales se arriesgaría a perder una sustanciosa cuenta de publicidad por unas suposiciones. Preguntaría a Pedro Carrera a ver si él tenía alguna denuncia. Como ya no le apetecía seguir dando vueltas, se dirigió a casa.

Ezequiel había llegado antes. Estaba en el despacho enfrascado delante de la pantalla del ordenador. Últimamente miraba más a la pantalla que a ella.

— Buenas, ¿qué haces?

— Hola cariño. Aquí estoy con lo tuyo.

— ¿Qué es lo mío?

— Estoy pasando los datos de los balances que me han descargado de la base de datos de la Universidad.

— ¿Hay algo que te haya llamado la atención especialmente?

— Todavía estoy empezando. Por lo visto la empresa pasó por dificultades hace años, pero de un tiempo a esta parte, ha revertido los resultados negativos en beneficios. Y, aunque parece que tiene poca renta, en cambio, tiene mucha riqueza, al menos en estos momentos.

—Que quieres decir con eso de la renta y la riqueza, ¿no es lo mismo?

— No, contablemente la riqueza de la empresa es el conjunto de bienes y derechos menos las obligaciones o deudas de los cuales es titular y que sirven para desarrollar su actividad.

— Es decir, si no te he entendido mal, la riqueza son las máquinas, las existencias, los edificios menos los préstamos, los créditos y los gastos.

— No, los gastos no. Los gastos se incluyen en el concepto de renta. La renta es la diferencia entre los ingresos que genera la empresa y todos los gastos de la explotación y los financieros que soporta durante un año.

— Vale, maquinaria, terrenos, construcciones, ordenadores, existencias, …

— Derechos de cobro a los clientes —le completó Ezequiel—.

— Menos préstamos, créditos y deudas con los proveedores. Eso es la riqueza de una empresa.

— Perfecto.

— Y las ventas, …

— Además de las subvenciones y otros ingresos.

— Menos los gastos de personal, luz, intereses …

— No te olvides de las compras.

— Menos todo eso es la renta que vendrían a ser los beneficios.

— Correcto. Pues Ventura Creaciones, S.A.U.

— ¿Qué significaba la U.?

— Unipersonal. Como te digo, esta empresa tiene mucha riqueza o patrimonio neto, pero tiene poca renta, pocos beneficios para el volumen de inversión que tiene.

— Y eso, ¿qué significa?

— Aunque tengo que hacer más análisis, puede significar que no le están sacando el beneficio esperado por el volumen de inversión y ello puede ser debido a pocas ventas, o a mucho gasto de personal o porque tenga que pagar muchos intereses o por una fuerte subida de las materias primas que no han podido o no han querido trasladar a los precios de venta. Otras opciones pueden ser que no declaren de forma oficial todas las ventas …

— Vamos, que vendan en negro.

— Sí, o que incluyan más gastos de los que son propios de la empresa o una combinación de todo. Pero hasta que no haga un análisis más pormenorizado y saque alguna ratio no podré decirte más.

— Bien. De momento, para empezar a entender el mundo empresarial me vale. ¿Vamos a cenar?

— Yo con una ensalada y fruta, me conformo — propuso Ezequiel—.

— Perfecto. Pues ponte a preparar una ensalada para los dos mientras yo me ducho y después puedes disponer de mi cuerpo como gustes.

— No me tientes, no me tientes.

Ezequiel fue a la cocina y abrió el frigorífico.

Capítulo 4. Inmovilizado no corriente

— ¡Joder Ezequiel! ¿Por qué te levantas tan temprano? —preguntó Aurora con las pestañas pegadas por las legañas, la boca pastosa y la somnolencia instalada en el cerebro cuando apenas pasaban diez minutos de las seis y media de la mañana—.

— Tú sigue durmiendo. Yo voy a trabajar un poco. Estoy terminando de corregir unas tareas que puse a los alumnos.

— ¿Y no puedes dejarlo para otra hora o para otro día? Si aún no es de día. Y ahora ya me has desvelado y no podré volver a coger el sueño.

— Ya lo siento.

Se disculpó el profesor cerrando la puerta para no molestar a la inspectora.

Después de veinte minutos, Ezequiel oyó ruidos en el dormitorio. Aurora se levantaba.

— ¿Vienes a hacerme compañía?

— No, anormal. Me voy a correr. Algo que también deberías practicar, que te estás poniendo como una foca —contestó la inspectora de mal talante—.

— Correr es de cobardes y además perjudica seriamente a la salud —dijo el profesor queriendo aportar un poco de humor a esa hora intempestiva de la mañana—.

La puerta de la calle se cerró con un fuerte golpe, señal inequívoca de que la inspectora empezaba el día con un severo cabreo.

La mañana amanecía oscura, gris, turbia, confusa, aunque a medida que Aurora iba incrementando el ritmo de la carrera y liberaba endorfinas se iba poniendo de buen humor. Mientras iba escuchando una *playlist* de *jazz* para correr, repasaba lo que, hasta el momento, se sabía de la muerte de Miguel Ventura y se hacía una idea de lo que podía dar de sí el nuevo día. No podía patinar en el encuentro que iba a tener esa tarde con la familia del fallecido. No podía ser blanda y dejar escapar la posibilidad de que algún miembro tuviera un desliz y facilitara alguna información que ayudara a esclarecer el caso, pero, como le había advertido el comisario, tampoco podía aplicarles un interrogatorio intenso. En su fuero interno le fastidiaba esta doble vara de medir a las personas en función del dinero y la posición que se tuviera. De todos modos, solo sería la primera toma de contacto. Si el fallecido hubiera sido una persona sin influencias, habría citado a toda la familia en la comisaría para comprobar sus coartadas y tomarles declaración, pero, claro, Ventura-Altozano era una combinación muy poderosa. Los Altozano eran una familia de rancio abolengo que venía de hacer dinero en América desde hacía más de siglo y medio. Por lo que pudo comprobar Aurora, estaban en todas las empresas importantes y en todas las asociaciones influyentes.

Durante el trayecto de regreso a casa, con el cansancio como un peso muerto en el pecho y las piernas, Aurora tuvo que reducir el ritmo de la zancada y la música de los auriculares ya no la motivaba tanto como al principio. La mente perdió el hilo del caso de Miguel Ventura y se le fue a su relación con Ezequiel. No tenía claro el momento exacto en que aceptó que el profesor se fuera a vivir a su piso, fue justo el momento en que perdió, según ella, su libertad, su amada independencia. ¿Le compensaba? No podía decir ni que sí, ni que no. Le había pillado en un momento de bajón anímico tanto en el aspecto profesional como personal y ahí estaba Ezequiel, en el lugar oportuno y el momento adecuado, ayudándola con el caso del asesinato de su estudiante. Así se había ganado sus simpatías. Gracias a él y a sus conocimientos pudieron detener al responsable. Luego él le pidió más citas, ella se dejó llevar y entre unas cosas y otras, había dos cepillos de dientes en el cuarto de baño, calzoncillos en su cajón de bragas y vivían juntos. Y, además, no podía pedirle que se fuera. Había alquilado su apartamento y el dinero recaudado por Ezequiel era lo que justo le daba a ella para contribuir a los gastos del piso. Reconocía que ese dinero le venía muy bien. Pero, ¿compensa? ¿Compensa que la despierte tan temprano? ¿Compensa que haya reducido su hábito a salir de fiesta por él? ¿Compensa tener que compartir la comida, la cama y las labores de la casa? Es verdad, tiene que admitir, que nunca ha tenido el piso tan limpio. Y, a nivel sentimental, ¿compensa follar siempre con el mismo hombre? Todas estas preguntas y algunas más se las plantea Aurora en el trayecto de vuelta. La decisión que toma, de momento, es procrastinar. Esperar y ver.

Al llegar a casa jadeante y con la camiseta mostrando islas de sudor en el pecho, la espalda y las axilas y la frente perlada de gotas de agua con sal, Ezequiel se quedó epatado y con ganas de proponer otro tipo de ejercicio, pero Aurora, sin darle tiempo a verbalizar la propuesta, se metió en la ducha. Otro día será. Después de desayunar juntos y un leve beso de despedida, cada uno se dirigió a su lugar de trabajo en direcciones opuestas. Ezequiel tenía intención de seguir analizando los balances y cuentas de resultados de la empresa Ventura Creaciones. Aurora pasó la mañana revisando el caso. Informes, fotografías y, a última hora, recibió una llamada de sus compañeros de la unidad científica para adelantarle que en la empresa no habían conseguido nada. Todo estaba extremadamente limpio. Ni siquiera el interruptor de puesta en marcha de la máquina presentaba huella alguna. Únicamente la sangre de Miguel Ventura rompía la inmaculada visión de la máquina. Esto afianzó a Aurora en la idea de que alguien había manipulado la máquina con la intención de que pareciera un accidente y, por lo tanto, había premeditación. Alguien había pensado cuándo y cómo hacerlo. Ahora le tocaba a ella encontrar el móvil, la ocasión y los medios que habrían llevado al asesino o asesinos a cometerlo.

Sin avisar a nadie decidió comer un bocadillo con un café en el bar Celona. Una tasca cerca de la comisaría cuyo dueño, catalán de origen murciano le resultó curioso hacer el juego de palabras con el nombre. La comida no era muy buena, pero los bocadillos eran generosos con el pan y abundantes con el contenido.

La tarde se había encapotado reduciendo ostensiblemente la claridad y amenazando con lluvia. A fin de cuentas, estábamos en la primavera de abril. Acabaría el día con el suelo mojado.

A primera hora de la tarde, Aurora estaba llamando a la residencia de los Ventura-Altozano. Como siempre, le abrió la puerta la asistenta asiática que le volvió a señalar la dirección del salón que la inspectora ya conocía. Al entrar, se sorprendió al ver a seis adultos y dos niños en la estancia. Los ojos adultos la miraban con aprensión y los infantes con curiosidad.

— Buenas tardes a todos —saludó Aurora— .

Virginia Altozano se acercó a ella y sin dar la posibilidad de contacto físico alguno le fue presentando a los integrantes de su familia.

— Le presento a Marta, mi tercera hija y actualmente la única persona de esta familia que trabaja en la empresa.

— Hola Marta, encantada de conocerte. Se nota tu trabajo en el mantenimiento de las redes sociales de Ventura Creaciones. He visto que estáis muy bien posicionados.

— Muchas gracias inspectora, pero es una tarea coral. Lo único que yo hago es dirigir a un estupendo equipo —contestó la aludida—.

— Que nos cuesta un montón de dinero —puntualizó su madre dando a entender que el dispendio en ese apartado de la empresa no era de su agrado—. Estos son Elena, mi segunda hija, y su marido, Pelayo.

— Encantada. ¿Y ustedes a qué se dedican?

Virginia contestó sin dar opción ni a su hija ni a su yerno. Aurora reconoció a Pelayo como el acompañante misterioso de Virginia el día del sepelio.

— Elena a sus labores y cuida de mis dos nietos, Alba y Eduardo que, como puede apreciar no pueden estarse quietos. Pelayo es abogado en ejercicio. El alto de la corbata es mi hijo mayor, Miguelito. Es doctor y ejerce en el hospital.

El diminutivo le sonó a chiste a la inspectora, aunque suponía que dentro de la familia sería necesario para distinguir al hijo del padre. Suponía que en el hospital nadie le llamaría así

— ¿Cuál es su especialidad? —quiso saber Aurora—.

— Soy traumatólogo —contestó el aludido—.

— Y el que está sentado, fumando, aunque no debería, es el pequeño Jacinto. No me pregunte a qué se dedica porque ni él ni yo lo sabemos.

— Encantada de conocerlos a todos. Yo soy Aurora Escribano, la inspectora de policía que, junto con el comisario Rubio, nos hemos hecho cargo de este caso para intentar resolver el asesinato de su marido, de su padre y del abuelo de esos pequeños.

"Les informo oficialmente de que el caso está bajo secreto sumarial por lo que no pueden hacer pública ninguna información relativa al caso para no perjudicar las actuaciones policiales. En deferencia a ustedes, les puedo comentar lo que sabemos hasta ahora, por lo que, si les parece bien, pueden retirar a los niños para que no se impresionen."

Después de llamar a la asistenta para que se llevara a los niños a la habitación de los juegos con la advertencia por parte de su madre Elena de que no estuvieran mucho tiempo enganchados a las pantallas, Aurora relató parte de lo que se sabía.

— Parece ser que don Miguel recibió un fuerte golpe en la parte trasera de la cabeza que le provocó la muerte y posteriormente el autor o autores manipularon la máquina en la que fue encontrado para simular el accidente que todos pensamos al principio que era el motivo de su fallecimiento —casi todos, a excepción de Jacinto, asintieron—. Todo esto está ya dictaminado por los informes del forense y de la inspección de trabajo.

— ¿A qué hora ha establecido el forense la hora del *exitus* de mi padre? —preguntó el hijo mayor—.

— Ha establecido un rango entre las trece y las dieciséis horas. Aprovecho para preguntarles su situación y ocupaciones entre esas horas del Sábado Santo.

— ¡¿Nos considera sospechosos?! —saltó airada Virginia—.

— La verdad es que, de momento, no considero a nadie inocente, pero si puedo descartarles a ustedes como culpables, puedo centrarme en otras personas.

El gesto de desagrado de Virginia y la media sonrisa de Jacinto fue en lo que más se fijó Aurora. El resto de los presentes mostró indiferencia.

— Nosotros dos y nuestros hijos estábamos todos comiendo juntos en casa —se apresuró a contestar Pelayo—. ¿A que sí, Elenita?

— ¿Tienen algún miembro del servicio que pueda corroborarlo?

— No tenemos servicio —dijo Elena mirando a su madre como si fuera la culpable de dicha situación doméstica—.

La contestación de la hija de Miguel Ventura sorprendió a la inspectora que estaba anotando las respuestas de la familia en su tableta. Hubiera jurado que esa familia no sabría desenvolverse en la vida sin una asistenta.

— Yo había salido por la mañana de guardia y estaba en casa durmiendo —dijo el médico—. Y no lo puede corroborar nadie porque en casa solo vivo yo.

Aurora asintió y se quedó mirando al hijo menor, Jacinto.

— ¿Entre qué horas dices? —preguntó el menor de los Ventura con un deje de pasota que no le fue indiferente a la inspectora—.

— Entre la una y las cuatro de la tarde.

— Yo no tengo ni idea de dónde estaba a esas horas. No salía de guardia, pero creo que salía de un concierto o una *rave* o de algo parecido. No lo tengo claro. Solo sé que alguien me trajo a casa a las seis. ¿Eso vale?

— Ni sí, ni no, sino todo lo contrario. De momento lo anoto.

— Usted ya sabe dónde estaba yo y con quién entre esas horas —dijo la matriarca—.

— Sí, muchas gracias. ¿Y usted, Marta?

— Yo volvía de un viaje. Estaba en tránsito —contestó mirándose las uñas y sin establecer contacto directo con la mirada de la inspectora lo que le produjo una extraña sensación de desasosiego—.

— ¿Iba sola o con alguien?

— Martita siempre va sola, quién va a querer estar con esta bruja —contestó Jacinto—.

— ¡Jacinto, por favor! —gritó su madre—.

— Como dice mi amado hermano, venía sola.

— Bien, pues, si les parece, de momento lo dejamos aquí. No quiero molestarles más y, si necesito alguna aclaración, me pongo en contacto con ustedes individualmente. Por favor, si fueran tan amables de pasarme su número de teléfono. Les llamaría solo si fuera absolutamente necesario.

Todos los miembros de la familia fueron escribiendo con mejor o peor letra su nombre y su número de móvil.

— Buenas tardes a todos y les reitero, en nombre del comisario y del mío propio nuestro más sentido pésame —se despidió la inspectora—.

Cuando ya iba a abandonar el salón, Aurora se giró y mirando al grupo dijo:

— Perdón. Una pregunta antes de marcharme. ¿Tenían en la empresa vigilante de seguridad o cámaras?

Fue Marta la que tomando la palabra le explicó a la inspectora que su padre nunca quiso cámaras y las empresas de seguridad, según él, propiciaban los robos en las empresas. Decía que con la policía ya tenían más que suficiente. Al fin y al cabo, nadie iba a robar maquinaria que para moverla necesitaban una grúa y solo servían para coser. Pensaba que un buen seguro era la mejor opción.

Aurora les dio las gracias y abandonó la residencia con el convencimiento de que alguno había mentido y entre ellos empezaría una discusión. Encendió la tableta y escribió debajo de la fecha y de la hora:

“Ningún hijo con coartada. Solo Virginia.

Comprobar el espacio de tiempo con el contable.

Investigar a cada uno de los hijos

Sin vigilantes ni sistemas de seguridad con cámaras”

Al llegar a la mesa de la comisaría, Aurora vio que el comisario Rubio la estaba esperando con los brazos cruzados. Eso no era buena señal.

— Me ha llamado el abogado de los Ventura-Altozano para quejarse de que no le has avisado para el interrogatorio —fue su saludo—.

— A las buenas, comisario. ¿Sabe lo que le diría yo a ese señor?

— ¿Qué?

— Que compruebe, antes de meter la pata, si su cliente le tiene en cuenta. Esta visita estaba programada desde ayer y fue la propia señora Altozano la que marcó la hora. Así que el abogado que se lo haga mirar. Que le hubiera llamado la familia.

— Y cómo es que yo no sabía nada. Así no puedo ayudarte en la investigación. Si lo llego a saber le echo un rapapolvo y le pongo a escurrir. Bueno —dijo el comisario descruzando los brazos—, ¿cómo ha ido todo?

— Solo ha sido una primera toma de contacto. Para irnos conociendo, que sepan que yo llevaré la investigación e informarles de lo que sabemos hasta ahora.

— ¿Nada más?

— Sí, les pregunté por sus coartadas y parece que ningún hijo puede justificar dónde estaba entre la una y las cuatro del sábado. Únicamente la madre dice que estuvo todo el tiempo con el contable. Así que me toca ahora investigarles uno a uno.

— Con mano izquierda Aurora que te conozco.

— Ya sabes lo diplomática que soy.

— Por eso te lo digo —dijo el comisario mientras se dirigía a su despacho—.

La ironía y el cinismo son una de las notas características más destacables de Aurora, de lo que ella hace gala y no se arrepiente de practicar ni la una ni el otro.

Cuando llegó a casa, Ezequiel estaba preparando la cena. Estaba friendo patatas mientras esperaban su turno unos filetes de pollo empanados.

— Hola cari —le dijo Aurora mientras le daba un beso en el cogote—.

— Hola, estoy haciendo la cena.

— Ya veo, pero ¿filetes y patatas para cenar?

— Sí, algo ligero.

— Yo hubiera preferido ensalada y fruta.

— ¡No me fastidies Aurora! Ahora que lo tengo todo listo.

— Bueno, vale. Pero mañana ensalada y fruta.

— Vale. Pero te toca a ti prepararla.

— Hecho.

Durante la cena, con los Nocturnos de Chopin de fondo, Ezequiel le comentó a Aurora un detalle de los balances de Ventura Creaciones que, a primera vista, le había llamado la atención. La empresa, hasta la entrada de los chinos en el mercado de la confección textil, no habían solicitado nunca ni un préstamo ni un crédito. Ezequiel tuvo que explicarle a Aurora la diferencia entre estos dos conceptos que habitualmente se utilizan como sinónimos pero que, en el ámbito bancario y empresarial, en su operativa presentan diferencias sustanciales.

En el préstamo, le dijo el profesor a la inspectora, el prestamista le entrega al prestatario la cantidad acordada en el momento de la firma del contrato y, a partir de ese momento, todas las obligaciones recaen sobre el prestatario; el pago de los intereses, las comisiones y cualquier otra remuneración que se acuerde. Los intereses se calculan sobre la cantidad total en su inicio y se pacta un calendario de devolución de la cantidad inicial e intereses que se llama cuota. En el crédito, o más correctamente, en la póliza de crédito, lo que se pacta en el contrato es la puesta a disposición de una determinada cantidad por parte de la entidad financiera a favor del acreditado que solo pagará intereses de la parte que haya dispuesto y vaya utilizando. Es como si la entidad reservara una cantidad de dinero a favor de su cliente y que este puede ir utilizando como estime más oportuno. En este caso, las obligaciones surgen en las dos partes del contrato ya que este contrato funciona como una cuenta corriente en la que la entidad deja que se disponga de su dinero, hasta un cierto límite establecido en el contrato, y el acreditado puede ir sacando y metiendo dinero en la cuenta a su libre albedrío, sin calendario establecido. Eso sí, a la fecha de vencimiento hay que reponer el dinero dispuesto más los intereses y comisiones que hayan resultado de las liquidaciones.

— Pero qué listo es mi niño —dijo Aurora dejando el tenedor y dándole un beso en el carrillo—. ¿Qué ventajas tiene un sistema u otro para las empresas?

— A una empresa el contrato de póliza de crédito le viene muy bien para resolver problemas puntuales de tesorería a corto plazo o para el inicio de una nueva inversión cuando no tienes claro qué cantidades tienes que desembolsar ni en qué momento. El crédito te da mucha libertad ya que, como funciona como una cuenta corriente, si puedes ir ingresando efectivo vas a pagar menos intereses, incluso se puede establecer que, si en un momento determinado, ingresas más que lo que has retirado, la entidad podría pagarte intereses como en una cuenta corriente.

Aunque esta situación es ilógica ya que si has firmado una póliza de crédito no es porque te sobre liquidez precisamente.

— ¿Y qué es lo que le pasa a Ventura Creaciones con los créditos y préstamos?

— Pues que, hasta finales del siglo pasado, nunca habían solicitado ninguno, lo que demuestra que el negocio era muy rentable. Cuando se tenían que hacer nuevas inversiones, por arte de birlibirloque, aparecía más dinero, se vendía más, se generaban más beneficios y se utilizaba ese dinero para mejorar o aumentar la riqueza de la empresa a través del inmovilizado no corriente de la misma. Cuando, posteriormente, han solicitado o necesitado préstamos o créditos, en los momentos de los pagos fuertes que coinciden con la devolución del principal de los préstamos, que se demoraban varios años, en ese momento crucial, vuelve a aparecer dinero en la empresa como consecuencia de más ventas y, en alguna ocasión, las menos, con menos gastos.

— Y eso, ¿qué quiere decir?

— Se intuye, o por lo menos yo así lo creo, que la empresa vende gran parte de su producción en negro y cuando necesita liquidez, lo blanquea y también infla los gastos, salvo que tenga que devolver préstamos.

— Pero los pagos de los préstamos los tiene que hacer mensualmente, ¿no?

— No necesariamente. Tú estás pensando en un préstamo hipotecario de cuota constante y periodo mensual que es el que pide la mayoría de la gente para comprar una casa. En el caso de la empresa, por lo que puedo deducir de los balances, utilizan un sistema de amortización o devolución del principal de tipo americano. Se pagan intereses y solo intereses durante la vida del préstamo y al vencimiento hay que desembolsar la cantidad solicitada, el principal recibido.

— Vamos que tienen que tener una buena bolsa de dinero no declarado.

— Eso intuyo. Me lo confirman las ratios de ventas por trabajador y año que aumentan considerablemente en los años que necesitan más liquidez. En esos años de aumento de ventas no hay un mayor coste de personal significativo, ni de suministros de materias primas, solo hay más ventas.

Aurora se quedó pensativa mientras tragaba sin darse cuenta patata tras patata.

— ¿Y de esos manejos Hacienda no se da cuenta?

Ezequiel intentó explicar que, en el caso de que Ventura Creaciones tuviera una inspección fiscal, lo primero que le iban a pedir serían los justificantes de los ingresos, pero, sobre todo, de los gastos y, seguramente, en ese apartado el contable y el asesor fiscal lo tendrían todo al día y sin ningún problema lo justificarían todo. Las ventas sin facturas son difíciles de señalar para los inspectores de Hacienda. Tienen que recurrir a estimaciones que, de forma directa o de forma indirecta, demuestren esas ventas sin facturas y eso siempre resulta complicado si no hay pruebas claras que lo manifiesten. Además, el sector textil es muy dado a este tipo de ventas en negro al tener como clientes a pequeñas tiendas que no están obligadas a llevar una contabilidad oficial. Otro aspecto, continuó explicando Ezequiel, es que, en caso de inspección fiscal, el ser una de las mayores empresas de la ciudad, podía presionar más a nivel político para que las inspecciones, que seguro alguna ha tenido, resultaran poco sangrantes a sus intereses.

—¿Entiendes? —preguntó finalmente Ezequiel—.

—Ya lo creo, los ricos siempre salen beneficiados. ¡Qué asco! Me has amargado la noche. Anda tira para la cama que no me apetece nada fregar los cacharros ahora.

Bajo una fina lluvia que calaba si uno no se protegía bajo un paraguas o un impermeable y con una temperatura por debajo de lo que sería habitual para la mediada primavera, Aurora fue hasta la fábrica de Ventura Creaciones para hablar con el contable, gerente, encargado o cualquiera que fuera el cargo que tuviera quien había encontrado el cuerpo sin vida de Miguel. Aprovecharía, si podía, para hablar con parte del personal y ver cómo respiraban y qué le podían decir de la pintada borrada que había a las puertas de la residencia de los Ventura-Altozano.

La secretaria de Luis Sánchez le hizo esperar hasta que terminó de hablar con el director de un banco. Después de varios minutos de impaciencia y de haber repasado tres veces las fotografías que mostraban la evolución de la empresa desde el siglo anterior hasta la actualidad, del blanco y negro al sepia y del sepia al color, Luis salió de su despacho.

La primera impresión que tuvo Aurora del contable tanto el día de la inspección de Trabajo como esa misma mañana fue de rechazo. No se esperaba que un mero contable vistiera con un terno de buena tela italiana, corbata de seda y zapatos tan lustrados que reflejaban la enorme nariz aguileña de su dueño. Además, iba peinado para atrás sujetando todo el cabello con kilos de gomina que no dejaban escapar ni un pelo. Eso sí, llevaba las orejas desabrochadas y ¡con un pendiente! La joya desentonaba en la imagen de oficinista anticuado del resto. Ya se lo decía su madre, "no te eches un novio contable que son muy aburridos. No tienen ninguna gracia". ¡Qué razón tenía! La verdad era que, en la anterior visita, prácticamente no se había fijado en él, reconocía que había estado más pendiente de la revisión de la máquina por el inspector de Trabajo.

Al indicar su despacho y señalar una silla para que se sentara, Aurora detectó cierto amaneramiento en sus andares y gestos. Podría ser un homosexual que no ha salido del armario y se esfuerza en aparentar lo que no es ni lo que siente. De repente, se le vino a la mente el contable vestido para ir en la carroza del día del orgullo gay y una sonrisa asomó a sus labios.

— ¿Hay algo que la haga gracia, inspectora?

— Sí, que tiene usted el mismo modelo de pluma estilográfica que alguien que conozco.

— ¿Y la usa?

— No, le da pena y dice que no sabe escribir con ella.

— Con pluma es la mejor manera de escribir, sobre todo si es buena como esta. A mí, me la regaló don Miguel que en gloria esté.

Con el uso de la palabra pluma del contable y la expresión católica usada por Luis volvieron a hacer sonreír a Aurora, aunque esta vez intentó que no se la notara.

— Usted dirá, inspectora, en qué puedo ayudarla.

— He venido a que me cuente lo que pasó, desde su punto de vista, el sábado pasado. Y, por favor, sea lo más preciso posible sin olvidar ningún detalle.

— Con mucho gusto. El sábado fui a la residencia de don Miguel y doña Virginia ...

— ¿Por qué fue un día de fiesta a su casa?

— Me lo pidió don Miguel.

— ¿Cuándo?

— El miércoles anterior. Cuando ya me iba a marchar, por la tarde, me llamó a su despacho y me pidió, si no era mucha molestia para mí y si no tenía nada que hacer, que fuera el sábado a las doce a su casa para cerrar de forma definitiva las cuentas del ejercicio pasado.

— ¿Sabía alguien más que le había citado su jefe el sábado en su casa?

— No, que yo sepa.

— ¿Era habitual que lo citara en un día de fiesta y además en su propio domicilio?

— Don Miguel tenía una agenda muy apretada. Tenga en cuenta que somos una gran empresa —en ese momento la inspectora recordó la explicación que le había dado Ezequiel sobre la diferencia entre mediana y gran empresa—. Además, él tenía múltiples compromisos sociales.

— ¿Era tan urgente cerrar el ejercicio para no demorarlo hasta el lunes?

— Para él, parece que sí. La verdad es que teníamos que haberlo cerrado oficialmente durante el mes de marzo, pero, al ser una empresa familiar, el cierre se producía cuando podía don Miguel.

— Bien, prosiga.

—Lo dicho, llegué sobre las doce y, al poco rato de estar con él y de repasar y ajustar el balance final y la cuenta de resultados, me comentó que tenía unos datos que había que incluir.

—¿Sobre qué tema?

—Sobre ..., sobre préstamos, sí. Sobre qué parte habría que reclasificar a corto plazo y qué parte iría a largo plazo —dudó el contable—. Al advertir que no tenía esa información, dijo que iría a la empresa a por ella y que enseguida seguiríamos.

—¿No podía consultar esos datos desde casa por internet?

—No, los bancos le habían enviado la información en papel.

—¿Le ofreció quedarse a comer con el matrimonio?

—Pues no. Solo me ofreció una cerveza y después de que se marchó, doña Virginia me trajo unas aceitunas.

—¿A qué hora dejó la casa Miguel?

—Sería en torno a la una.

—¿A qué hora debería de haber regresado en condiciones normales?

—Pues, como mucho en una hora, porque, desde su casa a la fábrica hay veinte minutos, otros tantos para regresar y lo que tardara en abrir y recoger la documentación.

—¿Veinte minutos para recoger unos papeles?

—Bueno, tuvo que abrir la caja fuerte ...

—¿Hay una caja fuerte en la empresa?

Aurora notó que el contable se ponía nervioso y que el rubor le cubría parte de la cara y, desde luego, las orejas. Anotó mentalmente que había sido un desliz del empleado. A la inspectora le gustaría saber qué había en esa caja fuerte y quién tenía la combinación para abrirla.

—Sí, en el despacho personal de don Miguel.

—Hay que precintar esa caja. Que nadie la toque.

—Inspectora, no tengo claro que eso sea muy legal. Al fin y al cabo, su contenido le pertenece o a la familia o a la empresa.

—Nadie va a hacerse con el contenido. Lo único que quiero es ver lo que había dentro. En estos días, ¿alguien ha tenido acceso a ella?

—Que yo sepa no. Mientras he estado yo en la empresa nadie ha entrado en el despacho del difunto don Miguel.

—Pues ponga una nota a la puerta del despacho indicando que la policía prohíbe, hasta nuevo aviso, tocar dicha caja de seguridad. Siga contándome lo que pasó el sábado.

—Bien, como iban pasando las horas …

—¿Cuántas horas?

—Tres desde que don Miguel marchó. A doña Virginia y a mi nos extrañó que no hubiera regresado, así que le comenté a doña Virginia que iba a buscarlo por si había tenido un accidente.

—¿No se le ocurrió llamarle por teléfono?

—Claro, pero lo había dejado en casa y en el teléfono de la empresa no contestaba nadie

—En todo ese tiempo, ¿no comió nada en casa de los Ventura-Altozano?

—No. Como ya le he dicho, únicamente doña Virginia me sirvió otra cerveza. Tenga en cuenta que estábamos esperando a don Miguel que podría llegar en cualquier momento.

— Durante el tiempo de espera, ¿de qué hablaron Virginia y usted?

— Pues... de nada en concreto, de los nietos, del jardín, del tiempo ...

— ¿No hablaron de la empresa?

Aurora notaba que a Luis estas preguntas le estaban descolocando, que no se las esperaba.

— Pues, no. De la empresa no hablamos. Creo que a doña Virginia no le interesa mucho la gestión empresarial.

— Bien. Entonces a las tres usted fue a la empresa.

— No, a las tres, no. A las cuatro cogí el coche y haciendo el recorrido que suponía había hecho don Miguel, llegué a la empresa.

— ¿A qué hora?

— Sobre las cuatro y cuarto o cuatro y veinte.

— ¿Estaba allí el coche de Miguel Ventura?

— Sí, estaba aparcado en su plaza de garaje.

— Señáleme la plaza donde estaba el coche.

Se acercaron a la ventana y Luis le señaló una plaza techada en la que se podía leer RESERVADO.

— Continúe.

— Me acerqué a la fábrica. La puerta estaba abierta y me sorprendió que estuvieran todas las luces encendidas.

— ¿Por qué le sorprendió? Se supone que Miguel estaba dentro.

— Porque él era muy ahorrador, bueno yo también, es una manía que he adquirido trabajando bajo sus órdenes. Así que fui apagando algunas luces hasta que vi el cuerpo de don Miguel en la máquina.

— Y, ¿qué hizo?

—Lo primero comprobé si me oía, si respiraba o estaba consciente. Al no contestarme, intenté moverlo, pero no pude. Así que llamé a emergencias.

—¿Qué hora sería cuando llamó?

—Pues, las cuatro y media, supongo.

—¿Tardó mucho la ambulancia?

—Media hora.

—¿Qué hizo en ese tiempo?

—Avisé a doña Virginia de que su marido había tenido un accidente.

—Bien. ¿Alguna cosa más que quiera añadir?

—No que yo recuerde.

—En caso de que recuerde algo que no me haya dicho, le dejo mi número de teléfono.

—Muchas gracias.

—A usted. ¿Podría hablar con alguien del personal, el responsable del taller o la secretaria de Miguel si se encuentran en la empresa?

—Por supuesto, los dos están en la empresa. ¿Quiere hablar con ellos dos?

—Si es posible, sí y con el representante de los trabajadores también.

—El representante de los trabajadores es el jefe del taller.

Cuando ya iban a salir los dos del despacho del contable, Aurora le sujetó por el brazo y le preguntó:

—¿Todo el tiempo que estuvo usted en casa de los Ventura-Altozano permaneció junto a doña Virginia?

La pregunta le pilló por sorpresa a Luis que atusándose el pelo embadurnado de gomina respondió que sí. Ellos dos estuvieron juntos durante las tres horas.

Aurora anotó en la tableta:

"¿Por qué dejó Miguel su coche en la plaza del parking en vez de junto a la puerta de la fábrica?

Miguel se olvidó el móvil en casa. Ja. ¡Qué oportuno!

Luis confirma la coartada de Virginia y Virginia la de Luis. Descartados"

El antedespacho de Miguel Ventura es el lugar de trabajo de Margarita Carrero, su secretaria personal. Un lugar lleno de archivadores que servían de pedestal a varias plantas que lucían muy hermosas según la opinión de Aurora. Luis Sánchez acompañó a la inspectora hasta el cubículo de Marga.

— Buenos días, señora Carrero, tiene usted muy buena mano para las plantas —dijo Aurora señalando el semicírculo que ocupaban las diferentes macetas después de las oportunas presentaciones—.

— Muchas gracias inspectora —respondió medio compungida la administrativa—.

Margarita Trinidad Carrero es el nombre completo de la empleada que vestía como una chica de veinticinco años, se peinaba como una señora de sesenta años y sus modales se parecían a una mujer de mediados del siglo pasado, aunque no alcanzaba los cincuenta años. Su vestido oscuro excesivamente corto por arriba y por abajo dejaba las piernas a la vista desde poco más de medio muslo y el pecho al borde de la aureola. El moño negro de luto no favorecía nada a su cara al llevarlo muy tirante y pegado al cráneo. Los kilos de maquillaje y sus tacones de aguja hubieran sido más adecuados en una fiesta que en ese lugar de trabajo. Después del saludo, Marga se parapetó detrás de una pantalla y tecleaba, si es que podía, pensó Aurora, con unos dedos adornados con unas uñas postizas tremendamente largas. En su día, con menos maquillaje y otra vestimenta, tuvo que ser muy guapa, apreció Aurora.

— ¿Desde cuándo lleva usted siendo secretaria de Miguel Ventura?

— Este junio cumpliré nueve años en la empresa.

Al notar la presencia en la conversación de Luis, Aurora le invitó a abandonar el lugar aduciendo que era una conversación privada. Luis pidió perdón y las dejó a solas.

— ¿Está usted contenta con el trabajo que desempeña?

— Sí, mucho. Con don Miguel se trabaja, se trabajaba muy bien. Era muy atento conmigo, muy detallista y muy meticuloso.

— ¿Le llevaba usted la agenda?

— La mayoría, sí.

— Cómo que la mayoría. ¿Se la llevaba o no se la llevaba?

— Todo lo referente a la empresa, citas, eventos, viajes y demás se lo gestionaba yo, pero lo que eran sus relaciones sociales las llevaba él personalmente. Era muy reservado y meticuloso con su vida privada.

— ¿De qué manera coordinaba esas dos agendas?

— Con mucho cuidado, era muy exigente.

— Sí, ya sé, además de atento, detallista y meticuloso. A lo que me refiero es si tiene la agenda física donde él anotaba las citas.

—No, por dios. Estamos en el siglo XXI. Utilizábamos Google Calendar sincronizado. Don Miguel tenía una cuenta personal en la que podía ver todo lo que yo anotaba en la cuenta de la empresa.

— Necesito acceso a la cuenta de la empresa y a la cuenta personal para comprobar las últimas citas y entradas que se anotaron.

— Yo puedo darle la clave de la empresa si me autorizan, pero la cuenta personal no la tengo.

— ¿Era habitual que Miguel trabajara en un día de fiesta?

— Hace años era seguro, pero últimamente, desde que tuvo a los nietos, decía que había que conciliar vida laboral y personal. Así que era raro que él viniera o nos hiciera venir a trabajar en festivo.

— ¿Trabajaba en casa?

— A eso no puedo contestar. Imagino que doña Virginia lo sabrá mejor que yo.

—Claro, claro. Según me han dicho, a Miguel Ventura le gustaba trabajar o limpiar o manipular lo que fuera en la máquina en la que le encontraron.

— Habitual, habitual … no. Solo lo hacía cuando había alguna visita o algún acto social o para algún anuncio o promoción de la empresa. Es verdad que, en esos casos, no tenía inconveniente en quitarse la chaqueta, recoger la corbata dentro de la camisa y remangarse para hacer que trabajaba.

— ¿Para hacer que trabajaba?

— Sí, la máquina asesina, la hemos bautizado así entre nosotros, ya no se utiliza en el proceso productivo. Está de adorno, como si fuera un vehículo viejo, viejo no, clásico. Solo para mostrar de dónde veníamos para comparar hacia dónde nos dirigimos, como dice nuestra publicidad.

— En resumen, que Miguel no ponía en marcha la máquina, así como así, en cualquier momento, para relajarse.

— Habitualmente, no.

A Aurora ya le estaba cargando tanto habitualmente. Cambió de tema de conversación.

— ¿En los últimos días o meses, recuerda que Miguel tuviera alguna discusión con algún trabajador o proveedor o cliente o conocido?

— No, la verdad es que no. Lo único las ya clásicas broncas que le soltaba al díscolo de su hijo pequeño por no trabajar y darse a la buena vida o a la mala vida como decía don Miguel.

— ¿Tuvo lugar alguna de esas broncas en la Semana Santa?

— Creo que fue el Lunes Santo la última vez que vi a Jacinto por aquí. Y, la verdad, marchó muy enfadado.

—¿Sabe cuál fue el motivo?

— No.

— Miguel ¿tenía amantes?

El rubor de la cara de Marga le dijo mucho a la inspectora.

— Señora, yo a eso no puedo contestar. No entra dentro de mis atribuciones.

— Vamos a ver, Marga. Miguel Ventura era un sesentón bien plantado, guapo y con todo el pelo. No me diga usted que en los casi nueve años que lleva aquí no ha habido alguna indiscreción. Alguna mujer que le llamara mucho y que no fuera cliente ni proveedora. Alguna vez le encargaría enviar regalos, flores, bombones o joyas a alguna dirección que no tuvieran en la lista de contactos de la empresa. Seguro que entre las trabajadoras de la empresa esas cosas se comentan.

— Señora no puedo ni debo decir nada sobre ese tema.

— Tenga en cuenta que esta información podría ayudarnos a esclarecer el asesinato y callársela podría suponer obstrucción a la justicia —amenazó Aurora lanzando un farol—.

Marga se quedó mirando la puntera de sus zapatos de charol.

— Alguna vez sí que me pareció que don Miguel se veía con alguna …

— ¿Qué le hacía suponer eso?

— Pues me mandaba despejar la agenda de la empresa algún viernes o algún lunes o posponer alguna cita poco importante. Y también, algún cargo raro en la tarjeta de crédito de la empresa.

— ¿Qué tipo de cargo raro y para quién?

— De los grandes almacenes o de, como usted ha dicho, floristerías o restaurantes. Para quién no lo sé.

Una corazonada instantánea le hizo preguntar:

— ¿Usted ha tenido algún encuentro íntimo con Miguel Ventura?

— ¡Señora, por dios que estoy casada!

— Recuerde lo de facilitar a la justicia el atrapar al asesino.

Marga volvió a mirarse los zapatos y con el rubor mucho más intenso en las mejillas hizo un gesto de confirmación.

Capítulo 5. Existencias

— Al empezar a trabajar aquí, sí que don Miguel me propuso alguna vez acompañarle en algún viaje en el que compartíamos habitación. Pero fue antes de que conociera al que hoy es mi marido.

Marga hizo esta confesión en voz baja, casi como si fuera un murmullo, los párpados caídos como si estuviera meditando y la frente engurruñada como si estuviera enfadada consigo misma. Aurora constató en la cara de la secretaria el dolor que la suponía hacer esas declaraciones y rompió un tenso silencio que se asentó tras sus palabras.

— Por supuesto, la creo. ¿Cómo era Miguel en la intimidad?

— Yo solo le puedo decir cómo era conmigo.

La secretaria no levantaba los ojos del suelo con un gesto de arrepentimiento y con un tono de voz cada vez más bajo que a Aurora le costaba oír lo que decía

— Me vale.

— El poco tiempo que mantuvimos la relación era atento, detallista ….

— Ya estamos y meticuloso. Ya lo ha dicho antes —al momento Aurora se arrepintió de la interrupción—.

— Pues eso, me hacía regalos, siempre pagaba él…

— Eso lo doy por descontado, más siendo su jefe. Me interesa más saber cómo era en las relaciones íntimas.

El rubor de Marga iba ganando en intensidad a la vez que su voz perdía decibelios y sus ojos se iban cerrando. Parecía que necesitaba meditar las frases antes de decirlas. No estaba resultando nada fácil hablar de esos temas con una extraña. Ni con su marido se había atrevido a comentarlo.

—Al principio era normal, pero hubo un momento en que cambió y quería explorar cosas nuevas que a mí no me gustaban y que yo no había hecho nunca.

—Como qué.

—Por favor, no me haga decirlo.

—Le prometo que no saldrá de aquí y que no figurará en informe alguno. Solo me interesa por conocer la personalidad de Miguel Ventura.

—Una vez quiso hacer un intercambio de parejas con un gran cliente que, al parecer, se había encaprichado de mí. Otras veces me hacía vestir con disfraces muy provocativos.

Aurora se asombró alzando las cejas al pensar qué podría ser más provocativo de lo que ella llevaba en ese momento.

—Otras veces —continuó Marga—, quería experimentar posturas raras o simular sumisión y cosas de esas. Cuando insistió en lo no habitual, le dije que yo no quería continuar.

—¿Cómo se lo tomó Miguel?

—Al principio, mal. Me retiró los pluses de productividad.

Ahora sí, Marga levantó la cabeza y el tono de voz para dejar claro que las represalias de su jefe no le habían parecido bien.

—¡Cabrón! —la expresión se le escapó a Aurora—.

—Pero, después me dejó en paz y nuestra relación fue exclusivamente laboral.

—Ya. Supongo que encontraría a otra.

—Sí.

— Y ¿doña Virginia sabía de las aventuras de su marido?

— Yo creo que sí. Alguna vez, cuando estábamos juntos, me dio a entender que él, desde que nació el señorito Jacinto, su último hijo, no había vuelto a tocar íntimamente a su mujer.

— ¿Puede decirme el nombre de la actual amante de Miguel?

— Lo siento, pero no la conozco. Nunca me he interesado por sus líos de faldas. Desde hace un tiempo no me pide que me encargue de los regalos o las reservas de hoteles para sus aventuras.

— ¿Dónde estuvo usted el Sábado Santo entre la una y las cuatro de la tarde?

— El sábado estuvimos toda la familia en casa de mis padres en el pueblo. Fuimos el viernes y regresamos el Domingo de Resurrección.

— Muchísimas gracias, Marga, ¿puede avisar al representante de los trabajadores para que venga a hablar conmigo?

— Inmediatamente.

Aurora se quedó sola en el despacho de Marga con la idea de que, a pesar de la figura estrafalaria que mostraba, era muy eficiente y trabajadora. Seguro que, si no fuera así, Miguel, después de su aventura con ella, la habría despedido.

Joaquín Gallego es el jefe del taller y, además, el representante de los trabajadores de Ventura Creaciones S.A.U., bajo, calvo, no llega al uno sesenta con barba bicolor blanca y gris y pegado al teléfono móvil entró en la sala donde espera Aurora que está terminando de teclear en su tableta.

"Luis, contable. ¿Es ahora el jefe de la empresa?

Marga, secretaria Miguel. Acosada por Miguel tuvo una relación. Posible móvil por celos de su marido. Comprobar coartada del matrimonio. Investigar quién era la amante actual"

— Buenos días, señor Gallego.

— Buenos días, inspectora —dijo el sindicalista colgando la llamada que mantenía en el móvil—.

— Me gustaría que me hablara de sus relaciones laborales y personales con Miguel Ventura.

Una leve sonrisa se dibujó en la boca del sindicalista que manifestaba un gesto de que este era su turno y que iba a largar todo lo que se había callado hasta ahora.

— Relaciones personales no teníamos ninguna, en cambio, relaciones laborales, todas.

— Pues empiece por las laborales.

— Don Miguel, Luis y yo nos reuníamos habitualmente para intentar resolver los problemas entre la patronal y los trabajadores.

— ¿Qué tipo de problemas surgían?

— De todo tipo. La negociación del convenio colectivo. Aquí tenemos un convenio propio de empresa y, por tanto, cada vez que vencía el convenio, la empresa intentaba tirar para abajo en salarios y derechos y nosotros intentábamos subirlos. Negociábamos los horarios, las vacaciones, las medidas de seguridad e higiene, en resumen, todo lo que afecta a los trabajadores.

— Este tipo de reuniones las supongo muy tensas.

— Sí, normalmente muy tensas. Algunas veces tuvimos que plantear la posibilidad de ir a la huelga.

— He visto alguna noticia en ese sentido —recordó Aurora algún recorte de prensa que hablaba de esa posibilidad tras varios días sin alcanzar acuerdos salariales—.

— Pero, al final, siempre llegábamos a un acuerdo. A la empresa no le interesa parar. Tienen mucho que perder.

— ¿Piensa que alguno de los trabajadores pudiera tener motivos para querer matar a Miguel Ventura?

— Por motivos laborales, yo creo que no. Por otras causas personales no respondo por nadie.

— ¿Cuáles podrían ser esas otras causas?

Joaquín quedó callado unos instantes como pensando si era adecuado o no difundir la información que se le pasaba por la cabeza.

— Por favor, señor Gallego, no se calle nada. Aquí yo estoy para aclarar una muerte violenta. No estoy para criticar, juzgar o sancionar conductas poco morales o inadecuadas. Se trata de detener a un asesino.

— Mire inspectora, don Miguel era un machista y un misógino con todas las letras. Se aprovechaba de cualquiera que llevara faldas. Pagaba más a los hombres que a las mujeres porque, según su teoría, eran los que tenían que llevar el sueldo a casa. Según él, el cabeza de familia tenía esa responsabilidad y lo que llevaban las mujeres era solo como un complemento, para comprarse trapitos. Para él la igualdad entre hombres y mujeres era una tontería y una lucha absurda de los marimachos, como él las llamaba. Eso también lo decía, incluso delante de las mujeres. Había que pelear constantemente para mejorar las condiciones en cuanto a ruido, prendas laborales, descansos, horas extraordinarias, seguridad y salud laboral. Vamos, discutíamos todo lo que supusiera un desembolso económico, aunque redundara en una mayor productividad. Era un empresario chapado a la vieja usanza. De la vieja escuela. No entendía el concepto moderno de empresa.

—Esos comportamientos, ¿no se han denunciado?

—En esta ciudad, trabajar en Ventura Creaciones supone un puesto de trabajo fijo casi desde el principio y el sueldo es el del convenio, que no es malo, gracias al sindicato —se publicitó a sí mismo, Joaquín—. Así que la mayoría de las mujeres tragaban con algún manoseo, toqueteo o incluso algún que otro encuentro en hoteles.

—Pues, sí que tengo sospechosas.

—No lo malinterprete inspectora. Ninguna de las empleadas ha matado a don Miguel por esa causa. Además, últimamente estaba más calmado. Debía de tener amante fija porque no he recibido quejas en el último año.

—Puede que no haya recibido quejas porque no sirven de nada. ¿Sabe quién es esa amante fija?

—Con certeza no. Se habla en los corrillos de cotilleos de café de una periodista muy mona de la televisión local.

—¿Sabe cómo se llama?

—Maika Nosequé.

—Gracias.

—¿Algún otro problema en la empresa que quiera comentar en relación con la muerte de Miguel?

—Yo creo que no.

—¿Han contratado alguna vez inmigrantes?

— Alguna vez, hace años, tuvimos enfrentamientos con la dirección a causa de los inmigrantes.

— Explíquese.

— Hace un par o tres de años, la empresa traía extranjeros que no daba de alta y que, además, de pagarles una miseria les descontaba, a precio de oro, el alquiler de unos barracones que se pusieron al otro lado de la carretera. Vivían en condiciones infrahumanas. El sindicato lo denunció y, después de varias visitas de la inspección de trabajo, se regularizaron algunos de ellos y otros tuvieron que dejar la empresa.

— Sí, pero eso fue hace más de dos años. ¿Se ha vuelto a repetir ese comportamiento por parte de la empresa?

— No. Y no creo que aquella situación tuviera alguna relación con la muerte de don Miguel.

— ¿Miguel Ventura era un explotador?

— En los términos que se entiende en el mercado laboral, no. Era muy exigente y algo tacaño en los salarios, pero no se puede decir que fuera un explotador del personal. Ahora los sindicatos controlamos mucho esas prácticas.

— Ya. Gracias. Hábleme del contable.

— ¿De Luis?

— ¿Hay otro?

— Bueno, la empresa tiene también un asesor externo.

— ¿Quién es?

— Daniel Rosales. De la asesoría Rosales.

— De momento cuénteme como es Luis.

— Me pone usted en un compromiso porque además de ser familia lejana mía, ya sabe que esta ciudad es un pañuelo, se rumorea por la empresa que es quien se va a hacer cargo de la dirección de Ventura Creaciones.

— Yo intuía que podría ser la hija que ya trabaja aquí, Marta.

— La señorita Martita es buena chica, pero no tiene el colmillo retorcido que tiene Luis, ni los conocimientos del negocio, ni las ganas de trabajar, ni le va a dedicar el tiempo que supone dirigir esta empresa. Yo supongo que seguirá como hasta ahora, dedicándose a gastar a manos llenas. Más cuando no está el padre para ponerle algún freno.

— Estábamos con el contable —intentó centrar la conversación Aurora—.

— Efectivamente. Luis es una persona con muchos dobleces. Nunca sabes por dónde te va a salir y, además, es listo e inteligente, dos cualidades que en una mente maligna como la suya son muy peligrosas. Es capaz de retorcer cualquier argumento para alcanzar sus objetivos y lleva siempre la negociación a los límites. Algunas veces de forma absurda. Los proveedores le temen, los clientes no quieren hablar con él y los bancos se postran a sus pies. Es la persona que realmente controla o controlaba la empresa. La conoce perfectamente. Los trabajadores no le tragan.

— ¿Por qué?

— Es un tirano con el personal a su cargo y un avaro. No te cambia el bolígrafo si no entregas el viejo sin tinta. Tacaño, mezquino, roñoso y miserable hasta límites insospechados. Pero, ¡si pretende reciclar hasta el papel higiénico!

La imagen le hizo sonreír a Aurora.

— Y, entonces, Miguel Ventura, ¿qué hacía?

— No digo que hace muchos años no fuera él el que llevaba las riendas. Ahora se dedicaba a actos sociales, compadreo con políticos, relaciones públicas y llevarse una pasta gansa para su casa.

— ¿Hay dinero negro en la empresa?

— Sí.

Aurora se sorprendió de lo categórico que había sido el sindicalista y recordó la conversación que había tenido con Ezequiel sobre cómo aparecía dinero para pagar préstamos o comprar maquinaria cuando se necesitaba. A la sorpresa de Aurora, respondió Joaquín.

— Todo el mundo lo sabe y la mayoría se aprovecha de ello. La empresa vende más de la mitad de su fabricación sin factura a pequeños clientes, tiendas e incluso a mercadillos callejeros. Se ahorra impuestos. Con ese dinero paga las horas extras a los trabajadores de forma arbitraria que tampoco tienen que tributar por ello y, con ese argumento, además, la empresa remunera menos la hora extra de lo que sería legal. A algún proveedor también se le paga sin factura a precios más baratos y, finalmente, la familia de don Miguel dispone de gran cantidad de dinero para sus vicios. De lo que no se quieren enterar los trabajadores, por mucho que se lo haya explicado, es que lo que no aparezca en nómina no existe luego para aumentar la cotización de la Seguridad Social y por tanto de lo que van a percibir en caso de baja por enfermedad o accidente o cuando se jubilen. Son tan ciegos que no ven que cuando están enfermos o les despiden o se jubilen van a cobrar mucho menos de lo que se merecen. No hay forma de hacérselo entender. La gente solo quiere el beneficio inmediato, no se dan cuenta de que, en el futuro, se arrepentirán.

— Claro, de esta forma de pagos la Agencia Tributaria no se ha enterado.

— Han tenido varias inspecciones, pero, como ya le he dicho, el contable Luis con el asesor Rosales que son tal para cual, dejan varios cebos para que los inspectores fiscales justifiquen la visita, de tal manera que, con una pequeña cantidad a pagar, se resuelve el expediente. Si quiere datos más concretos puede preguntar al asesor Daniel Rosales que seguro que le dice que no sabe nada —ironizó el sindicalista—.

— ¿Dónde estaba usted el sábado pasado entre las trece y las dieciséis horas?

— No me diga que soy sospechoso del asesinato de don Miguel.

— Para mí, hasta que no estén descartados, todos los relacionados con Miguel Ventura, son sospechosos. Conteste por favor.

— Pues estaba en una comida de la Cofradía del Cristo de la Buena Muerte.

— ¡¿Es usted cofrade de alguna hermandad?!

— Sí, es una tradición familiar. Desde que se fundó, mi familia es una de las que llevan el paso principal.

— ¿Pero usted es creyente?

— No, nunca voy a misa y solo entro en la iglesia para sujetar el paso. Considero que lo de la Semana Santa no es creencia, es tradición y folclore. Estoy de acuerdo con Karl Marx en que la religión es el opio del pueblo y a mí no me gustan las drogas.

Después de despedirse del sindicalista, Aurora fue de nuevo al despacho del contable. Desde la puerta, sin entrar, preguntó.

— Hola de nuevo, ¿cuánto dinero negro genera la empresa mensualmente?

La sorpresa de Luis fue mayúscula y como si se hubiera aprendido la respuesta de memoria, dijo:

— La empresa no genera dinero negro, inspectora.

— ¿Estaría usted dispuesto a declarar eso ante un juez?

Esta pregunta le cambió la cara al contable al ser consciente de lo que significaba el perjurio en la justicia. Con la mirada aviesa recorrió el cuerpo de la inspectora de arriba abajo ya que se había quedado de pie a la entrada de su despacho.

— Es posible que haya alguna venta a la que, por petición del cliente, no se le haya aplicado el Impuesto del Valor Añadido.

— ¿Alguna? Me han dicho que tres cuartas partes de la fabricación se cobran en negro —exageró Aurora—.

— ¡Quién dice eso! Si no llega ni a la cuarta parte.

— Vale. Entonces lo dejamos en el cincuenta por ciento.

— Eso es excesivo, inspectora. Hemos tenido varias inspecciones de la Agencia Tributaria exhaustivas y, como digo, salvo puntuales excepciones, lo tenemos todo en regla.

— Ya. Me lo dice o me lo cuenta. Y, sobre los trabajadores irregulares, ¿qué me dice?

— Eso es agua pasada. Hace ya tiempo que todos nuestros extranjeros están regularizados.

— Por supuesto, su connivencia con el inspector de trabajo es manifiesta.

— Piense lo que quiera, inspectora.

— ¿Me puede enseñar los documentos que vino a buscar aquí a la empresa Miguel el sábado?

— No he encontrado esos documentos, aunque, la verdad, después de lo que pasó, lo cierto es que no los he buscado. Pero, los buscaré, no se preocupe.

— Muy bien. Volveremos a hablar.

— Cuando quiera, aquí la estaré esperando —dijo el contable retando a la inspectora—.

La tarde se presentaba como la mañana, con lluvia, con temperatura baja, pero con el ánimo subido de Aurora al considerar que su primer caso como inspectora prometía. Quién se lo iba a decir cuando no hacía ni dos semanas que había tomado posesión del cargo. Únicamente tenía el resquemor de que no tenía equipo, ni siquiera un triste subinspector con el que discutir y contrastar ideas. El comisario, aunque ponía buena intención, no era lo mismo. Al fin y al cabo, era su jefe.

Después de dejar la empresa anotó en la tableta:

"Investigar en la bragueta de Miguel. Maika Nosequé periodista.

Revisar dinero. Hay que seguir al dinero. Mucho dinero negro. ¿Quién lo controlaba? ¿Quién lo controlará ahora? El contable

Descartar trabajadores ilegales. O no."

Aurora llamó a Pedro Carrera para que le informara sobre los trabajadores ilegales. Para su sorpresa, le notó amigable, incluso simpático y atento. Pedro le dijo que hacía tres años que habían recibido una denuncia anónima sobre la explotación de empleados extranjeros en Ventura Creaciones, sobre todo bielorrusos, por lo que se personaron en la empresa sin previo aviso y constataron que había trabajadores sin dar de alta, varias irregularidades en temas de horarios, servicios y riesgos laborales. La defensa de la empresa fue que habían tenido un importantísimo pedido urgente y que no les había dado tiempo a formalizar las altas en la Seguridad Social. Sin embargo, la inspección pudo demostrar, mediante testimonios de los propios inmigrantes, y de algún trabajador español en activo, que tal urgencia no había existido y se trataba, en realidad, de una explotación laboral pura y dura. La sanción a la empresa fue muy importante, "la más gorda que he puesto a la empresa".

Aurora le preguntó al inspector de Trabajo si los hechos se habían repetido recientemente, lo que él negó. Aprovechó para preguntar si habían tenido denuncias de acoso laboral o sexual en la empresa. Pedro negó ese tipo de denuncias. Dándole las gracias por la información facilitada y el tiempo empleado, Aurora cortó la comunicación y tachó la idea de que los extranjeros ilegales pudieran tener algo que ver con la muerte de Miguel.

Llamó al hijo mayor, el también Miguel Ventura, Miguelito, que la citó a media tarde en el hospital, cuando tenía previsto terminar las consultas.

Aprovechó la hora de la comida para acercarse a la comisaría y redactar el informe con las actuaciones de la mañana y, si le pillaba, poner al día al comisario. Le encontró a la puerta hablando con un medio de comunicación que le estaba preguntando precisamente por el avance de la investigación sobre el asesinato de Miguel Ventura. La inspectora reconocía que su jefe sabía expresarse ante un micrófono sin decir nada relevante de forma que casi parecía una exclusiva. Otro medio intentó acercarse a Aurora, pero le rechazó con un manotazo en el grabador.

Cuando terminó el comisario de hablar con la prensa, se acercó a la mesa de Aurora para que le contara las novedades de la mañana.

— He estado en la empresa, comisario. Y no creo que nadie, por motivos laborales, sea el culpable. El más cercano a Miguel Ventura era el contable, pero tiene la coartada de la mujer del difunto. Lo único que he sacado en limpio y que nos pueda servir en la investigación es que Miguel era un mujeriego que se aprovechaba de su poder en la empresa para abusar de las trabajadoras.

— Pues ahí tienes un posible móvil. Aunque todo el mundo sabía de sus andanzas. Él mismo se jactaba de ello en la tertulia del Café Imperial.

Así que el comentario sobre las correrías de Miguel era *vox populi*, sabido por todos los tertulianos, pero, seguro que ninguno le reprochó nunca nada, es más, estaba convencida de que más de uno le envidiaba.

— Pero ahora tenía una amante fija de fuera de la empresa que, por supuesto, voy a investigar. También me ha quedado claro que la empresa mueve mucho dinero negro. Tengo que ver quién, cómo y dónde lo guardaban y, lo más importante, quién será a partir de ahora el que se haga cargo de esa "pasta". El dinero siempre ha sido un buen móvil para el asesinato.

He pedido que nos avisen cuando abran la caja de seguridad que hay en el despacho de Miguel.

— Bien. Supongo que será la familia a través del contable la que se haga cargo de todo. Imagino —comentó el comisario—.

Aurora informó a su jefe de que por la tarde empezaba a interrogar a la familia empezando por el hijo mayor.

— Tiento, inspectora. Pero si encuentras dónde morder, no sueltes.

Aurora agradeció la confianza que estaba poniendo en ella.

El edificio sanitario necesitaba una buena mano de pintura y reparación de la fachada, así como de una importante mejora y modernización de las instalaciones. En cambio, la entrada presentaba un aspecto limpio, aseado, higiénico, señal de que recientemente el personal de limpieza se había esmerado. Hasta olía bien.

La zona de consultas estaba en la planta baja y los monitores de última tecnología desentonaban con el resto del aspecto del mobiliario. Aurora entró en la consulta de Miguel Ventura después de avisar con varios toques de los nudillos en la puerta.

La consulta estaba decorada con varios carteles que mostraban la anatomía del hueso hasta la médula ósea, un negatoscopio para ver las radiografías estaba iluminado sin ninguna imagen. Había una camilla cubierta con papel, varias sillas, la mesa de la consulta con un ordenador al que miraba el médico, un lavabo y estanterías llenas de material sanitario.

Desde luego no se podía decir que fuera una consulta lujosa.

— Buenas tardes. Creía que los médicos no trabajaban en el hospital por las tardes salvo por las guardias. Que las tardes las empleaban en las consultas privadas.

— Hola inspectora. Yo no tengo consulta privada y lo de las tardes son peonadas para reducir las listas de espera de la sanidad pública.

— Eso está muy bien. Bueno, vamos a lo que me ha traído hasta aquí.

— Adelante —se predispuso el médico a las preguntas de la inspectora dedicando toda su atención—.

— ¿Cómo era su relación con su padre? —Aurora no podía ser más directa—.

— Normal, como la de cualquier hijo con su progenitor.

Respuesta de manual. Aurora no se podía conformar con eso, tenía que explorar más a fondo.

— Mi experiencia me dice que no hay una relación normal entre padres e hijos, todas son especiales.

— Pues, entonces, la mía también era especial.

— ¿En qué sentido?

— Bueno hay que tener en cuenta que yo defraudé un poco a mi padre.

— Explíqueme eso.

— Al ser el primogénito y llamarme también Miguel, mi padre ideó, soñó y me preparó desde que yo era pequeño para que me dedicara a la empresa, que sería yo el que cogiera el testigo de Ventura Creaciones. Incluso durante las vacaciones de verano me obligaba a estar en la empresa y a realizar pequeñas tareas en el almacén para que fuera conociendo el oficio. Así que, al terminar el bachillerato, pensó que me matricularía en Empresariales. Cuando le dije que iba a estudiar Medicina se puso como un energúmeno.

— No entiendo por qué. Es más importante, y más difícil, ser médico que contable o empresario. Por lo menos, desde mi punto de vista —dijo Aurora—.

— No sé si es más importante, pero era mi decisión personal. La primera que tomaba en contra del criterio de mi padre. Quizás eso es lo que más le dolió en aquel momento. Que todos los proyectos, ideas, innovaciones e iniciativas que se habían desarrollado en su cabeza para hacerlas juntos, se veían trastocadas.

— ¿Y su madre?

— Mi madre me apoyó sin condiciones. Gracias a ella ahora soy lo que soy, lo que siempre he querido ser. En aquella discusión por los estudios, mi padre prometió desheredarme. No sé si lo ha hecho. Pronto lo sabremos.

— En España, desheredar a un hijo es casi imposible. Descuide. Supongo que sus relaciones posteriores no han sido muy agradables.

— Puedo asegurarle que la relación entre los dos ha sido fría. Aunque se ha ido suavizando a lo largo del tiempo. Nos veíamos únicamente en las fiestas familiares, cumpleaños, Navidad, algún domingo cuando me lo pedía mi madre y poco más.

— ¿Cómo es que nadie puede corroborar su coartada del sábado?

— En estos momentos, vivo solo.

— ¿No tiene esposa o pareja?

— No, llevo una temporada en el dique seco.

Aurora se fijó en que la imagen del doctor Miguel Ventura no estaba mal. La bata blanca no es que ayudara a crear una buena impresión. Además, no llevaba corbata ni un buen corte de pelo. Aun así, consideró que no estaba nada mal. Tenía un revolcón. Seguro que había roto más de un corazón del sector de la enfermería o entre sus colegas médicas por no hablar de las o los pacientes.

—Hábleme de la empresa.

—No tengo ni idea de cómo va la empresa. Cada vez que sale la conversación en alguna reunión familiar, desconecto. No me interesa en absoluto. Esto ponía a mi padre de muy mal carácter. Quién puede informarle de la marcha del negocio es Luis, el contable, o mi hermana Marta.

—Sí, he hablado con él esta mañana. Parecía muy afectado.

—Claro, es el hijo que hubiera querido tener mi padre. Yo no me dedico a la empresa, según mi padre, mis hermanas, por el hecho de ser mujeres, no están capacitadas para dirigir a hombres y, mi hermano Jacinto... digamos que tampoco está en condiciones de manejar y gestionar mucho dinero.

—Eso que dice de su padre sobre sus hermanas es muy machista.

—Mi padre era muy machista. En casa siempre se hizo lo que a él le gustaba, nadie podía llevarle la contraria. Mi madre estaba totalmente subyugada a él. Supongo que, si no se lo han dicho, se lo dirán o lo irá descubriendo poco a poco.

—Ya veo lo tirante de su relación paterno-filial.

—No la niego.

— Ahora cuénteme cómo se llevaba su padre con sus hermanos.

— ¡Puf! Casi es mejor que se lo pregunte a ellos.

— Lo haré, pero me gustaría conocer su opinión.

— Pues verá. Si empezamos por mi hermana Elena, yo creo que ahora ya se le ha pasado, pero, en su día, también se enfrentó a mi padre. Lo que pasó es que ella, claudicó y siguió sus directrices.

— ¿En qué sentido?

Miguel Ventura hijo le explicó a la inspectora que su hermana Elena, de joven, era muy guapa, con buena figura y que se llevaba a los chicos de calle. En su día estuvo enamorada de un mozo de almacén de una de las empresas clientas de su padre. Cuando se enteró, le prohibió salir con él y le impuso un novio que consideraba adecuado para ella, de buena familia, un hombre de bien, como decía él, como dios manda, que ha resultado ser un inepto, un inútil y un fracasado.

— ¿Se refiere a su cuñado Pelayo?

— El mismo. Está llevando a la ruina a mi hermana, después de arruinar a su familia. ¿Y sabe lo más curioso? —Aurora hizo el gesto de negación con la cabeza—. El mozo de almacén ahora es un directivo de éxito en una entidad aseguradora y está ganando una enorme cantidad de dinero.

— Entonces, ¿su hermana tampoco se llevaba bien con su padre?

— Bueno, mi hermana está siguiendo los pasos de mi madre: achantarse y transigir. Mi hermana nunca se enfrentó a mi padre y eso, quieras que no, tiene su recompensa.

— Se refiere usted a la herencia.

— No. O quizás a eso también. Me refería a que todo lo que pedía mi hermana con la disculpa de sus hijos, los nietos de mi padre, se lo concedía. Por lo menos, hasta ahora.

— ¿A qué se refiere?

— Regalos, dinero, vacaciones. "Cómo van a quedarse tus nietos sin vacaciones en la playa" era el argumento de mi hermana. Aunque tengo la impresión que mi padre estaba cerrando ese grifo. Tenía más fugas de agua.

— Explíquese.

— Su amante. La empresa parece ser que no va tan bien como antes debido a internet o eso es lo que me han transmitido y supongo que mantener el tren de vida de antes, ahora sale muy caro.

— ¿Tiene idea de quién era la amante actual de su padre?

— No lo sé ni me interesa saberlo. Hay cosas que es mejor no saberlas, así no te predispones en su contra.

— ¿Qué me dice de su hermana Marta?

— Supongo que será el miembro de la familia que más sienta la muerte de mi padre. Estaba muy unida a él.

— Pero no para dejar que dirigiera la empresa.

— Ella tampoco quiere, creo yo. Está muy contenta con encargarse de las redes sociales, la publicidad y esas cosas de la empresa. Se lo pasa muy bien. Es muy digital. Viaja y gasta casi sin control, según mi madre. Había convencido a mi padre de que eso era lo que haría relanzar las ventas. Aunque no tengo claro que mi padre comulgara con esa idea. Yo creo que se lo hacía creer a mi hermana para que siguiera con él. Era su ojito derecho.

— Así que, según usted, su hermana Marta sería la única de la familia que tendría menos motivos para matar a su padre.

— Además de yo mismo, sí.

— Claro, por supuesto. Y de su hermano pequeño, ¿qué me dice?

— Que quiere que le diga —dijo sonriendo el doctor—. Supongo que ustedes tendrán una buena ficha de Jacinto. Si yo he discutido alguna vez con mi padre, mi hermano lo hacía continuamente. Mi hermano tiene un problema de dependencia de las drogas que nadie en mi familia, ni él mismo, quieren admitir, por lo tanto, no lo pueden solucionar. Mi madre ya hace tiempo que le amenaza con cortar toda asignación económica para mantener sus vicios.

— Pero, así y todo, continúa, ¿verdad?

— Si Marta era el ojito derecho de mi padre, Jacinto es el ojito derecho de mi madre, su preferido, quizás porque necesita más atención. Así que podríamos decir que le sisaba a su marido para dárselo a Jacinto. Aunque, como le he dicho aquí también se han notado las restricciones.

— ¿Cómo lo sabe?

— Porque últimamente mi hermano ha venido a pedirme ayuda.

— ¿Y se la ha dado?

— Le he dicho que yo le pago una clínica de desintoxicación, pero que no le voy a dar ni un euro para mantener la dependencia que lo acabará matando de una forma o de otra.

— Nos queda su madre.

— Mi madre es una santa. Ha aguantado lo indecible. Yo la he visto llorar de impotencia cuando mi padre se iba de putas o de amantes que elegía en la propia empresa o cuando imponía decisiones a mis hermanos. Sin embargo, creo que, a pesar de todo, es feliz. Con sus ocupaciones, sus obras sociales, sus nietos y sus pequeñas satisfacciones. Supongo que se habrá acomodado.

— También habrá sufrido el recorte del dinero, digo yo.

— Supongo que sí.

— ¿Qué va a hacer con la empresa?

— No tengo ni idea. Si por mi fuera, la vendería. Supongo que mi padre haya hecho testamento y hasta que no se sepan las últimas voluntades no podemos ni debemos tomar decisiones.

— Entonces, usted no está interesado en la empresa.

— En absoluto. No entiendo nada de negocios, ni quiero entender. Soy de los que los bancos se aprovechan de su analfabetismo financiero.

— Muchas gracias. Si tuviera más preguntas o dudas me pondría en contacto con usted.

"Miguel hijo sin coartada, pero no parece interesado en el dinero.

Elena renunció al novio. Enfrentamientos anteriores con su padre. Su marido un inepto según Miguelito".

Después de comprobar con el departamento de recursos humanos del hospital que Miguel Ventura hijo salió de guardia el Sábado Santo a las once de la mañana, Aurora se fue a casa. Ezequiel y ella casi

138

llegaron a la vez y juntos prepararon la cena mientras la inspectora comentaba cómo había ido su día con la familia Ventura-Altozano, Ezequiel le comentó que, al analizar los resultados de Ventura Creaciones S.A.U. había apreciado que siempre declaraban beneficios, pocos, pero beneficios, incluso en periodos de crisis o cuando toda la competencia del sector daba pérdidas o en periodos de muy buenos resultados para otros. Explicaba Ezequiel que como ya había observado días pasados, hacían aparecer y desaparecer el dinero negro y luego suponía que regularizaban el balance con las existencias. Ante la cara de asombro de Aurora que no entendía lo de regularizar el balance con las existencias, Ezequiel explicó a la inspectora que, a inicio del ejercicio económico, las empresas parten con unas existencias iniciales que figuran en el balance. Existencias iniciales, productos en curso, semiterminados y terminados. Durante el ejercicio esa cuenta no tiene movimientos y, al final del año, después, de un recuento de los almacenes y de haber establecido un método de valoración de las misma, se aumenta o disminuye la cuenta de las existencias y del resto de los productos y eso hace aumentar o disminuir los resultados. Por lo que simplemente diciendo que hay más o menos género controlas el beneficio declarado.

Aurora no entendía que eso pudiera manipularse y que el que hubiera más o menos existencias se podría controlar con la fabricación que en ese ejercicio se hubiera realizado. Haciendo una simple fórmula, las existencias iniciales más las compras, menos las utilizadas en la fabricación, tendría que dar como resultado el valor de las existencias finales.

Ezequiel le explicó que eso en una fábrica de automóviles es fácil, pero en una fábrica de tejidos es más complicado y, sobre todo, cuando la empresa es familiar sin socios que puedan complicar la vida a los administradores. Puede haber reducción de existencias por fabricaciones defectuosas porque haya telas que se pasen de moda y pierdan valor o cualquier otra circunstancia que desde la inspección fiscal es imposible o prácticamente imposible de controlar. Más cuando haces intervenir como una variante más al dinero negro.

— ¿Y por qué siempre dan un pequeño beneficio?

— Hay una creencia —dijo Ezequiel—, que no sé si es cierta, que dice que la Agencia Tributaria es más partidaria de inspeccionar a aquellos negocios que declaran pérdidas porque pueden compensarlas con futuros beneficios.

— Ya entiendo. Anda termina de cenar, friega y vamos a la cama. Es tarde.

Capítulo 6. Auditoría

Los fines de semana no se trabaja. A ese acuerdo habían llegado Ezequiel y Aurora cuando decidieron ir a vivir juntos como un tiempo para dedicarse a ellos mismos y a la logística de la vida en común. Ese sábado se habían levantado más tarde de lo habitual y mientras Aurora iba al gimnasio y mantenía la forma física que le exigía su actividad profesional, más ahora que había ascendido a inspectora, Ezequiel se haría cargo de las tareas domésticas de la casa; aspiradora, lavadora, eliminación sistemática y ordenada del polvo y el planchado de las prendas más sencillas como toallas, sábanas, manteles, servilletas, camisetas y su ropa interior. El resto de la plancha quedaba para que Aurora se entretuviera por la tarde. Ese era el acuerdo no escrito al que habían llegado cuando Ezequiel se fue a vivir al piso alquilado de Aurora. Para atender a los gastos comunes habían abierto una cuenta conjunta en la que aportaban a partes iguales y que se encargaba de gestionar Ezequiel como buen financiero.

Cuando ese sábado Aurora llegó a casa del gimnasio y abrió la puerta del piso esperando encontrar al profesor en tareas de limpieza, se sorprendió al oír una conversación en la que reconoció la voz de Sofía, la compañera de trabajo de Ezequiel del área de finanzas de la Universidad. El sonido venía del cuarto que utilizaban como despacho. Dejó la bolsa de deporte en el dormitorio y fue a saludar a la visita. Se sorprendió al ver a tres personas. También estaba sentado en una silla Germán, el otro financiero más joven que escribía artículos científicos con Sofía y Ezequiel. Los tres estaban embelesados con el ordenador y no la oyeron llegar.

— Buenos días. ¿Tenéis una reunión del área de finanzas o estáis conspirando contra alguien?

Los tres apartaron la cabeza de la pantalla para saludar a la inspectora con cara de sorpresa como si les hubieran pillado haciendo algo malo o ilícito. Ezequiel rápidamente se levantó a dar un beso a la policía que sin rechazarlo no le devolvió. Empezó a explicarle que tenían una urgencia con la revisión de un artículo que los evaluadores de la revista les habían sugerido cambiar determinadas variables y el lunes se les acababa el plazo para enviarlo. Así que, Ezequiel había propuesto acabarlo ese sábado debido a que las responsabilidades de Sofía en el Rectorado como directora de servicio no habían permitido terminarlo antes. La cara de Aurora reflejaba claramente que ese planteamiento no le gustaba. Preguntó si les quedaba mucho para terminar y ante el gesto negativo de Ezequiel, el afirmativo de Germán y la indiferencia de Sofía, Aurora propuso que se quedaran a comer. El desconcierto de Ezequiel le pilló con los ojos muy abiertos y las cejas levantadas. No se esperaba esa reacción favorable de su compañera.

— Pero, por favor no prepares nada. Pedimos comida y que nos la traigan. ¿Os apetece comida china? —sugirió Sofía—.

Como nadie se opuso, se postuló ella para hacer el pedido. Aurora desapareció hacia el baño para ducharse y cambiarse de ropa.

Con la mesa preparada para comer, las cervezas abiertas y el hambre haciendo estragos, llegó el pedido del restaurante chino y los tres financieros dejaron el despacho y se distribuyeron alrededor de la mesa

— Aurora, tenéis un piso muy bonito y en un sitio fantástico mirando al jardín. Así nadie os quita la luz —dijo Sofía mientras se acercaba a la ventana del salón y se fijaba en el paisaje—.

— No está mal, la verdad es que estoy contenta porque, además, el alquiler no es muy alto y ahora que somos dos a pagarlo podemos renovar los muebles y hacer pequeñas reformas —aclaró la inspectora—.

— Tener una habitación de despacho en la propia casa es un lujo. Yo que todavía vivo con mi madre no me lo puedo permitir —comentó Germán— , tengo que trabajar en la cocina o en mi dormitorio. Y, la verdad, no apetece nada trabajar así.

— Yo creía que vivíais juntos Sofía y tú —comentó Aurora— .

El rubor y las miradas cómplices entre Germán y Sofía dejaron a Ezequiel con la boca abierta. Iba de sorpresa en sorpresa y cuando iba a empezar a decir que ellos dos no estaban juntos, Sofía se adelantó y dijo que llevaban juntos muy poco tiempo y que aún no habían decidido dar el paso para compartir casa. Ezequiel no salía de su asombro.

Durante el resto de la comida y antes de que siguieran trabajando en la modificación del artículo, Ezequiel no dejaba de mirar a sus dos colegas sin asumir aún a que tuvieran tener una relación. Siempre había considerado a Sofía una excelente investigadora, mejor incluso que él, también una buena profesora, aunque en este apartado no la consideraba ni mejor ni peor, pero en su aspecto exterior siempre la había considerado fea. Su aspecto no resultaba atractivo desde su punto subjetivo de belleza, su extrema delgadez, sus incisivos separados y sus ojos muy juntos no ayudaban a considerarla una persona sensual o guapa. Su forma de vestir tampoco ayudaba a mejorar esa imagen. A la vez miraba a Germán que, siendo como ella, más bien bajo, sí que presentaba, sin ser un Adonis, una simetría facial que no era desagradable a la vista, su único defecto era la tendencia que tenía a la obesidad, como él. La pareja de financieros explicó que decidieron salir juntos desde que Germán regresara de una estancia de investigación en el extranjero donde se había sentido muy solo y las videoconferencias que había tenido con Sofía le habían ayudado mucho a sobrellevar la soledad. Habían decidido no hacer pública su relación hasta que comprobaran que, en las distancias cortas, también estaban bien juntos, por eso no habían dicho nada a Ezequiel, ni a nadie, no se explicaban cómo lo había sabido Aurora.

— Se os nota una luz especial en los ojos cuando os miráis. Además, soy inspectora de policía, la intuición la tenemos desarrollada y el jueves os vi por la calle muy juntos.

El resto de la comida y la sobremesa estuvieron comentando las diferentes maneras que tenían los alumnos para copiar o cometer fraude.

Los tres profesores estaban indignados con esos comportamientos mientras la inspectora defendía que era responsabilidad de los profesores que los alumnos no lo hicieran y que si lo hacían debían de poner los medios para pillarlos y sancionarlos, los tres docentes se quejaban de que la tecnología actual ayudaba mucho a este tipo de comportamientos y que ellos no tenían los medios necesarios para evitarlos de forma adecuada.

— Quizás deberíais replantearos la forma arcaica que tenéis de comprobar los conocimientos que tienen vuestros alumnos. Quizás la forma de examinar no es la más eficiente en este siglo. Quizás no les motiváis suficientemente para que no se vean tentados a copiar —argumentó Aurora—.

— Sí que es cierto que, en algunos países anglosajones, los profesores no tienen que ocuparse de que sus alumnos copien porque son los propios compañeros los que afean esos comportamientos a los que lo intentan —dijo Sofía—.

— Eso ocurre en muy contados lugares y tendría yo que verlo —dijo escéptico Ezequiel—. Podría funcionar con otra educación desde pequeños, con otra religión y con otros valores. Aquí se aplaude al pícaro, se envidia al defraudador y se favorece al granuja. Y si no mira todos esos investigadores y reputados profesores, ya no digamos alumnos, a los que les han pillado publicando artículos donde los datos estaban manipulados y pudieron colocar sus trabajos en las revistas más influyentes científicamente.

— Pero eso no es solamente culpa de los autores sin falta de escrúpulos. Yo considero que tienen más culpa los revisores de los artículos a los que les han colado esas investigaciones porque no han hecho correctamente su labor de comprobación —dijo Germán que ahora se atrevía a intervenir más en la conversación—.

—Ahí lo tenéis. Si los alumnos os copian, la mayor parte de la culpa es vuestra, de los profesores —dijo Aurora—.

Los tres financieros se quedaron callados, sin argumentos para contestar.

—Lo que sí me saca de quicio es que un profesor se aproveche del trabajo de un alumno. Eso es una mezquindad —dijo Ezequiel intentando llenar el silencio que se había instalado en la mesa—.

—Ese aspecto tiene muchas aristas —le rebatió Sofía—. Si un alumno te presenta un trabajo en el que tú has participado en la corrección o aportando ideas o facilitando datos, ¿hasta qué punto es legítimo o no que, si se llega a publicar, tengas que poner tu nombre entre los autores?

—Es que, por esa misma regla de tres, si yo he dado clase a un alumno y alguna de mis ideas le han servido para desarrollar un artículo, tendría la justificación para ser autor. Yo creo —continuó Ezequiel— que para ser autor debes participar activamente en la elaboración del artículo. Has de ser uno de los responsables de alguna parte; el planteamiento teórico, la revisión de los artículos publicados anteriormente sobre el mismo tema, la definición de las hipótesis, la metodología o la redacción de las conclusiones. Incluso, si me apuras, la elaboración de las referencias. En esos casos, sí que se podría figurar como autor. Pero si lo único que he hecho es corregir cuatro faltas de ortografía o solté una idea al aire sin que tuviera como intención plantear un artículo, en esos casos, no debería de figurar como autor.

—¿No tenéis que terminar una revisión de un artículo? —preguntó Aurora cortando la conversación—.

Mientras los tres profesores afirmaban con gestos, Aurora se encargó de recoger y fregar los cacharros de la comida.

Al poco tiempo de iniciarse la tarde, los visitantes recogieron y, tras una breve despedida, se marcharon con el artículo revisado metodológicamente y a falta de unas breves pinceladas que tenía que añadir Ezequiel a las conclusiones. Ezequiel y Aurora empezaron a prepararse un té y un café acompañado de un bizcocho de chocolate con naranja que había elaborado Ezequiel el día anterior.

El gesto serio de Aurora no le daba mucha confianza al profesor para plantear ningún tema de conversación. Así y todo, fue el primero en hablar.

— No me esperaba, ni había intuido, ni me había percatado de que Sofía y Germán estuvieran juntos.

— Y yo no me esperaba que tú rompieras nuestro acuerdo de no trabajar los fines de semana y, para más inri, en mi casa.

Estaba claro que el intento del profesor de desviar el tema hacia la relación de sus colegas no había funcionado

— Mujer, teníamos que terminar esa revisión para que nos publicaran el artículo y Sofía no ha podido hacerlo hasta ahora.

— Me la suda, Ezequiel. Como dice mi padre; mi casa, mis reglas.

— Creía que era nuestra casa, nuestras reglas.

— Hasta hoy, así era. Tú eres el que las ha violado. Que no vuelva a suceder. Por cierto, para que no te pille de sorpresa como a mí hoy, te anunció que la próxima semana viene mi madre a quedarse en esta casa hasta que le terminen la reforma de la casa del pueblo.

Aurora reconocía en su fuero interno que era una canallada anunciar la visita de su madre como castigo por la violación del acuerdo de convivencia, pero era el mejor momento que había encontrado para evitar una discusión con Ezequiel que podía degenerar en una disputa.

— ¡No me digas!

— Sí, te digo. Mi padre se queda en el pueblo para controlar y ayudar a los albañiles, pero mi madre prefiere venirse aquí.

— ¿Y yo qué hago?

— Puedes hacer lo que te dé la gana, como siempre.

— Digo, si me quedo o tengo que irme.

Ezequiel no se podía creer que la visita de la madre de Aurora fuera una revancha por lo de ese sábado con Sofía y Germán. Estaba desconcertado. Vaya sábado, para qué se había levantado. A ver si era todo un sueño y se despertaba de nuevo en la cama.

— No es necesario que te vayas. Mi madre se instalará en la habitación que hay libre.

Y, como dice la canción, el portazo sonó como un signo de interrogación. Aurora se encerró en la habitación que hacía las veces de despacho compartido con su café con leche y un buen trozo de bizcocho, mientras Ezequiel se quedó el resto de la tarde en la mesa del comedor con la tarea que le había quedado pendiente del artículo. No hubo cena compartida y solo a la hora de ir a la cama se suavizaron las formas entre los dos.

El domingo, en el desayuno, empezaron comentando el tiempo lluvioso que se presentaba y que no invitaba a salir de casa. La vista desde la ventana del salón mostraba el bamboleo de los árboles mecidos por el viento que hacían brillar las hojas por la lluvia. Ezequiel invitó a Aurora a una reconciliación y a dejar pasar el enfado por algo que él consideraba que no tenía tanta importancia, aunque esta última consideración no se lo manifestó a ella. Después de dos eternos minutos Aurora lo aceptó y le pidió un beso y un paseo por el río. A Ezequiel con el mal tiempo que hacía no le apetecía nada, pero aceptó. Le preguntó a Aurora si lo de su madre era cierto o solo se lo había dicho para chincharle.

—Es cierto. El próximo fin de semana, viene a instalarse durante una semana, por lo menos —le confirmó Aurora—.

Cuando ya salían pertrechados con chubasqueros y botas de agua Aurora confesó que le había propuesto el paseo pensando que él no iba a aceptar y que a ella no le apetecía nada, pero, dada la ilusión que él había mostrado le estaba acompañando.

— Para que veas lo que te quiero —dijo el profesor—. Yo tampoco quería salir, pero como me lo habías pedido de tan buenas maneras, acepté. Así que, si quieres, nos volvemos.

— De eso nada. Te conviene moverte que estás todo el día sentado sin actividad.

— Eso también es verdad. Aunque lo que no me conviene es coger una pulmonía.

— Abrígate bien, quejica.

Para cambiar de conversación, Ezequiel preguntó por los sospechosos del caso Ventura Creaciones.

— Solo he descartado totalmente a cuatro personas: al representante sindical y a la secretaria particular de Miguel y parcialmente al contable y a la mujer del fallecido ya que se dan la coartada el uno a la otra. ¿Tú has conseguido alguna cosa más de los balances?

— No. He estado ocupado con lo del artículo — dijo Ezequiel casi para que no lo oyera Aurora—. Lo que sí te puedo decir es que Miguel ha tenido varios juicios contra sus hermanas. Mañana me han prometido contarme algo de ellos. Yo sigo pensando que fue el contable y que ahora se hará con la dirección de la empresa.

— Ya, ya me lo has dicho el otro día, pero, de momento, tiene coartada. Oye. Estaba yo pensando el otro día, cuando me dijiste que la empresa manipulaba los balances que, si tiene tantos trabajadores y vende tanto, ¿no hay nadie que le revise las cuentas además de Hacienda?

— Efectivamente, las cuentas de Ventura Creaciones están auditadas. Según la ley todas las empresas que cumplan durante dos ejercicios consecutivos sobrepasar dos de tres criterios están obligadas a contratar a un auditor.

— ¿Qué criterios son esos?

— Superar un activo de más de dos millones ochocientos cincuenta mil euros, que venda por encima de más de cinco millones setecientos mil euros y que supere los cincuenta trabajadores. Cualquier empresa que supere dos de estos tres límites tiene que auditarse. En realidad, un auditor de cuentas lo que hace es dar una opinión técnica sobre las cuentas anuales de las empresas, que dichas cuentas reflejen la imagen fiel del patrimonio, de la riqueza, ¿te acuerdas?

—Aurora hizo un gesto afirmativo con la cabeza y de continuidad con la mano para que Ezequiel siguiera explicándose—, así como de su situación financiera, de los créditos y préstamos, tanto concedidos como recibidos y que los resultados declarados de la empresa auditada se hayan obtenido aplicando los principios y criterios contables que se recogen en la normativa. Y es verdad que tienen una responsabilidad civil por su informe, pero, en el caso de una sociedad como Ventura Creaciones donde, según parece, todo pasaba por Miguel Ventura es muy difícil que nadie exigiera dicha responsabilidad por no haber advertido los ingresos sin factura, más si los proveedores y acreedores cobraban puntualmente.

— ¿Por qué Ventura Creaciones, a pesar de estar auditada, presenta esas irregularidades que tú has descubierto? ¿Es que los auditores eran poco profesionales o unos ineptos?

— Quizás un poco de todo. Pero en esta pequeña ciudad hay pocas empresas que tengan la obligación de contratar a un auditor y como al que le revisan las cuentas tiene que pagar al que le está revisando, puede hacer la vista gorda para que en el siguiente ejercicio le vuelva a contratar. Si las deficiencias no son muy flagrantes, siempre pueden alegar desconocimiento. Para descubrir las ventas sin facturas tienes que hacer análisis que caen fuera del campo del auditor.

— Pero, eso es ilógico.

— ¡Anda ilógico!, dice esta.

— Oye que "esta" tiene nombre.

— Perdona Aurora. Mira cuando la quiebra del banco Lehman Brother que dio origen a la crisis financiera allá por el 2008, las empresas de *rating* que son como las auditoras de los productos de inversión establecieron la clasificación máxima de triple "A" a los emitidos por ese banco y en menos de veinte días había quebrado.

— ¿Los inversores no demandaron a esas empresas?

— Sí, pero los tribunales consideraron que era una opinión profesional y se han librado con una pequeña multa.

— Ya. Lo mismo pasará con las auditorías.

— Efectivamente. Aunque hay empresas de auditoría muy profesionales, los que revisan las cuentas de Ventura Creaciones, que yo los conozco, no son precisamente los mejores ni los más escrupulosos y me arriesgaría a decir que no son los más honrados.

— Bueno. Vamos a comer a un restaurante que hoy no tengo ganas de cocinar.

— Perfecto. Invito yo por lo de ayer.

La tarde del domingo discurrió placenteramente en casa de Aurora y Ezequiel entre lecturas y una serie policiaca en la televisión. La noche se llenó de pasión y olvido de recientes roturas de reglas domésticas y visitas de familiares.

El lunes, nada más llegar Aurora a la comisaría, la recibió el comisario Rubio para que le pusiera al día de la investigación. Después de los oportunos saludos, de comentar el tiempo y las actividades lúdicas del fin de semana de ambos, Aurora le comentó:

— De momento, lo que sabemos seguro es que a Miguel Ventura lo mataron de un fuerte golpe en la parte posterior del cráneo, en la cresta occipital externa que le produjo un derrame cerebral con muerte instantánea. Lo más seguro es que ese golpe se produjera con un objeto cilíndrico contundente de madera, un bate de beisbol o similar. En la empresa los compañeros de la policía científica no han encontrado nada que coincida con ese objeto. Podría ser, según el forense que no se hubiera producido el golpe en la empresa o por lo menos no al lado de la máquina donde lo metieron para simular un accidente. La empresa no tiene vigilante ni cámaras de seguridad y en el polígono donde se encuentra hay pocas empresas que dispongan de ellas y las que las tienen enfocan al interior o a su puerta por lo que no tenemos imágenes de cuándo, cómo y con quién fue a la empresa Miguel Ventura. A mí me extraña que fuera sólo a recoger unos documentos como manifiestan su contable y su mujer y aparcara en el espacio reservado lejos relativamente de la puerta. Si tú vas a recoger únicamente unos documentos y puede ser que solo tardes unos minutos, ¿aparcas lejos de la puerta a la sombra?

— Quizás como era su costumbre no se dio ni cuenta —razonó el comisario—.

— Como posibilidad a estudiar o investigar estaría la situación en la que Miguel pudo recoger a alguien por el camino …

— ¿Para qué?

— Pues quién sabe, para echar una cana al aire, por ejemplo. En la empresa era sabido que siempre tenía una o varias amantes con las que pasar un rato.

— Pero le estaban esperando el contable y su mujer en casa.

—Y crees que eso le importaría al crápula de Miguel. Ahora que le voy conociendo creo que hacía lo que se le ponía en las narices sin importarle la familia y menos los empleados.

—¿Conocemos la identidad de las amantes?

— Parece ser que ahora estaba liado con una mona presentadora de la televisión local, Maika Portocarrero que tengo pendiente de ir a hablar con ella. También parece ser que lo más probable es que lo mataran más cerca de la una que de las cuatro, según el forense. Así que el golpe fatal tuvo que producirse nada más llegar a la empresa.

—O lo mataron antes y lo llevaron a la empresa.

— Esa opción la he barajado, pero, en ese caso, los implicados solo podrían ser su mujer o el contable o los dos juntos. No la descarto, pero, de momento, me parece poco probable. Tengo pendiente hablar con el vigilante de la urbanización donde viven los Ventura-Altozano que ha estado de vacaciones hasta esta semana, para que me diga qué es lo que vio, si vio algo.

—También podría ser que, si paró por el camino, le mataran en el trayecto y luego lo llevaran a la empresa —aportó el comisario—.

—Esa opción no la había previsto, pero la tendré en cuenta por si surge algún indicio o evidencia de que Miguel hubiera parado por el camino.

—¿Qué tal las charlas con la familia?

— Como ya te dije ninguno tiene una coartada sólida. Sólo he hablado con el hijo mayor, el médico que vive solo y había salido de guardia a las once y tuvo tiempo de sobra para ir a la empresa y prepararlo todo y tiene, además, como posible móvil que no se llevaba nada bien con su padre y, aunque, de momento, no parece un gran móvil podría haberse enquistado o evolucionado su enemistad hasta hacerle estallar, aunque tengo mis dudas dado su carácter apacible. Del resto de la familia no he hablado con nadie más. Hoy voy a ir a ver a la hermana mayor, la que le dio a Miguel dos nietos.

"De la empresa he hablado con el contable, Luis, que tiene como coartada a la mujer de Miguel, pero, en cambio, tiene varios móviles posibles. A saber. Noto que quiere dirigir la empresa y le gustaría y, además, como consecuencia de ello, manejaría el dinero negro que genera Ventura Creaciones".

— ¿Generan mucho dinero negro?

— Parece ser que sí. Un experto contable lo ha deducido indirectamente en un análisis de los balances de la empresa y por lo que le he podido sonsacar a alguno de sus compañeros, el contable es un tipo muy listo y se relacionaba estrechamente con Miguel lo que podía haber provocado algún que otro encontronazo en relación con ese dinero no declarado, pero su coartada diluye los motivos, de momento. También hablé con el representante sindical, Joaquín Gallego —dijo Aurora consultando el nombre en la tableta—, que también me ha confirmado lo de las facturas sin declarar. Este tiene una buena coartada y aunque tenía mucha relación de carácter laboral con Miguel no le veo asesinándole. Está totalmente descartado, como lo está la mujer que trabajaba como la secretaria personal de Miguel, Marga, que, aunque podía tener un buen móvil, los celos o el rencor o la venganza, está totalmente descartada por su coartada al estar en el pueblo ella y su marido, que también podría haber sido sospechoso.

— ¿Qué motivo tendría la secretaria?

— Ella fue una de las amantes ocasionales de Miguel en la empresa. Aunque eso pasó hace años y no la veo guardando esa inquina tanto tiempo ni la veo con las capacidades de manipular la máquina.

— Bien, buen trabajo, de momento. ¿Qué pasos piensas seguir a partir de ahora?

— Hoy, como te he dicho, voy a ver a la hija casada y quería hablar con el vigilante para ir cerrando los hechos que estén contrastados. Que me diga si vio salir a Miguel de la urbanización a la una y al contable Luis a las cuatro.

— Me han pedido desde el departamento de relaciones institucionales que hable otra vez con la prensa. Esta vez en la televisión local. ¿Qué quieres que les diga?

— Aparte de no revelar nada que nos pueda perjudicar ni que ahuyente al asesino, podrías hacer un llamamiento para que la ciudadanía se ponga en contacto con nosotros si tiene información relevante del caso. Aunque era Sábado Santo y todo el mundo estaba pendiente de las procesiones, no quita para que alguien viera algo, por ejemplo, a Miguel esperando para recoger a alguien o pasando por una calle que no estuviera en la ruta a la empresa o vete tú a saber.

— Lo que ocurre con esos llamamientos es que nos inundan con información falsa o poco contrastada que nos hace perder un montón de tiempo. Una duda. Antes me has dicho lo del dinero negro. ¿No podría estar ahí el móvil del crimen?

— Por supuesto que lo he pensado. Ahí o en la herencia de la familia.

— Bueno, mantenme informado.

— ¿Qué hay de la ayuda de un subinspector? Podría avanzar más rápido con alguien que me hiciera parte del trabajo.

— Para que veas que yo también hago mis deberes y pienso en ti, el viernes pasado he enviado un escrito a la Dirección General para que se agilice el nombramiento o que nos envíen a alguien en comisión de servicios o interino. Además, hablé con el delegado del Gobierno para que, por su lado político, presione con el nombramiento.

— ¿Y?

— De momento no he tenido contestación.

— Pues estamos apañados. Vamos, que me como este marrón yo sola.

— Tú sola no, que yo te estoy ayudando.

Con un suspiro de resignación Aurora abandonó el despacho del comisario Rubio.

Mientras los nietos de Miguel Ventura, Alba y Eduardo, estaban en el colegio, Aurora concertó una entrevista con sus padres, Elena y Pelayo.

Era la primera hora de una tarde húmeda y plomiza que invitaba a la siesta cuando la inspectora llamó al timbre de un piso en el centro de la ciudad con entrada señorial recién reformada, moderno ascensor y garita vacía para el portero o la portera. Nada más abrir Pelayo la puerta, Aurora se fijó en los techos altos y la decoración de un gusto semejante al chalet de los Ventura-Altozano. Si no lo había decorado la misma mano, podía hablarse de plagio. Allí había dinero metido en muebles, alfombras y cuadros.

Después de los saludos protocolarios y de aceptar la inspectora un café con leche, les preguntó sobre su opinión de quién creían ellos que había matado a Miguel Ventura. Elena fue la primera en contestar.

— No tenemos ni idea, mi padre era una persona muy querida por todos. Por supuesto, la familia cercana es imposible que haya hecho semejante barbaridad. Sobre todo, metiéndole en esa máquina para que quedara desfigurado. De la empresa tampoco me consta que hubiera gente descontenta y, aunque pudiera haber alguno, no creo que tuviera motivos suficientes para ello. Y el resto de la gente no creo que tuvieran tal animadversión o enemistad con mi padre. Lo dicho, era una persona muy querida.

— Pero el hecho cierto es que alguien lo ha hecho —rebatió la inspectora—.

— Ya. Pero nosotros no podríamos sospechar de nadie —dijo Elena mirando a su marido que asentía con la cabeza—.

— Usted ha dicho que nadie de la familia cercana tendría motivos, pero, ¿y de la familia más alejada? Sus tíos o primos. Tengo entendido que ha habido varias disputas que han terminado en los juzgados por culpa del poder y la dirección de la empresa.

— Es verdad que mis tías han pleiteado por el valor que se les adjudicó a sus bienes en la herencia de mi abuelo Jacinto, pero estoy convencida de que no han matado a su hermano.

— ¿En qué consistió el pleito?

Ahora fue Pelayo el que, tomando la palabra y con el beneplácito de su mujer, contestó que él se lo podría explicar ya que intervino como letrado asesor de los abogados que representaban a la familia Ventura-Altozano.

— Mire inspectora, las tías de mi mujer se quedaron muy sorprendidas cuando al abrir el testamento del abuelo Jacinto, comprobaron que no les había dejado nada de la empresa, ni una acción. Impugnaron la valoración de la masa de la herencia en la creencia de que los bienes adjudicados por su padre tenían un valor muy inferior al de mi suegro don Miguel, basándose en un párrafo al inicio del testamento en el que se decía que los bienes se adjudicaban a partes iguales para cada uno de sus hijos. En el juicio quedó demostrado que, tomando el valor nominal de las acciones, el valor final adjudicado a don Miguel era muy similar al adjudicado al resto de los herederos.

— No entiendo mucho de valoraciones, pero, el valor nominal de las acciones, no incluye el dinero negro que maneja la empresa, ¿no es cierto?

— ¡Inspectora! En Ventura Creaciones no hay dinero negro —saltó Elena como si un muelle presionado la catapultara—.

Con mucha tranquilidad y sin dejar de mirar a Elena a la cara, Aurora contestó.

— Está muy equivocada señora Ventura. El propio contable de la empresa me lo ha reconocido y uno de nuestros asesores externos ya nos lo había señalado.

— Soy la primera sorprendida. Pues, desde luego, en la época de mi abuelo y cuando mi padre se hizo cargo de la empresa no existían ventas sin facturas.

— Bien, dejemos ese tema —cortó la inspectora que veía que por ese lado no iba conseguir nada y lo único en lo que podía desembocar era en cerrarse en banda la pareja—. ¿Qué pueden decirme de sus actividades el día del fallecimiento de su padre?

— El Sábado Santo —empezó explicando Pelayo—, salimos con los niños a dar un paseo con las bicicletas por el parque, llegamos a casa, hicimos la comida y dormimos la siesta.

Mientras Pelayo enumeraba las actividades de la familia, Aurora se fijaba en la cara de sorpresa de su mujer.

— ¿Corrobora usted esa declaración? —le preguntó la policía a Elena—.

— Sí, por supuesto.

— ¿Cuáles son sus actividades profesionales?

— Yo me dedico a la educación de mis hijos Alba y Eduardito y al cuidado de la casa.

— Usted había iniciado estudios de ingeniería, ¿correcto? —preguntó Aurora dirigiéndose a Elena—.

— Sí, pero nunca los terminé.

— Así que, de máquinas, puede entender algo, ¿no?

— ¿Qué insinúa inspectora?

— No insinúo. Constato un hecho. ¿Y usted? —preguntó a Pelayo—.

— Yo estoy preparando un nuevo proyecto en el que abriré un despacho de abogados independientes.

— Es decir que ahora no trabaja.

— Efectivamente.

— ¿Dónde trabajaba antes?

— Antes ejercía de letrado asesor para Ventura Creaciones hasta hace dos meses.

— Le despidieron o se marchó.

—Ni lo uno ni lo otro. Llegamos a un acuerdo para que pudiera montar, como le digo, mi propia firma de abogados.

—¿Qué me pueden decir del funcionamiento de la empresa en los últimos tiempos? Tengo entendido que Miguel había dejado de lado un poco la dirección en favor del contable.

—El que mi suegro no estuviera al frente de la empresa es la ilusión que pueda tener alguna persona. Don Miguel era el alma y la guía de la empresa. Nunca dejaría la dirección de Ventura Creaciones en manos de una persona ajena a la familia. Él lo controlaba todo. No se movía nada sin que él no se enterase o no diera su visto bueno.

—Tenga en cuenta, inspectora, que mi padre tenía muy asumido que era parte de una generación que mantenía la empresa y la había hecho prosperar, que había trabajado incluso con las máquinas como un obrero más y eso no cambia de la noche a la mañana.

—¿Su padre contribuía a su economía doméstica?

—¿Qué quiere decir, inspectora?

—Si les daba dinero.

—Ni más ni menos que al resto de mis hermanos.

Sin dejar de mirar a los dos interrogados, Aurora preguntó:

—¿Qué saben ustedes de las aventuras extramatrimoniales de su padre y suegro?

El gesto duro, adusto y huraño de Elena habría fulminado a la inspectora mientras que el complaciente de Pelayo la convenció de que era un asunto escabroso para la familia.

— Por lo que nosotros sabemos y por lo que nos consta y vemos, mi padre siempre ha sido fiel a mi madre y no damos crédito a rumores, murmuraciones o cotilleos, ¿verdad Pelayo?

El marido asintió con un gesto de media sonrisa.

Aurora tomó nota de la fidelidad que Elena tenía con la familia y que no iba a conseguir mucha información relevante de ella. Intentaría hablar con el marido a solas para sacar algo más. Así que se despidió del matrimonio dándoles las gracias y disculpándose por las molestias ocasionadas.

Mientras bajaba a la calle, revisó lo que aparecía en su tableta y añadió:

"Elena y Pelayo coartada sin confirmar.

Elena posible manipuladora de la máquina. Conocimientos técnicos

Pelayo abogado. Comprobar despido o cese. Sonsacarle a solas.

Comprobar el juicio de Miguel con sus hermanas."

En el portal del edificio donde vivían Elena y Pelayo, Aurora se fijó en que la garita del portero estaba ocupada, así que se acercó a preguntar al que ocupaba ese espacio.

— Buenas, soy inspectora de policía y quería hacerle unas preguntas —dijo mostrándole la placa—.

Inmediatamente el empleado del edificio se levantó y casi en la posición militar de firmes contestó:

— Buenas, a sus órdenes, señorita.

— ¿Desde cuándo trabaja en el edificio?

— Desde hace quince años. Ya estoy a punto de jubilarme.

— Así que conoce bien a Elena y Pelayo.

— Claro que sí, señorita y a sus hijos la señorita Alba y el señorito Eduardito.

— ¿Me podría decir si les vio el Sábado Santo?

— Sí que los vi, señorita.

— Deje de llamarme señorita y dígame lo más preciso que pueda a qué hora los vio.

— El Sábado Santo doña Elena salió con sus dos hijos en bicicleta como a media mañana.

— ¿Pelayo no iba?

— Don Pelayo antes había ido a buscar el pan y los churros a una tienda que hay aquí a la vuelta de la esquina que ya me extrañó que fuera a buscarlos en coche cuando está a cinco minutos andando.

— Y eso fue antes de que Elena y los niños salieran en bici.

— Sí, fue a primera hora de la mañana, como a las nueve y media o las diez. Es cuando friego el portal, sabe usted, seño...

— Entonces Pelayo no fue con la bicicleta.

— No, él salió un poco más tarde que ellos y se fue en el coche que había dejado aparcado justo enfrente del portal. Como era festivo no había aparcamiento regulado.

— ¿A qué hora regresó la familia?

— Doña Elena y los niños volvieron un poco antes de la una y don Pelayo sobre las dos y media. Justo salía yo de trabajar cuando al abrir la puerta se apareció él. ¡Se llevó un susto! No se esperaba que estuviera aún aquí. Es que, sabe usted, mi hora de salida son las dos, pero entre que repaso el portal y recojo las bolsas de basura que dejan los vecinos, siempre me dan más de las dos, pero los propietarios no lo saben.

—Vale. Muchas gracias. Me ha sido usted de gran ayuda.

Ya en el coche Aurora abrió de nuevo la tableta y escribió.

"Elena tiene coartada. Pelayo mintió, no fue con las bicis y su familia. ¿Dónde estuvo el yerno el Sábado Santo hasta las dos y media?"

Como todavía no era muy tarde, Aurora se acercó hasta la urbanización donde viven los Ventura-Altozano para hablar con el vigilante.

—Buenas tardes, ¿es usted el vigilante que estaba aquí el Sábado Santo?

— ¿Quién lo pregunta?

— Soy Aurora Escribano, inspectora de policía y usted es …

— Soy Gervasio Fernández, para servirla.

— ¿Vio usted salir a Miguel Ventura el Sábado Santo?

— Sí, señora. Sería en torno a las trece horas cuando su coche salió y me saludó con la mano.

— ¿Notó algo especial?

— ¿A qué se refiere?

— Si iba solo, acompañado o muy deprisa o muy despacio o qué se yo.

— No, nada especial. Sí que quizás iba un poco más despacio que otros días, por lo menos hasta que me saludó con la mano.

— ¿Le sorprendió que saliera a esa hora?

— No. Aquí los propietarios salen y entran constantemente.

— ¿Conoce usted al contable de la empresa de Miguel Ventura?

— A Luis, sí.

— ¿Le vio usted ese mismo día?

— Sí. Además, estuve un rato hablando con él porque llegaba pronto a una cita con su jefe, según me dijo.

— ¿Qué hora era?

— Las doce. A esa hora en punto Luis se fue hasta la casa de don Miguel y doña Virginia.

— ¿Normalmente se paraba a hablar con usted otras veces?

— La verdad es que no. Antes solo era un hola y un adiós, pero el sábado estuvimos un rato dándole a la sin hueso.

— ¿Cuándo salió?

— Salió a las cuatro aproximadamente y esa vez no se detuvo a charlar y volvió a regresar sobre las seis.

— ¿Todo ese tiempo estuvo usted aquí?

— Sí. La jornada es de diez a veinte horas y, en medio dos horas para comer. Pero como aquí en el puesto, así la empresa no tiene que cubrir esas dos horas.

— Ya entiendo. Muchas gracias, Gervasio.

Capítulo 7. Valoración

Al llegar a casa, Aurora le pidió a Ezequiel que le explicara cómo se valoraba una empresa. Ezequiel, poniéndose simuladamente el gorro de profesor y con un papel y un bolígrafo le fue mostrando los distintos valores que pueden tomarse para saber lo que valen las acciones de una empresa.

Le explicó que había tres valores fundamentales: el valor nominal que es lo que figura estampillado en el documento de una acción como su valor y solo representa dicho valor real de una empresa en el momento de su constitución y, a veces, ni en ese instante. Es el peor valor que se puede tomar para saber cuánto vale una empresa. Ante el asombro de la inspectora, Ezequiel le puso un ejemplo.

— Mira, si tú y yo constituyéramos una empresa como sociedad anónima ahora y los dos pusiéramos treinta mil euros cada uno. La empresa, como ente con personalidad jurídica propia que asume derechos y obligaciones, tendría sesenta mil euros y nosotros tendríamos un documento que reflejaría la propiedad de la empresa por valor de treinta mil euros tú y treinta mil euros yo. Ese sería el valor nominal de cada una de las dos acciones. En ese momento, la empresa valdría sesenta mil euros. Pero, en cuanto vayamos al notario, al registro, contratemos personal o alquilemos un local, el valor de la empresa empieza a cambiar. Esos gastos suponen que la empresa está teniendo pérdidas por lo que ya no vale los sesenta mil euros iniciales, vale menos y, aunque cada uno de nosotros seguimos teniendo una acción cada uno que pone treinta mil euros, en realidad, su valor es menor debido a las pérdidas en las que ha incurrido la sociedad. Y si nos llega una subvención o vendemos algo con beneficio, este compensaría las pérdidas iniciales y, quizás la empresa ahora podría valer más de los sesenta mil euros, pero el valor nominal de nuestras acciones sigue siendo de treinta mil y, en ese caso, si alguien quisiera comprar nuestras acciones, no las venderíamos por el nominal ya que la empresa ha generado beneficios que no hemos repartido. ¿Lo entiendes?

— Clarito como el agua. Y ¿qué más tipos de valoraciones se pueden hacer que se acerquen a lo que realmente vale una empresa?

— Otra valoración que a veces se toma es la que se denomina valor de libros. Esto significa que se asume como valor real de una empresa lo que figura en los balances. En este caso, tomamos el activo del balance, recuerda que eran los bienes y los derechos, le restamos el pasivo, que ya te expliqué que eran las obligaciones y las deudas y el valor que obtengamos lo dividimos entre el número de acciones y así hallamos el valor de una acción en el que hemos tenido en cuenta los resultados positivos o negativos, beneficios o pérdidas que hayan tenido lugar en la empresa debido a su actividad y que están registrados en la contabilidad. Este valor se suele utilizar cuando la empresa no cotiza en Bolsa para una idea aproximada del precio de una acción.

— Entonces, entiendo que este es el valor bueno —dijo Aurora—.

— Pues, depende. Por supuesto es mucho mejor que el valor nominal, pero en este valor de libros no se recogen valores que pueden generar muchos beneficios en el futuro que no están todavía materializados, que son intangibles. No es lo mismo el valor de una empresa que está empezando que otra que tenga una cartera de clientes, aunque las dos tengan el mismo valor de libros. Por descontado que tendría un mayor valor la que tenga más clientela fija o si su marca es mucho más reconocida por el público o los clientes. Imagínate la diferencia entre el valor de Coca-Cola y Refrescos Pepín, aunque los dos tuvieran el mismo valor de libros.

— Lo entiendo. Y, ¿cómo se valora el tener más clientes o una mejor imagen de marca o que sea más reconocida?

— Es el cálculo más difícil. Hay pocos expertos en este tema y lo que se suele es calcular, mediante técnicas financieras, algunas un poco subjetiva, el valor de los beneficios futuros, pero como sabes el futuro es incierto y esos cálculos dependen de quién los haga, pueden ser mayores o menores al tener que prever los tipos de interés futuros, la inflación futura y los posibles resultados típicos y atípicos de la empresa. Lo importante, en estos casos, es razonar justificadamente los valores que se estiman. No es fácil hacer estos cálculos.

— Entonces, ¿cómo es posible que en un juicio se asuma como valor el nominal de unas acciones?

— A eso ya no te puedo contestar. Habría que ver la documentación aportada al caso, si hubo o no pruebas periciales de valor, ver los argumentos de cada una de las partes, analizar los fundamentos de derecho que estableció el juez para llegar al fallo y otras circunstancias.

— ¿Qué circunstancias?

— Estamos en una ciudad pequeña, el juez y Miguel Ventura seguro que se conocían. Casi todos nos conocemos aquí. Así que quizás estaba más predispuesto a darle la razón.

— Ya pero siempre se puede recurrir a instancias superiores.

— Puede ser que no tuviera dinero la otra parte para seguir pagando abogados o que los argumentos las convencieran o que hubiera un acuerdo extrajudicial o … vete tú a saber.

Aurora se quedó pensando que, al final, el que tiene dinero tiene el poder y es al que le dan la razón, aunque no la tenga. En este caso, si a la dificultad de valorar una empresa en funcionamiento se unen las pequeñas corruptelas locales o los acuerdos extrajudiciales o la posibilidad de no recurrir por falta de dinero, entonces la justicia no es justicia. La justicia es una aliada del poder político o económico. La justicia tendría que ser gratuita como el orden público, la sanidad o la educación para que todos tuvieran las mismas oportunidades de obtener una sentencia imparcial, objetiva y basada en la equidad argumentó Aurora a lo que Ezequiel contestó con que eso era una utopía.

La pareja se fue a la cama angustiada por la realidad que les rodeaba.

La visita que Aurora tenía que hacer esa mañana no estaba lejos de su casa, así que decidió ir andando para no depender de dónde dejar aparcado el coche. Ezequiel ya hacía horas que se había ido a la Universidad. La mañana invitaba al paseo y, aunque el cielo estaba cubierto y no se esperaba que lloviera, la temperatura era suave. Además, tenía que pasar por delante del edificio del Nuevo Museo de Arte Conceptual que hacía poco se había inaugurado. No es que ella fuera una experta en arte, pero había visto en la prensa que el edificio era curioso y artístico en sí mismo. Desde el exterior se veía una combinación de formas geométricas que podían simular ondas con cubos cuyas aristas cortaban el cielo, todo ello reflejado con abundancia de cristal de diferentes colores. Desde luego, el edificio no dejaba indiferente a nadie. La polémica que había circulado por la ciudad estaba más que justificada. Había detractores y partidarios a partes iguales. A Aurora, sin llegar a gustarle, le pareció una construcción disruptiva.

La entrada de los estudios de la televisión local no se diferenciaba del resto de locales adyacentes del edificio de viviendas donde se ubicaba. El sencillo letrero de "35TV" figuraba encima de la puerta de acceso y tapaba parte de la terraza del primer piso.

Al entrar Aurora se esperaba encontrar, no sabía por qué, lujo, *glamour* y distinción, pero lo único con lo que se tropezó, literalmente, fue con una mesa con mostrador que estaba defendida por una mujer con unos cascos telefónicos inalámbricos. La defensora se dedicaba a recibir las llamadas y a derivarlas a otros teléfonos. Ni siquiera era atractiva como se imaginaba la inspectora. Ni iba elegantemente vestida, ni peinada de peluquería. Lo que más le llamó la atención de la recepcionista fue un largo lapicero que atravesaba el pelo para sujetar los mechones revoltosos. Entre una contestación telefónica y otra pidiendo que esperara un momentito, preguntó a Aurora qué quería. La inspectora, mostrando su placa, pidió hablar con Maika Portocarrero. Con un gesto de espera, la telefonista volvió a continuar con la conversación interrumpida que terminó abruptamente. Maika no estaba, no había llegado y siguiendo instrucciones precisas, la telefonista preguntó si tenía cita con ella. Ante la negativa de Aurora la telefonista le preguntó por el motivo de la visita.

— Es un tema personal —dijo la inspectora un poco ofendida por el interrogatorio—.

— No se atienden cuestiones personales en la empresa. Solo noticias. Mande un correo solicitando hablar con ella.

— No me da la gana. La espero hasta que llegue.

No se puede decir que la conversación estuviera yendo de manera amigable precisamente para ser la primera incursión en el mundo televisivo de Aurora.

— Haga el favor de salir o …

— … o qué, ¿va a llamar a la policía? —terminó la frase Aurora con un punto de provocación—.

— No, a seguridad.

— Llame, llame, no se corte. A ver si la detengo por obstrucción a la justicia.

— Bueno, señora, tampoco es para ponerse así. Yo tengo órdenes de la señorita Portocarrero para que no se cuele ningún indeseable.

— Lo estás arreglando, bonita. ¡Pues no me llama indeseable!

— Perdone, es que llevo poco tiempo y no quiero perder este empleo por una tontería.

En ese instante se abrió la puerta e hizo su aparición una rubia de bote un poco desgreñada y con poco gusto en la ropa que vestía. Las gafas de sol no dejaban ver sus ojos y eso que el día se estaba nublando.

— ¿Algún problema? —preguntó la recién llegada—.

— Hola Maika. Esta agente quiere hablar contigo.

— Inspectora Aurora Escribano —se presentó la policía—.

— Maika Portocarrero —saludó la presentadora de las noticias más vistas en la ciudad—. Pase por aquí, por favor.

Aurora pudo apreciar que el resto del local no era muy grande. Al dar vuelta a la mampara que separaba la recepcionista del resto de compañeros no había divisiones y los pocos puestos informáticos ocupados tenían absorbida la atención de los que allí trabajaban. Varias televisiones emitían en silencio colgadas en el fondo del local que eran ignoradas por todos los presentes. Maika la guio hasta una sala de reuniones sembrada de pilas de periódicos, revistas y magacines sin ningún orden. La ovalada mesa central tenía varios envoltorios de caramelos, bolígrafos mordidos con publicidad de la emisora y restos de hojas garabateadas de reuniones previas. Maika fue la primera en romper el silencio.

— Usted dirá.

— Supongo que ya se imagina el asunto que me trae aquí.

— El asesinato de Miguel Ventura.

— Efectivamente. ¿Dónde se encontraba usted el Sábado Santo entre las trece y las dieciséis horas? —Aurora fue directa al grano sin paños calientes ni circunloquios que demoraran la información que pretendía obtener—.

— Es usted muy directa, inspectora Escribano.

El silencio y la mirada fija en los ojos con bolsas que presentaba la periodista, ya sin el filtro de las gafas, no daban lugar a conversaciones banales.

— Pues, estaba en casa. Esperándole.

— ¿Sola?

— Sí, sola. Él había quedado en venir a verme después de comer.

La inspectora quiso saber desde cuándo mantenía esa relación con Miguel Ventura. Cuando Maika contestó que hacía más de ocho meses que estaban juntos sorprendió a Aurora que esperaba una relación más corta. Tenía la impresión que el crápula del empresario cogía, usaba y tiraba a sus amantes como si fueran *kliness*.

— ¿Cuándo lo vio por última vez?

— Fue el mismo Sábado Santo. El viernes Miguel durmió conmigo y el sábado desayunamos juntos. Después se fue a su casa a plantearle a su mujer el divorcio.

Aurora se quedó con la boca abierta. Aunque, pensándolo bien, era la excusa que casi todos los adúlteros ofrecían a sus amantes para seguir con ellas sin renunciar a su familia.

— No se asombre, inspectora. Miguel y yo prácticamente llevábamos viviendo juntos todo este año y él quería, contra mi opinión, hacerlo público y romper con su mujer. Yo prefería seguir con la misma relación que teníamos, pero él quería oficializarla. En las relaciones sentimentales tenía un concepto un poco anticuado desde mi punto de vista. Últimamente se había empeñado en que nos casáramos, cosa a la que yo me oponía.

— ¿Por qué últimamente? ¿Qué había ocurrido para que le diera por ahí?

— Estoy embarazada. —dijo la presentadora tocándose la barriga en un acto inconsciente de protección—.

Aurora no salía de su asombro. En un rápido cálculo estimó que ella no habría cumplido ni la mitad de los sesenta y ocho años que tenía Miguel.

— Está usted pensando que los casi setenta años de Miguel son muchos de diferencia para los cuarenta y uno que tengo yo.

— Pues la verdad es que no. Estaba pensando que usted no llegaría a los treinta y cinco y que él casi le dobla la edad. Pero nada más.

— Supongo que eso es un halago. Muchas gracias.

Aurora estaba echando cálculos mentalmente para ubicarse temporalmente.

— ¿De cuánto está?

— Todavía puedo abortar. El riesgo, con mi edad, es alto y no sé si ahora quiero tener un bebé. Llevo una semana sin dormir analizando pros y contras y le aseguro que no es nada fácil tomar una decisión que me apremia y mucho. El niño crecería sin la figura paterna y, aunque la sociedad ha cambiado mucho en ese sentido, no dejará de ser un hijo de una madre soltera.

— Lo imagino. De todas formas, será un heredero más de Miguel Ventura.

— No creo que me compense enfrentarme judicialmente a esa familia. No quiero pensar en el lío que se montaría si solicito la herencia para mi hijo cuando nazca, si decido tenerlo.

— Entonces, usted me asegura que Miguel iba a dejar a su familia y se iba a instalar con usted.

— No. Solo iba a dejar a su mujer. Se había convencido de que era un lastre, pero quería seguir manteniendo la relación paterno-filial con sus hijos.

— Usted es consciente, supongo, de la fama que tenía él con las mujeres.

— Sí. Soy…, bueno, era consciente. Pero nos queríamos. Él estaba convencido de que yo era su última oportunidad de ser feliz. Y, como me repetía constantemente, ya se había desfogado con todas con las que había querido. Ahora tocaba tranquilidad y sentar la cabeza. Cuando le dije que estaba embarazada me dijo que era el día más feliz de su vida. Que iba a dedicar sus últimos años a educar a su hijo. Que le iba a enseñar todo lo que sabía y le iba a prestar toda su atención.

Los esquemas mentales que llevaba Aurora se estaban desmoronando, no se creía que el Miguel mujeriego, de repente, sentara la cabeza por esa mujer que, sin ser fea, tampoco era el culmen de la belleza. Ahora el caso presentaba otro giro. Más actores, más variables, más móviles que se entrecruzaban.

— ¿Por qué consideraba que su mujer era un lastre?

— Era un saco sin fondo. Según Miguel no hacía más que gastar dinero y no le aportaba nada, ni siquiera estabilidad en el hogar.

— Eso es una actitud muy mercantilista si pensaba que su mujer tenía que darle algo a cambio de su dinero u obtener alguna rentabilidad.

—Miguel tenía ideas muy diferentes a la mayoría de los mortales y cuando se le metía algo en la cabeza no había forma de convencerle de lo contrario.

—¿Qué me puede decir de la empresa, de Ventura Creaciones?

Una sonrisa triste se le dibujó a Maika al mencionar la empresa.

—Qué buena pregunta, inspectora. Verá, la empresa Ventura Creaciones vende más de la mitad de su fabricación en negro. Son los reyes de la economía sumergida. Todo ese dinero, que es mucho, lo controlaban Miguel y Luis, el contable. Servía para pagar sobresueldos a los trabajadores, mantener a la familia de su hija Elena y al inútil de su marido, dar caprichos a los nietos de Miguel, pagar la droga de su hijo pequeño y untar a la gente que le quería denunciar, atender las veleidades de su ojito derecho, Marta y, sobre todo, cubrir las excentricidades de su mujer.

—El único al que ha dejado vivo es a su hijo mayor.

—Miguelito ya se lo había sacado hace años cuando, según me contó, le hizo chantaje con informar a Hacienda si no le compraba el coche y la casa que quería. Según pude entender con eso se conformó y ahora no recibía nada.

—Imagino que usted también disfrutaría de parte de ese extra económico, ¿no?

—Pues no. Esa fue la condición que le puse a Miguel desde el primer día en que me tiró los tejos. Yo no era una de sus amantes o putas a las que podía comprar con regalitos. Además, últimamente Miguel creía que alguien le estaba sisando ese dinero negro. Le estaba llegando menos de lo que él esperaba.

—¿Sospechaba de alguien en concreto?

— Todavía no lo tenía claro, pero, según me contó, estaba cerca. Había constatado que en el último año había recibido menos cantidad que el año anterior habiendo fabricado casi lo mismo.

— ¿Cómo controlaba eso?

— Llevaba un cuaderno, como el de los niños, cuadriculado, en el que anotaba todo lo relativo al dinero no declarado; tanto cobros como pagos y hacía comparaciones entre años y meses. Así que no se le escapaba nada. Desde hace unas semanas lo estaba investigado a fondo a ver si daba con la fuga. Incluso me dijo que habían cambiado la combinación de la caja fuerte.

— ¿Había llegado a alguna conclusión?

— Que yo sepa no. Ahora estaban revisando a los comerciales independientes que trabajaban para ellos que son los que recaudan en primer lugar el dinero de las ventas sin factura para luego ir avanzando en la cadena de custodia del dinero para identificar el responsable de la fuga.

— ¿Tenía enemigos, Miguel?

— Muchos y muy poderosos.

— Deme nombres.

— Mire, habría que empezar por su familia. Sus hermanas en su día pleitearon con él por las acciones de la empresa y, aunque se calmaron cuando Miguel les soltó pasta en negro de lo que había acumulado su padre, esa pasta ya se les había acabado y ahora empezaban a pedir más.

Aurora no se sorprendió ya que ese era uno de los argumentos que había expuesto Ezequiel para que no siguieran demandando a Miguel por la herencia de su padre.

178

— ¿Qué argumento tenían si ya había quedado cerrado el caso de la herencia?

— El mismo que su hijo mayor. La amenaza de Hacienda. Iban a denunciarle que cobraba y pagaba en negro. Aunque eso a Miguel le traía al pairo. Tenía tan bien montado el tinglado que salvo que les pillaran, como él decía, *in medias res,* en plena acción, no había manera de demostrarlo. A mayores estaban sus hijos y su mujer, como le he dicho, unas sanguijuelas a las que, según me dijo, ya había avisado de que se cerraba el grifo. También tenía como enemigos a los competidores a los que nada más instalarse asfixiaba con precios bajos para que no les quedara más remedio que cerrar y declararse en quiebra. En el aspecto empresarial era despiadado, incluso hablaba con sus proveedores para que no vendieran a la competencia. Por último, de lo que me acuerdo es que me dijo que algún político le estaba buscando las cosquillas. Y eso que a ellos también les untaba bien.

— ¿Trataba con políticos corruptos?

— Corrupción es una palabra muy fuerte. Digamos que atendía con dádivas y regalos para que cuando salía algún contrato o surgía una oportunidad de beneficio Ventura Creaciones siempre estaba entre las empresas mejor posicionadas o era la única que presentaba oferta.

— ¿Tiene usted información y datos contrastados de todo lo que me está diciendo?

— No y si los tuviera no se los daría. No es mi labor destapar la economía sumergida o, como dice usted, la corrupción. Yo solo soy una cara en un informativo local.

—Sabiendo todo lo que sabe o intuye, ¿todavía estaba usted a su lado?

—Miguel sabía diferenciar su faceta de empresario de su faceta personal. Yo me acerqué a él por una entrevista y quedé prendada de sus sentimientos, de su manera de ver la vida, de su sensibilidad para el arte o de su pasión por viajar, conocer, saber y, en definitiva, disfrutar. Yo me enamoré del hombre, no del empresario machista y avaro que algunos tienen como imagen de Miguel.

—Señorita Maika, son distintas caras de una misma moneda. No se confunda. Muchas gracias por esta conversación.

—De nada, pero, por favor, encierren al que asesinó a Miguel y tiren la llave a un pozo.

—Lo intentaremos.

Las sensaciones a la salida de la emisora que tenía Aurora no se parecían en nada a las de la entrada. Se esperaba encontrar a una cara bonita con poca cabeza y muchos caprichos y se habían topado con una mujer enamorada y embarazada que podía tener un móvil poderoso para matar a Miguel si este no quería hacerse cargo de su hijo ilegítimo pero que, por otro lado, había demostrado tener la cabeza en su sitio y los pies en la tierra y, además, había destapado algún trapo sucio que tenía que comprobar. Incluso sus herederos ahora habían subido un nivel en los motivos para que Miguel desapareciera. Anotó para que no se le olvidara.

"Confirmar posible divorcio. Examinar las cuentas de Maika.

Investigar a los competidores quebrados y a políticos cercanos a Miguel.

Revisar casa y coche del hijo mayor.
<u>Robo del dinero negro</u>."

Cuando se conociera la noticia de que Miguel Ventura iba a tener otro heredero, la prensa asaltaría de nuevo el domicilio familiar para conocer la reacción de los actuales beneficiarios. Se dispararían las especulaciones sobre los posibles móviles de su muerte que ya circulaban por la prensa y los medios digitales. Desde luego, era un motivo muy fuerte para el asesinato que la herencia no se repartiera entre cuatro sino entre cinco. Aunque, en ese caso, la que tendría que haber fallecido era Maika para que su hijo no tuviera acceso a la herencia. Era muy probable que la familia actual de Miguel no supiera nada de ese embarazo. Lo que podría haber decantado los acontecimientos sería el planteamiento del divorcio entre Miguel y Virginia. Ella ahora, según la declaración de la periodista, tenía un móvil muy poderoso para deshacerse de su marido. Aurora no contemplaba la posibilidad de que ella fuera la ejecutora material del asesinato, podría ser la intelectual. Por dinero se lo podría haber encargado a Luis ya que ambos estaban juntos y se daban la coartada uno a la otra. Pero si Miguel salió de su casa en torno a la una y los dos sospechosos se quedaron dentro no pudieron cometer el crimen, al menos, de forma presencial.

Lo que por un lado se iba aclarando, se enturbiaba por otro y cuando creía que tenía todas las variables controladas surgían nuevos datos que ampliaban los sospechosos y los móviles. Y seguía sola. Aunque, ¿por qué tenía que dar verosimilitud a las declaraciones de Maika? Podría ser que Miguel no quisiera atarse a ella, ni tener más herederos y que en realidad lo que había ocurrido era que la había dejado, la había abandonado estando embarazada y esa sí que es una buena razón para matar. Esa actitud tampoco la veía descabellada en Miguel. Encajaba muy bien con su forma de comportarse hasta el momento, sus valores y su forma de actuar con las mujeres. Podría ser que Maika, que tampoco tenía coartada para el sábado, le estuviera siguiendo y que al ver que salía de su casa, fuera detrás de él y le matara en la empresa. Lo que no le cuadraba era la puesta en escena con la máquina y tenía serias dudas de que ella supiera modificar el fusible para que la máquina no parara al introducir el cuerpo en ella. La opción de Maika como asesina se desvanecía, aunque no podía descartarla definitivamente, pero la apartaba.

Con tantos frentes abiertos y sin más ayuda que la del comisario que se encargaba de la prensa iba a alargarse la investigación. Reconocía que quitarse de encima a los moscones de los periodistas ayudaba bastante.

Aurora citó a Pelayo a primera hora de la tarde plomiza en una cafetería cercana a su residencia. Quería hablar con él a solas, sin las interferencias de los niños ni de la familia Ventura-Altozano. Consideraba que era el miembro de la familia política más vulnerable y al que se podía sacar más información del clan. Los que habían hablado de él, le describían como inútil, o rémora, o lastre y casi un incompetente.

A la vez que traían el café con leche y una galletita de cortesía, llegó Pelayo engominado y dando la sensación a la inspectora de recién afeitado y vestido con un traje de entretiempo, camisa de un color rosa pálido y una corbata con diminutos dibujos que no distinguió. Aurora, como siempre, con vaqueros, deportivas, camiseta solidaria con una oenegé y cazadora en el respaldo de la silla.

Pelayo pidió un *gin-tonic* lo que sorprendió a la policía por lo temprano de la hora y por la cantidad y especificidad de ingredientes que solicitó al camarero.

— Buenas tardes, usted dirá, inspectora —saludó nervioso el abogado—.

— Buenas tardes, Pelayo. ¿Puedo tutearle?

— Como quiera, no tengo ningún inconveniente, aunque preferiría que no lo hiciera.

— Bien. Quería preguntarle por sus movimientos el Sábado Santo. ¿Se mantiene usted en que esa mañana salió a pasear en bicicleta con sus hijos?

La mirada dura de Pelayo hubiera servido para partir piedra. Instintivamente se le reflejó un ligero tic en la comisura de los labios que no pasó desapercibido por la inspectora. La llegada del camarero con el vaso de tubo le permitió pensar lo que iba a contestar a la inspectora.

— ¿A qué se refiere?

— Dígame la verdad, ¿dónde estuvo el Sábado Santo hasta la hora de comer?

La tensión de la cara del abogado padre de familia denotaba el conflicto interior en el que se debatía.

— Con mi familia —el abogado insistía en su mentira—.

— Tengo un testigo que no dice eso.

Por fin Pelayo claudicó.

— Es verdad. No estuve con mis hijos. Estuve con una mujer.

Aurora dejó la taza en el platillo y se recostó en la silla emitiendo un suspiro y mirando de lado a Pelayo.

— Esa persona puede corroborar su coartada.

— No sabía que necesitaba de una coartada. Y, sí, ella lo corroborará.

— Está bien. Deme el nombre y los datos de contacto de esa persona.

Aurora, en ese mismo instante en el que disponía de los datos de la mujer pidió por teléfono a la comisaría que un agente se desplazara a su lugar de trabajo y confirmara presencialmente que había estado con Pelayo el Sábado Santo.

— Si ni su mujer ni usted trabajan actualmente, ¿de dónde obtienen los ingresos para mantener la casa, el colegio de los niños y su tren de vida?

— ¿Qué tren de vida? Si no tenemos ni siquiera criada, ya casi no viajamos al extranjero y el coche que tenemos tiene más de siete años. Si somos una familia normal como cualquier trabajador.

La sonrisa de Aurora, que denotaba que no tenía ni idea de cómo era la vida normal de un trabajador, molestó a Pelayo.

— Cualquier trabajador no puede pagarse un piso en la zona en la que ustedes viven, ni viaja al extranjero, ni cambia de coche cada cinco años. Pero, señor Pelayo, no me ha contestado a la pregunta.

— Está bien, vivimos de lo que nos da, bueno, daba, mi suegro. Él cubría todos los gastos que tenemos, aunque desde hace una temporada nos había reducido el dinero. Por eso tuvimos que despedir a la chacha y recortar los gastos y las inversiones.

— ¿Y su proyecto de bufete?

— No hay tal proyecto, no tenemos dinero para ponerlo en marcha y sólo es una excusa para justificarnos delante de la familia de mi mujer.

Parecía que el *gin-tonic* estaba haciendo efecto al liberar la lengua de Pelayo que no dejaba de dar largos tragos hasta casi haberlo terminado.

— ¿Desde cuándo mantiene la relación con esa mujer?

— Desde que entré a trabajar en Ventura Creaciones. Era mi secretaria particular y, desde el primer día, tuvimos una conexión especial y nos gustamos. Pero solo es sexo, puro sexo. No hay amor.

— ¿Lo sabía su suegro?

— Por eso y por un par de casos que perdí frente a trabajadores, fue por lo que rescindió mi contrato con la empresa y, desgraciadamente, también despidió a mi secretaria.

— Eso no le sentaría nada bien ni a usted ni a su mujer.

— ¿Qué insinúa?

— Que, visto desde fuera, es un buen motivo para querer cobrar la herencia lo antes posible.

— ¿Y matar a la gallina de los huevos de oro? ¡No diga tonterías!

— Ya, pero la gallina estaba dejando de poner o podía empezar a ponerlos en otros corrales. Además, su mujer estudió ingeniería, ¿verdad?

— Y, ¿qué quiere decir con eso?

— Que tiene conocimientos para poder manipular una máquina para que un asesinato pueda parecer un accidente.

— Eso no se lo consiento —alzó tanto la voz Pelayo que parte de los clientes de la cafetería giraron su rostro hacia la mesa que ocupaban—. Mi mujer adoraba a su padre y nunca, le repito, nunca le haría ningún daño.

— ¿Aunque ese daño beneficiara a sus propios hijos?

— Supongo que aún en ese caso.

Aurora recibió una llamada de la comisaría en la que se confirmaba la coartada de Pelayo con su amante.

— Acaba de dejar sin coartada a su mujer —le dijo la inspectora—.

Pelayo negó sin decir nada. Terminó su bebida, se despidió y se marchó.

Durante la cena con Ezequiel, Aurora no dejaba de dar vueltas en su cabeza a las declaraciones de Pelayo y se negaba a considerar a su mujer, Elena, como sospechosa del asesinato de su padre. Si era suficientemente lista, y no la consideraba una tonta el día que habló con ella, asesinar a su padre habría sido un mal negocio para la familia. Aunque tuviera acceso a una parte de la herencia, no podía saber a cuánta, ni a qué bienes, ni en cuánto tiempo pasaría hasta que pudiera disponer de esos bienes o del dinero. Seguramente, si su padre siguiera vivo hubiera sabido exprimirle más jugando la baza de sus únicos nietos, que, al fin y al cabo, era lo que estaban haciendo hasta ahora. El otro pensamiento que rondaba a la inspectora era si conocía la aventura de su marido y qué podía pasar por su cabeza si así fuera. Seguramente, para evitar un escándalo en la familia, de cara a la sociedad, aguantaría la situación con Pelayo lo mismo que había hecho su madre con las amantes de su padre. Esas dos mujeres, no se podía decir que hubieran tenido suerte con sus respectivos maridos. La religión y el qué dirán seguro que influían en la decisión de no romper la relación. Si a ella le pasara, si Ezequiel se le ocurriera tener una aventura con otra mujer la ruptura sería inmediata, no esperaría a solucionarlo, pues ¡no hay peces libres en el mar!

— Hoy me han confirmado el resultado de los juicios de Miguel Ventura con sus hermanas. Incluso me han pasado las sentencias —comentó Ezequiel rompiendo el silencio en el que estaban inmersos—.

— Ya, ya —contestó despistada Aurora—.

— El caso es muy raro. Me extraña tanto que las hermanas no hubieran recurrido a instancias superiores que estoy convencido de que hubo un acuerdo extrajudicial. Nadie se queda cruzado de brazos con una valoración nominal de las acciones.

— Ya, sí. —contestó Aurora de forma instintiva y mecánica sin estar oyendo y sin mirar al profesor—.

— Oye, si te aburro, me lo dices y me callo.

— Me aburres.

La sorpresa que se llevó Ezequiel con la respuesta de su compañera y amante fue mayúscula y de la falta de reacción inicial esperando una disculpa, pasó a soltar los cubiertos, recoger el plato dejándolo ruidosamente en el fregadero de la cocina y, de un portazo, encerrarse en el despacho.

En ese momento Aurora tomó conciencia de lo que había dicho, de cómo lo había dicho y, aunque los gestos y las acciones posteriores de Ezequiel los consideró un poco exagerados, los comprendía. Tranquilamente, terminó de cenar, recogió la mesa, fregó todos los platos y, cuando creyó que el ímpetu de

Ezequiel ya se había diluido y que estaría pensando cómo arreglarlo, abrió la puerta del despacho.

— No te enfades cariño. Lo he dicho sin pensar. Tenía la cabeza en el caso de Miguel y en los interrogatorios de hoy y no he sido consciente de que tú me estás tratando de ayudar.

— ¡¿Tratando de ayudar?! Estoy pidiendo favores a profesores de la universidad con los que en más de veinte años lo único que he hablado con ellos es un hola y un adiós lo que supondrá que, cuando ellos lo consideren oportuno, tendré que devolverles el favor. No son mis amigos. Estoy implicando a alumnos predoctorales en búsquedas de información para tu caso y estoy dedicando tiempo, mi tiempo, a analizar una empresa que ni me va ni me viene, solo porque es tu caso y sirve para tu carrera. Y ahora me dices que te aburro. ¡Es cojonudo!

Nunca había visto el talante enfadado, o tan enfadado de Ezequiel lo que, por un lado, la sorprendió y por otro la complació que fuera capaz de sacar esa energía que hasta ahora no había visto ni sentido.

— Perdona. Es que lo que me has dicho ya lo sabía. Me lo había confirmado el yerno del difunto que estuvo en los juicios como asistente y, la verdad, estaba en otra cosa, te lo dije sin pensar.

Aurora se acercó con un movimiento mimoso a Ezequiel para intentar contentarle y él fingió resistirse. En el fondo la comprendía.

— Pues no te cuento lo que he sacado del análisis de las cuentas anuales.

— No me lo cuentes ahora. Déjame con la intriga hasta mañana por la mañana y ahora vamos a la cama que pienso compensarte por todos tus trabajos ímprobos, mi Ulises.

— ¿Cuándo viene tu madre?

Aurora suponía otra discusión, pero era consciente que había que hablar del tema. Aunque había tratado de retrasarlo, ahora ya era urgente.

— Mañana la voy a recoger al coche de línea.

— Cojonudo. Menos mal que he preguntado. Si no pregunto igual no me lo dices —Ezequiel se mostraba otra vez muy enfadado—.

— Qué necesidad hay de sufrir con antelación. Mañana llega y estará como mucho una semana o diez días.

— ¡Diez días! ¿No me habías dicho que era solo una semana?

— Dependerá de que terminen la obra en la casa. Supongo que en una semana o diez días estará terminada.

De un portazo, Ezequiel entró en el baño.

Aurora reconocía el enfado de Ezequiel. Él y su madre no es que tuvieran una mala relación, como ella con su madre. Ellos no tenían relación alguna. Si lo pensaba bien, solo se habían visto, además de en las Navidades, un par de veces; una en el pueblo cuando fueron a que sus padres conocieran a Ezequiel y otra en la ciudad cuando se empeñó en que vinieran a comer un día con ellos. Notaba que a su madre no le caía bien, quizás por ser algo mayor que ella y, había que reconocerlo, por no ser muy guapo. Su madre siempre había aspirado a que su hija se casara con un chico guapo de su edad y con mucho dinero y Ezequiel, ni era joven, ni era guapo, ni tenía dinero. Lo único que atraía a sus padres de Ezequiel era que trabajaba en la universidad. Su padre, como siempre, no decía nada. Él con su trabajo en la huerta y su partida de dominó por las tardes en el bar del pueblo ya era feliz.

Preveía unos días de mucha tensión en su casa. Deseaba que, por el bien de su relación con Ezequiel, los obreros terminaran cuanto antes con la obra de sus padres.

Capítulo 8. Amortización y provisión

Durante el desayuno Ezequiel le estuvo explicando a Aurora que la empresa Ventura Creaciones S.A.U. dotaba unas altas provisiones para insolvencias y riesgos varios a la vez que amortizaba sus elementos patrimoniales (maquinaria, transporte, mobiliario, etc.) de forma muy acelerada; así conseguía incluir mucho gasto en el resultado final, lo que hacía que los impuestos que pagaban fueran muy bajos por lo que, si no lo regularizaban correctamente en la declaración del Impuesto sobre Sociedades, podrían tener problemas fiscales importantes, además de los problemas con el Impuesto sobre el Valor Añadido por las facturas de ventas no declaradas. Todo ello provocaba que la empresa no estuviera cumpliendo uno de los principios contables más importantes, el de la imagen fiel de la empresa.

Aunque Aurora hacía verdaderos esfuerzos para entender al profesor, se estaba perdiendo. Confundía la amortización contable como pérdida de valor de los activos con la amortización de préstamos que es la devolución de su principal y, a mayores, no entendía qué era eso de las provisiones para riesgos e insolvencias. Ezequiel intentó explicarle que las provisiones son cantidades que las empresas contabilizan como un gasto previsto, pero no seguro, mientras que las amortizaciones sí que son una pérdida de valor real de los activos de la empresa, también le explicó que las provisiones se convertían en beneficios si el riesgo disminuía o desaparecía. A Aurora se le estaba nublando el entendimiento o Ezequiel no se explicaba bien, porque seguía sin comprender bien los conceptos que el profesor trataba de explicarle. Además, en este momento de la investigación el que la empresa Ventura Creaciones tuviera problemas fiscales era lo menos importante. Pero no le quiso decir nada a Ezequiel e incluso cuando él preguntó si lo había entendido, le dijo que sí para que callara y así no volver a tener una discusión como la del día anterior. Le agradeció los esfuerzos con un beso que Ezequiel, como ya era habitual, consideró poco premio para tanto esfuerzo, pero así lo dejaron; el uno y la otra.

A las ocho y media, Aurora ya estaba sentada en la consulta de Ricardo, su psicólogo. Había empezado la terapia con él cuando, en uno de los primeros casos en los que intervino y aún estaba de prácticas, tuvo que enfrentarse a un asunto de pedofilia de un sacerdote con sus catecúmenos. Las imágenes que les había tomado y que guardaba, sin ningún pudor ni discreción en un disco duro en plena sacristía, eran tan explícitas que revolvían el estómago y la conciencia a todos aquellos que tuvieron la obligación de visionarlas. Entonces se planteó dejar la policía, pensaba que no estaba preparada para afrontar con serenidad y el mayor grado posible de objetividad aquel tipo de delitos. Siempre recordaba que, si no hubiera sido por su, entonces, compañero de patrulla que la contuvo, hubiera dado una paliza o algo peor al cura responsable que, se suponía, debería de haber cuidado de esos niños. Don Saturnino, nunca olvidaría ese nombre y siempre lo asociaba a depravación, degeneración y vicio, llevaba años con sus prácticas abyectas y no fue hasta que uno de ellos, en el final de la adolescencia, se había suicidado dejando por escrito todo lo que le había hecho el pedófilo, que saltaron las alarmas. Sus traumas físicos y, sobre todo, mentales no los pudo superar. A partir de su muerte y tirando del hilo, llegaron a la parroquia y detuvieron a don Saturnino. En la denuncia posterior se añadieron hasta ocho nuevos denunciantes que dieron con los huesos del siervo de dios en la cárcel con la protesta formal de la Iglesia que pretendía tapar el escándalo echando tierra, culpando a la víctima y trasladando al sacerdote de parroquia.

Ricardo fue un consejo de su amiga Bea que también era su paciente de cuando superó el trauma del aborto. Sus sesiones, ahora eran cortas, de no más de cuarenta y cinco minutos y trataban, en la mayoría de las veces de cómo controlar las emociones más peligrosas, en su caso y en especial de la ira. En saber controlarse en las discusiones. En definitiva, de lograr su bienestar emocional tan difícil de alcanzar en su profesión.

A Ricardo ya le consideraba su amigo, aunque nunca se hubiera tomado una caña con él ni se hubieran visto fuera de la consulta. Le contaba cosas que nunca contaba a nadie. Estaba contenta con su trabajo y una vez cada dos o tres meses le pedía cita. Ese miércoles quería hablar de su nuevo cargo, de cómo afrontar con éxito la dirección de una investigación y estaba dispuesta a seguir los consejos que le diera el psicólogo siempre que los encontrara razonables. Aurora en estado puro.

No eran las diez de la mañana cuando desde la empresa Ventura Creaciones avisaron a la comisaría de que iban a abrir la caja de seguridad que Miguel

Ventura tenía en su despacho. Sin dar tiempo a pensárselo mucho, Aurora cogió el chubasquero colgado del asiento de su silla y se marchó al polígono industrial donde estaban ubicadas las oficinas de la empresa. Al llegar al aparcamiento apreció que había más coches que los días anteriores que había estado ella allí y, al entrar en el despacho personal del fallecido, el conjunto de personas presentes no dejaba ver lo que se estaba desarrollando al fondo.

Entre los presentes vio a la secretaria personal de Miguel, Marga que estaba casi en el quicio de la puerta, por delante de ella se situaban las dos hijas de Miguel, Marta y Elena que estaban comentando entre ellas y en tono confidencial algo que no querían que supiera el resto de los presentes, incluso se tapaban la boca con la mano para que no les leyeran los labios. Sentada en una silla de confidente, hierática, rígida y sin mover un músculo, centraba la atención Virginia Altozano con su peinado característico de peluquería y un traje precioso de tonos grises con estampado floral. De alivio en todos los sentidos, pensó Aurora. Al lado de ella cual escudero protegiendo a su dama tenía presencia Luis, el contable que no quitaba ojo a las actividades y manipulaciones que un cerrajero y su ayudante efectuaban sobre la caja de seguridad. Ajeno a todo estaba el abogado de la familia que discretamente se acercó a la inspectora para comentar y poner de manifiesto la disposición que la familia Ventura-Altozano estaba teniendo con la investigación al avisar a la policía de la apertura de la caja de seguridad, cuando no tenían ninguna obligación legal de hacerlo. Aurora se lo agradeció de corazón en tono sarcástico y fijó la mirada en el operario que terminaba su tarea mientras el asistente iba recogiendo las herramientas y abriendo desmesuradamente los ojos cuando la puerta cedió y aparecieron muchos fajos de billetes de diferentes colores. Rápidamente Luis separó al cerrajero advirtiéndole que pasara por la oficina con la factura que le sería satisfecha de forma inmediata.

Todos los presentes que quedaron en el despacho se fueron acercando lentamente a la caja y empezaban mentalmente, casi sin darse cuenta, a contar los diferentes paquetes de billetes que, con parsimoniosa tranquilidad, el contable fue depositando encima de la mesa de nogal de la que fue propietario-usuario Miguel.

Cuando el contable terminó de colocar los paquetes encima de la mesa, prácticamente no había sitio para un papel más. Todos los presentes estaban ojipláticos. Marta y Luis miraban a la inspectora con miedo mientras ella señalaba la carpeta de documentos que se había quedado dentro. Luis la colocó encima de los fajos. Nadie hablaba, la sorpresa era mayúscula.

— Yo que ustedes no dejaría aquí todo este dinero —intervino Aurora para romper el silencio—. Lo ingresaría en un banco, por seguridad.

De lo poco que sabía de impuestos, la inspectora era consciente de que si ese dinero se registraba en una entidad financiera dejaba de ser opaco para Hacienda y podían realizar una inspección para aclarar de dónde provenía. Lo que más le extrañaba a Aurora era la sorpresa que, real o fingida, mostraba el contable. No se podía creer que conociendo como conocía las ventas sin facturas no estuviera al tanto

195

de ese dinero, quizás, pensó, no era consciente del volumen que ocupaba ese fraude. La que no mostraba ninguna emoción era Virginia. Estaba por encima de esos acontecimientos mundanos. Su único gesto fue coger un paquete de billetes verdes y comprobar su contenido abriéndolos en abanico. Marga no quitaba la mano de la boca mientras mantenía los ojos muy abiertos pasando la vista de un extremo a otro de la mesa donde se había depositado esa fortuna. El abogado se mesaba el pelo y Aurora interpretó el gesto como una fuente de conflictos fiscales de los que él podía sacar algún beneficio. Mientras, las dos hermanas no se movían de la impresión. Luis, haciendo honor a su condición de contable, iba contando los fajos, comprobando la cantidad de billetes que contenía cada uno de ellos y haciendo anotaciones en una hoja de papel. Tenía para un rato.

Aurora se acercó a la mesa para fisgar la carpeta a la que nadie prestaba atención. Carpeta de piel con cierre automático de color marrón oscuro que al abrirla contenía las escrituras originales de Ventura Creaciones, los poderes de la empresa a favor de Miguel Ventura Soto, un cuaderno cuadriculado lleno de fechas y números que la inspectora, cuando apreció que nadie la miraba, guardó en su bolsillo y en una libreta final en la que había escrito a mano una relación de bienes que encabezaba el texto "REPARTO PARA EL DIVORCIO". Inmediatamente Aurora sacó una foto con su teléfono móvil y cerró la carpeta.

— Eso es propiedad de la empresa, señora —dijo el abogado a la policía refiriéndose únicamente a la libreta final—.

— No me lo pienso llevar —dijo Aurora mirando a los ojos al abogado y tocando el pequeño cuaderno de espiral que tenía en su bolsillo—, pero su contenido es muy interesante. Luis, por favor, haga llegar a la comisaría el recuento de todo ese dinero y una copia de las anotaciones de esta libreta.

La mirada del contable reflejaba temor, preocupación e incertidumbre mientras la inspectora anotaba en la tableta:

```
"Confirmado el divorcio. Dinero negro en
abundancia."
```

Al llegar a la comisaría, Aurora tenía un aviso de la unidad informática para que les llamara. La información que le transmitieron se refería al ordenador portátil de Miguel al que habían accedido y revisado el contenido del mismo. En resumen, le dijeron que, salvo las últimas conversaciones del chat con Maika Portocarrero en las que parecía claro que tenía pensado irse a vivir con ella y solicitar el divorcio a su mujer, no había nada excepcional ni novedoso. Conversaciones y cruces de correos con clientes, proveedores solicitando y demandando dinero de mercancía sin factura, justificando que tenía que pagar a sus empleados de la misma manera y, como algo destacable, demandaba a sus comerciales que le entregaran a él personalmente el efectivo sin pasar por el contable y que así, el comercial obtendría un mayor porcentaje de comisión por las ventas si Luis no se enteraba. Esto último le resultó muy extraño a Aurora. ¿Se había roto la confianza entre Miguel y Luis?, ¿sospechaba Miguel que Luis echaba mano a la caja?, ¿quería Miguel tener un colchón para su nueva vida con la periodista a espaldas del contable? Anotó todas estas preguntas en su tableta para poder irlas respondiendo según avanzara la investigación.

Si Miguel creía que su contable le estaba robando el dinero negro tenía sentido que hubiera cambiado la combinación de la caja fuerte y si antes los cobros de los comerciales pasaban en primer lugar por el contable, era lógico que pidiera que llegaran ahora directamente a él. Pero, seguro que esta modificación del protocolo en los envíos de los cobros, era conocida por Luis. Aunque Miguel hubiera pedido discreción a sus empleados siempre habría alguno que habría ido con las novedades al contable. Aurora llegó a la conclusión de que esa novedad no le habría gustado nada al contable, sobre todo cuando, según su intuición, él se quedaba con tajada antes de darle la recaudación a su jefe. Eso le pegaba bien en la forma de comportarse del contable, lo que llevaba a Aurora a añadir un nuevo motivo para que Luis quisiera matar a Miguel. Se estaba quedando sin un sobresueldo y sin su control. Además, eliminando al jefe no había en la familia nadie que le pudiera sustituir que le hiciera sombra o se le impusiera. Él controlaría la empresa. Ninguno de los hijos tenía aptitudes y la viuda, que, aunque pareciera que tenía carácter, ni estaba preparada, ni la interesaba ni le podría puentear. Si Aurora tenía en cuenta el dinero negro como móvil, Luis era un claro candidato a asesino. Era una pena que tuviera una coartada tan sólida.

Eran muchas preguntas y pocas respuestas. Tenía que volver a interrogar a Luis, el contable y no le apetecía nada. Empezó a notar un dolor suave en la cabeza que se iba incrementando a la vez que avanzaba el día, se sumaban más preguntas y notaba que no tenía nada claro por dónde tirar de la investigación. Y, además, tenía que ir a recoger a su madre a la estación de autobuses, con lo que sus "dolores de cabeza" se incrementarían en el ámbito doméstico.

— Te llama el comisario.

Oyó decir a una agente que pasó al lado de su mesa.

Cuando fue consciente de que se refería a ella, se levantó y fue hasta el último piso a ver qué tripa se le había roto esta vez al jefe. Al acercarse al despacho le extrañó que tuviera visita y, así y todo, la hubiera llamado.

Al darse cuenta el comisario Rubio de la presencia de Aurora en la puerta, la llamó verbal y gestualmente.

— Ven, entra, Aurora, pasa, pasa.

El comisario estaba de buen humor. Sería para compensar su mal día, pensó la inspectora.

— Mira, te presento a Jesús Herrero, el subinspector que nos han enviado para cubrir tu puesto.

A Aurora le cambió la cara. Se alegró de que, por fin, iba a tener ayuda.

El mencionado que estaba sentado de espaldas a Aurora, se levantó y con una sonrisa fue a saludarla.

La primera impresión que tuvo Aurora fue magnífica. Le hizo la ficha personal en menos de dos segundos. Joven, con todo el pelo despeinado a la moda, no pasaba mucho de la treintena, media barba cuidadosamente desarreglada, ojos negros a juego con su pelo, discreto pendiente en la oreja izquierda, todo ello envuelto en un atuendo casual con camiseta en tonos verdes cubierta por una chaqueta informal oscura sin poder definir el color, unos pantalones que imaginaba cómodos en un tono marrón claro que terminaban en unas zapatillas no excesivamente llamativas, pero que imaginaba muy caras.

El apretón de manos fue firme.

—Chuso, llámame Chuso, por favor.

— Yo soy Aurora y, si quieres puedes llamarme inspectora Escribano.

Este comentario le cortó la sonrisa al subinspector y frunció el ceño al comisario.

—Es broma, llámame Aurora.

Todos se relajaron.

— Bueno, pues hechas las presentaciones, Jesús, bueno, Chuso se incorporará mañana así que le pones por favor al día —comentó el comisario—.

— ¿Conoces el caso de Miguel Ventura? —preguntó Aurora al nuevo—.

— Solo lo que ha aparecido en la prensa. Espero tener leído el expediente antes de que nos reunamos mañana.

—Perfecto. Quedamos a las nueve y media y empezamos a trabajar juntos que ya tenía yo ganas de tener algo de ayuda.

—Pero si yo te ayudo en todo lo que me pides —se molestó el comisario—.

—Ya, pero eso es poco. Tú ya tienes bastante con tu trabajo de dirección y de atender a la prensa que no sabes cómo te lo agradezco.

— Es verdad que la prensa y los políticos me comen mucho tiempo. Bien. Chuso puedes retirarte y mañana, lo dicho, te pones a las órdenes de la inspectora Escribano.

Aurora notó una cierta ironía en el último comentario del comisario que la detuvo cuando salía detrás de Chuso.

— No te vayas, Aurora. Cuéntame lo que ha pasado en la apertura de la caja de seguridad de la empresa.

Aurora relató al comisario el acto al que había asistido en la empresa Ventura Creaciones, los participantes y las sensaciones que percibió de cada uno de ellos. Le dijo que nunca había visto tanto dinero en su vida, que había cientos de fajos de billetes. Es una fortuna y todo es dinero negro. A la familia se le hacían los ojos chiribitas, menos a la matriarca Virginia.

— Me extrañó —dijo Aurora—, que el contable se sorprendiera del número de paquetes. Es como si no se esperara que hubiera tanto dinero. Pienso volver a interrogarle, tengo algunas preguntas pendientes para que me aclare.

Cambiando de tema, el comisario le preguntó qué le parecía el nuevo subinspector.

— Bien, tiene buena pinta, dará buena imagen a la comisaría. Ahora hay que ver si debajo de esa bonita fachada hay cerebro o serrín.

— No esperes gran cosa. Según me ha comentado el subdelegado lo han repescado del fondo de la bolsa de subinspectores.

— Mala cosa entonces. Por lo menos que se deje dirigir y haga lo que le ordenemos.

— En eso creo que no vas a tener queja. Trátalo bien y ya me irás informando.

Aurora se despidió del comisario y marchó a recoger a su madre.

No había comido Aurora cuando se presentó en la estación de autobuses. En ese momento, los viajeros ya estaban bajando del vehículo. Su madre estaba recogiendo de la panza del coche la vieja bolsa de viaje que había comprado cuando se casó y otros dos bultos; una caja de cartón con un atado de cuerda y una bolsa de rafia con el logotipo de un conocido supermercado, además del bolso de mano negro que colgaba del antebrazo.

— ¡Vamos hija! Ayúdame que no puedo con todo —fue el saludo a Aurora—.

— ¿Cómo estás mamá? —se acercó Aurora dándole dos besos—.

— Bien, aunque el viaje ha sido horrible. Se me sentó al lado un negro que olía fatal y he tenido que venir todo el viaje con la nariz tapada y mirando para el pasillo por no verle a él.

— No será para tanto —quiso quitar hierro a la situación la inspectora mirando para todos los lados por si estaba el aludido cerca—.

— Que no será para tanto. Para eso y más. Que estos vienen aquí a quitarnos el trabajo a los españoles.

— Pero si tú no trabajas, ¿qué trabajo te van a quitar a ti?

— Yo lo digo por vosotros, por la juventud.

— Pues, por mí, no lo hagas que yo soy funcionaria. Además, normalmente esas personas hacen los trabajos que no quieren hacer los jóvenes como tú dices.

— Fíjate, he venido a quedarme contigo porque el que va a hacer la obra a tu padre ha contratado a uno de ellos o a un moro, yo no los distingo. Prefiero no verlo.

— Supongo que quieres decir que vienes a quedarte conmigo y con Ezequiel que ya te dije que estábamos viviendo juntos y, por otro lado, supongo que la obra os la hacen a los dos, a ti y a papá, no solo a él y, para terminar, esa persona, sea del país que sea, si trabaja bien no tiene por qué tener una descalificación o insulto por tu parte.

— ¡Pues empezamos bien! Yo no he insultado a nadie. Es moro porque vive en África y ya está. Y el Ezequiel ese sigue viviendo contigo, claro. Mira que tenía esperanza de que ya le hubieras dado puerta, como has hecho con todos los anteriores pretendientes.

El soplido de Aurora fue la mejor respuesta que encontró para contestar a su madre.

— Además, ese contable, porque me dijiste que era contable, ¿no?, será un aburrido como todos los contables. No sé qué has visto en él. Bajito, con poco pelo, barrigón y contable. Todo son virtudes.

— Mamá, como sigas por ese camino, te compro ahora mismo otro billete de vuelta y no sales siquiera de la estación.

— Hija, yo solo digo verdades.

— Déjalo.

A Aurora se le estaba incrementando el dolor de cabeza y no habían montado siquiera en el coche. La paciencia que iba a tener que gastar en los próximos días.

Al llegar a casa dejó la bolsa de su madre en la habitación que ella y Ezequiel no utilizaban, mientras su madre iba a la cocina con la caja de cartón y la bolsa del super. Cuando Aurora entró en la cocina, su madre ya había desempaquetado todo y tenía la mesa y la encimera llena de productos del campo.

— Mira, he traído unos *túpers*...

— Táper, mamá.

— Bueno como se diga, con almóndigas ...

— ... albóndigas, mamá.

— Lista, pues sabrás que el otro día en un concurso de la televisión dijeron que también se podía decir almóndiga, lista y a lo mejor también se puede decir túper. Que eres una lista.

Ante la incredulidad de la explicación de su madre, Aurora consultó en su móvil el diccionario de la Real Academia Española para comprobarlo y tuvo que reconocer que tanto túper como almóndiga estaban admitidas. Hoy iba de sorpresa en sorpresa.

— Además —seguía su madre sacando productos como un ilusionista cualquiera—, te he traído un poco de lo que empieza a dar la huerta; brócoli, judías y calabacín que sé que te gustan.

— Ya veo —Aurora se preguntaba dónde iban a meter todo aquello—. Pero si además has traído un pollo y un conejo. ¿Te crees que en la ciudad no conocemos o no tenemos dónde comprar todo esto?

— No digo que no lo tengáis, pero seguro que no está tan bueno como lo que yo te traigo. Anda, mira a ver dónde lo colocas todo mientras yo me voy a cambiar de ropa y prepárame un café a ver si me entono un poco que vaya frío que hace en esta casa.

— Claro, has abierto la ventana. Mamá, está la calefacción encendida así que no puedes abrir la ventana. Se va el calor. Ya verás esta tarde qué bien vas a estar cuando el sol caliente el salón.

— Pues mira a ver si al café le añades un culín de anís para entrar antes en calor.

— ¡¿Cómo dices?! ¿Es que ahora tomas alcohol?

— Ya ves. Desde hace una temporada nos juntamos en el bar del pueblo cuatro o seis mujeres, por las tardes, para jugar unas partiditas de brisca y nos hemos acostumbrado a tomar un café con una copita de anís. Las que pierden lo pagan todo.

— ¿Y qué dice papá? —quiso saber Aurora—.

— Tu padre, al principio, no le parecía bien porque al entrar solas en el bar dábamos qué hablar, pero ahora ya se ha acostumbrado. Él y el resto del pueblo. Mientras nosotras nos jugamos los cuartos, él va a entretenerse en la huerta o cuando no hay nada que hacer, se junta con sus amigotes en las bodegas para no vernos.

— ¡Joder! Ahora tengo unos padres alcohólicos. ¿Os acordáis de cuando me prohibíais beber a mí? ¡Vaya ejemplo dais!

— Hija, hay que vivir lo mejor posible la poca vida que nos quede.

— Ya veo, ya.

La puerta del piso se abrió para dejar pasar a Ezequiel que con la excusa de que llegaba la madre de Aurora había acortado el trabajo en la Facultad.

— Hola doña Etelvina ¿qué tal está?

Mientras la saludada él iba derecho a darle dos besos, pero la madre de Aurora se separó y le ofreció la mano como saludo. Ezequiel se quedó cortado, pero finalmente aceptó el apretón de manos.

Aurora ya auguraba que esta visita no le iba a deparar nada bueno cuando, además la relación con Ezequiel no estaba en el mejor momento precisamente, aunque tampoco era excesivamente mala. Mi madre, o nos reconcilia o nos separa. No hay término medio, pensó la inspectora.

— La veo bien, está usted hecha una moza —quiso piropear Ezequiel cuando sabía que no se le daba nada bien—.

— Pues igual que tú, porque más o menos tenemos la misma edad. Aunque yo te veo bastante más gordo y con bastante menos pelo. ¿Qué tal el trabajo de contable? —Etelvina no perdía ocasión de meterse con Ezequiel sin disimular lo mal que le caía—.

— Espero que los que trabajen de contable lo lleven bien. Yo me dedico a dar clase de finanzas —aclaró Ezequiel—

— ¡Puf!, las finanzas son todavía más aburridas que la contabilidad, ¿no te cansa?

— No, señora, no me cansa. En realidad, las finanzas son muy divertidas y emocionantes.

— Si tú lo dices —cortó la conversación Etelvina mientras echaba azúcar a su café que le había preparado su hija—.

— ¿Quieres un té? —le preguntó Aurora a Ezequiel—.

— Mejor me tomo una tila.

La cena preparada por Etelvina no le gustó nada a Ezequiel. Todo eran verduras y frutas. ¿Por qué no habrá traído algún chorizo o algún lomo? Claro, eso se lo dejó a su marido para que yo no lo catara —estaba pensando Ezequiel cuando la madre de Aurora les sorprendió diciendo que como estaba muy cansada se iba a la cama—.

— Y vosotros, no hagáis mucho ruido que tengo el sueño muy ligero. A ver si me vais a desvelar.

— ¡Mamá! —Aurora no se podía creer la desinhibición que mostraba su madre—.

Nunca se había portado así con los otros novios que le había presentado. No entendía qué pasaba. Decidió hablar con su padre a ver si él tenía una explicación coherente para el comportamiento de su madre. Se había "echado al monte". Bebía alcohol, jugaba a las cartas, era una deslenguada y no se aplicaba ningún filtro era como si todo la resbalase. Desinhibida total.

Cuando Ezequiel y Aurora se quedaron solos, él pregunto en la voz más baja que permitía oírle.

— ¿Qué le pasa a tu madre? La veo demasiado…, no encuentro la palabra. ¿Lanzada?

— No tengo ni idea. Mañana hablaré con mi padre a ver si me aclara algo.

— Supongo que habrás tenido novios más guapos que yo y con más pelo y más delgados y con más dinero, pero yo creo que eso no es motivo para que me trate de este modo.

— No te enfades, ten en cuenta que es una persona mayor que …

— Cómo que mayor. Si, según ella, somos prácticamente de la misma edad.

— Yo creo que se le ha subido el anís.

— ¿Es que ahora toma anís?

— Es lo primero que me ha pedido.

— Entonces es que está alcoholizada —quiso sentenciar y cortar la conversación el profesor—.

— No exageres.

Cuando Ezequiel se levantó a las seis y media de la mañana sin hacer ruido ni movimientos que despertaran a Aurora, el baño estaba ocupado por Etelvina. Desde luego, ahora reconocía que un solo baño para ese piso había sido un error. Mientras esperaba se preparó un té y puso a tostar unas rebanadas de pan.

— Hijo, vaya pinta tienes por la mañana —le sorprendió Etelvina a la que no había oído salir del baño—.

— Buenos días para ti también. La pinta es debido a que alguien estaba ocupando el baño cuando me he levantado. ¿Dónde vas madrugando tanto?

— Os voy a hacer una comida que os vais a chupar los dedos.

Las comidas de Etelvina eran la perdición de Ezequiel con su cocinar lento, con abundante salsa, grasiento, sabroso y poco adecuado para bajar de peso. Aunque Ezequiel no solía ir a comer a casa, si cocinaba la madre de Aurora eran razones más que suficientes para hacer el esfuerzo, aunque hubiera que volver a trabajar andando por la tarde.

Bostezando, despeinada y rascándose un brazo, apareció Aurora.

— Vosotros estáis locos o qué. Pero ¿sabéis qué hora es?

— Perdona si te hemos despertado. Anda vuelve a la cama —dijo Ezequiel intentando dirigirla hacia el dormitorio—.

— Hija, es que yo no podía dormir en ese colchón tan blando que tenéis —dijo su madre—.

— Claro, estás tan acostumbrada a dormir en una tabla que ahora los colchones buenos te molestan —le contestó Aurora—.

Viendo cómo se iba calentando la madrugada, Ezequiel decidió aprovechar la charla entre madre e hija para ocupar el baño y hacerse fuerte en él.

—Además, es que me falta el calor del cuerpo de tu padre.

—Haz el favor de no entrar en detalles sexuales con papá.

—Hija, como que fuera tan raro que tu padre y yo tuviéramos, de vez en cuando, toqueteos.

—Mamá, por favor.

—¿Es que el soso de tu novio no te satisface sexualmente?

—¡Déjalo ya! Me voy a correr.

—A estas horas vas a ir a correr. Si no se ve.

Aurora cedió al ver que la discusión no la llevaba a ningún sitio. Así que se vistió de corto e incorporó un chubasquero por si le daba por llover. Iba pensando que saliendo tan temprano y adelantando el ejercicio, el día iba a dar mucho de sí. Ahora ya no le parecía tan mala idea lo de madrugar como hacía Ezequiel. Al final tendría que darle la razón. Le daba pena por Ezequiel que se quedaba solo en casa con su madre. Seguro que se metía con él. ¿Por qué le caía tan mal a su madre?, ¿será porque creía que era contable y los tenía atravesados? Pues si conociera al de Ventura Creaciones, Luis, vaya personaje. Tenía que volver a interrogarle sobre los paquetes de dinero que aparecieron en la caja de seguridad de la empresa. Si Miguel Ventura tenía otra caja en su casa, ¿es posible que también estuviera llena de dinero?

Dándole vueltas a estos pensamientos no fue consciente de que ya había llegado a la distancia en la que cambiaba el sentido para volver a casa. Empezaba a despuntar un día con bastantes nubes. Se le había hecho corto y, además, no estaba muy cansada. Al regreso, empezó a darle vueltas a la novedad del nuevo subinspector. Menos mal que ahora tenía ayuda. A ver ese tal Chuso si resultaba un buen compañero, vaya apodo más ridículo. ¿De dónde habrá salido? La imagen del primer día no era de rechazo, todo lo contrario. Tenía buena planta y gusto en el vestir, solo esperaba, que no surgieran disputas entre ellos, que acatara las órdenes como había hecho ella con el inspector Fernández cuando estaba a sus órdenes y que tuviera un mínimo de iniciativa.

Al llegar a casa se encontró con las ventanas abiertas y cierto olor a fritanga. Nada más entrar, Ezequiel, que ya estaba preparado para irse a la universidad, se acercó a Aurora para dar las novedades.

—Tu madre te ha hecho una tortilla para desayunar, no se la desprecies que está muy buena. Además, dice que nos va a preparar unas lentejas para comer. No te enfades con ella a ver si se va a arrepentir de hacerlas.

—A ti te ganan por el estómago. Hay que ver.

—Ya que está aquí y la tenemos que aguantar podemos aprovecharla un poquito, ¿no te parece? —dijo susurrando para que Etelvina no le oyera—.

El suspiro y los ojos en blanco de Aurora fue lo que contestó sin pronunciar palabra. Se dieron un beso suave de despedida mientras Ezequiel abría la puerta de la calle.

Al entrar en la cocina, Aurora no se podría creer que ella tuviera tantos cacharros como los que invadían la encimera y el fregadero, y total para hacer unas tortillas. Como su madre se encontraba haciendo su cama, se puso a fregar y ahí se dio cuenta de que algunos utensilios y cazuelas eran de su madre. Así que todo lo que pudo lo metió en el lavavajillas, se duchó, se cambió y marchó a la comisaría. No quería perderse el primer día de Chuso.

Menos mal que siempre llevaba un paraguas en el coche. A diferencia de cuando salió a correr, ahora se había cubierto de un gris oscuro con nubes bajas que soltaban agua como si hubieran abierto las compuertas del cielo. Llovía sin conocimiento. Con la protección contra el agua y todo, llegó calada al despacho. Chuso ya estaba sentado en una mesa leyendo, suponía, el expediente del caso, en un ordenador. Después de los saludos de cortesía, Aurora le preguntó si tenía alguna duda.

— Sí. No entiendo por qué Miguel Ventura tuvo que ir a la fábrica cuando fue él el que marcó la reunión en su casa para el sábado. Si sabía para lo que era la reunión, ¿por qué no se llevó a casa toda la documentación?

— Eso no lo sabremos nunca —contestó la inspectora—. Un posible hilo del que tirar podría ser que la reunión con el contable no existiera y, en ese caso, toda la investigación recaería sobre su mujer y el contable.

— Dicho así, parece una película erótica "El contable y su mujer" —bromeó Chuso sin que le hiciera gracia a Aurora—.

— Sin descartar la posibilidad de que fuera así, que no estuviera prevista la reunión, porque no veo claro el móvil de su mujer y el contable, lo más probable es que se olvidara de los documentos y en el

211

camino o en la fábrica lo mataran. Además, el vigilante de seguridad de la urbanización le vio y le saludó el sábado.

— Sí, es cierto, lo más probable es que se olvidara los documentos en el despacho. Bien, ¿qué plan tienes para hoy?

— Como hasta ahora estaba yo sola, no he podido preguntar a los vecinos de la urbanización donde viven los Ventura-Altozano si el sábado advirtieron algo raro o vieron merodeando a alguien por la urbanización, coches, personas, bicicletas, ¡yo qué sé! Así que si te parece vamos juntos hasta la urbanización y mientras yo hablo con Jacinto, tú hablas con los vecinos y le das un repaso al vigilante. El día que le interrogué yo le noté algo raro, ¿te parece?

— Perfecto, jefa.

— Nada de jefa, Aurora. El único jefe es el comisario Rubio y no te sorprenda si alguien le llama comisario Blanco por las canas.

Chuso cogió el anorak y se fueron a la urbanización.

Capítulo 9. Alquiler o compra

El jardín y la vivienda de Miguel Ventura presentaban el mismo aspecto de siempre. Bien cuidados, bien distribuidos, limpios, claros y aseados. Como siempre, la mucama de aspecto y comportamiento asiático recibió a Aurora con una enigmática sonrisa, indicándole, como siempre, el salón donde la habían recibido en otras visitas. Nada había cambiado. Virginia Altozano no tardó en llegar ni dos miradas de Aurora a los cuadros y, con el mismo gesto de siempre, preguntó:

—¿Qué desea, inspectora?

— Buenos días, Virginia. Sobre los hechos de ayer en la empresa, quisiera saber por qué tuvieron que llamar a un cerrajero para abrir la caja de seguridad, cuando, se supone, que Luis sabía la combinación.

— Pues parece ser que mi marido la había cambiado recientemente y no se la había comunicado a Luis, ..., todavía.

— ¿No piensa que quizás su marido empezaba a tener dudas de su contable y por eso la había cambiado y no se lo había dicho?

— No creo. Mi marido siempre había confiado en Luis. Le quería como a un hijo.

A la inspectora no le gustaba nada ese tipo de comentarios. Ni Luis era su hijo, ni el cariño que le pudiera tener un jefe a un empleado podía ser comparable al que se espera que se le pueda dar a un hijo. Se le pasó por la mente que, si Luis se hubiera dejado llevar por la droga como su hijo pequeño, seguro que no le hubiera mostrado ningún afecto.

—Bien, ¿era habitual que su marido tuviera tanto dinero en efectivo en la empresa?

—No lo sé. Él era el que se ocupaba de la empresa y de traer dinero a casa. No sé si lo que había en la caja era mucho o poco, inusual o habitual. Todo lo relacionado con la empresa lo llevaba don Miguel personalmente.

—¿Qué piensan hacer con todo ese efectivo?

—Lo estamos consultado con nuestros asesores y los abogados y, lo que ellos nos aconsejen, eso haremos. De momento, está a buen recaudo.

—¿Van a seguir con la política comercial de vender sin factura y generando dinero negro?

—Yo de esos temas de la empresa no me ocupo —contestó Virginia manifiestamente molesta—. A partir de ahora tendremos que tomar muchas decisiones mis hijos y yo para ver cómo gestionamos el día a día de Ventura Creaciones.

—Ya. ¿Podría hablar un rato con su hijo Jacinto si es que se encuentra en casa?

—Creo que está durmiendo.

Mientras Aurora miraba el reloj dando a entender que ya no eran horas de estar en la cama, dijo a Virginia que entonces le esperaría.

Con un gesto violento Virginia dio media vuelta y salió del salón. Aurora se quedó de pie en medio de la estancia desconcertada sin saber si tenía que irse o tenía que esperar a que Jacinto se despertase o la asiática la iba a echar sin más.

Se sorprendió cuando la asistenta se presentó con una bandeja con café, leche y unas pastas que dejó encima de la mesa especiero. Poco después y sin haber tocado nada, se presentó, de nuevo, Virginia.

— ¿Quiere tomar un café mientras espera?

— Sí, muchas gracias.

Virginia se sentó enfrente de la inspectora con las manos juntas en el regazo mientras se instalaba un silencio agobiante entre las dos mujeres y empezaba a abrirse el cielo para dejar pasar unos tenues rayos de sol. Al poco tiempo hizo su entrada en el salón el pequeño de los Ventura-Altozano con evidentes signos de acabar de levantarse. Entre bostezo y bostezo, saludó a la inspectora mientras se preparó un café y empezó a comer pastas.

La mirada de Aurora a Virginia le decía que iba a ser una conversación privada, por lo que la madre se levantó y sin más cortesías dejó solo a su hijo con la inspectora.

— Jacinto —Aurora abrió el fuego de las preguntas—, el otro día dijiste que no te acordabas de dónde estabas el Sábado Santo, el día que mataron a tu padre. ¿Has podido acordarte de algo más?

La desidia de Jacinto, su falta de reflejos y de reacción hicieron sospechar a la policía que estaba ante la fase final de un chute de algo que embotaba la mente del interrogado. Resoplando con un tono bajo, casi imperceptible y alargando las palabras, contestó.

— La verdad es que he intentado recordar lo que hice el día anterior, de verdad, pero solo recuerdo que estuve en una fiesta …

— ¿En algún lugar en el que podamos preguntar?

— Mmmmm… no. Me llevaron mis colegas. Estuvimos en una nave medio abandonada, o eso parecía por la decoración, pero en la que la música sonaba de puta madre. No había que pagar entrada, eso sí lo recuerdo, solo te cobraban la droga que consumieras.

Y le aseguro, inspectora, que yo consumí bastante. También recuerdo que a eso de las cuatro o las cinco de la mañana nos dieron chocolate con churros, ¿se lo puede creer?, chocolate con churros en una fiesta. Fue un éxito. Después del chocolate no recuerdo nada hasta que mi madre me despertó el sábado para decirme que mi padre había tenido un accidente y que estaba muerto. De lo que me alegré.

La última frase de Jacinto se le quedó grabada en el cerebro a Aurora.

— Supongo que a esa fiesta no fuiste solo y andando. ¿Con quién fuiste?

— Es verdad. ¡Qué lista eres! Podría haber preguntado a mis colegas.

— Escríbeme sus nombres y direcciones en este papel. Y, si puede ser, su número de teléfono.

Jacinto se aplicó a la tarea como un niño en los primeros años de colegio, incluso Aurora intuyó que lo hacía sacando un poco la lengua y mordiéndosela. En esos momentos pensaba que hay gente que desaprovecha las grandes oportunidades que le da la vida, que prefiere tirarla por el desagüe en vez de alcanzar la felicidad, vivir intensamente, viajar, conocer otras culturas. Claro que, seguramente, Jacinto no era de esa opinión y pensaba que aprovechar su vida era estar en el centro de una fiesta permanente e inhibirse de la realidad. Lo que tenía claro Aurora era que tener de todo no da la felicidad. Jacinto podría tener ratos de éxtasis o encantamiento, pero estaba segura de que el bajón posterior no compensaba el subidón inicial. El deterioro físico e intelectual que se apreciaba en el joven le acarrearía un mala o nula vejez y, con tanto dinero, era una pena.

Cuando Jacinto terminó y le devolvió la hoja con tres nombres y números de teléfono que copió de su móvil, la inspectora le preguntó por la relación con su padre. Jacinto solo se lo pensó unos segundos y empezó a definir a su progenitor como miserable, mezquino, despreciable, avaro, codicioso, tacaño, mujeriego, machista, explotador, pero, en el fondo, buen padre.

— Desde que decidí no estudiar se alejó de mí. Yo ya no le servía para sus fines de continuar la saga de los Ventura en la empresa. La verdad es que, si lo pienso bien, mi padre tuvo mala suerte con los hijos; uno le salió médico y marica y el otro analfabeto y drogata.

Aurora no se esperaba que su hermano fuera homosexual y, en ese momento, recordó su imagen en la consulta del hospital cuando le había interrogado.

— Y, ¿qué me dices de tus hermanas?

— Buena pregunta. Veamos, Elena es una sanguijuela, sobre todo su marido. Un vago de tomo y lomo. No hacían más que sacarle dinero a mi padre con la disculpa de atender a sus hijos y Martita es una ninfómana que da a carne y pescado y que, como mi padre, se tira a todo lo que se pone por delante. Pero, le aseguro que es la más inteligente de todos nosotros. Tiene el instinto depredador de mi padre y las buenas formas de mi madre.

— Si tanto odiabas a tu padre que incluso te alegras de su muerte y me dices que no recuerdas lo que hiciste el día que lo mataron, tienes que reconocer que eres el sospecho número uno de tu familia.

— No seas bruta, inspectora. Una cosa es lo que era y cómo nos llevábamos mi padre y yo y otra muy distinta que quisiera matarle.

— Dices que no te acuerdas, pero pudiste estar con él en la empresa y matarle en un ataque de furia.

— Imposible, mi padre, últimamente, no dejaba que me acercara a él. Decía que no quería mezclarse con la inmundicia humana. ¡Qué le parece!, me llamaba inmundicia humana. A su propio hijo. Cómo no voy a alegrarme de su muerte.

— ¿De qué discutiste con tu padre el Lunes Santo en la empresa?

— ¿Yo? ¿Discutí el lunes con mi padre?

— Me lo han confirmado testigos de la empresa.

— Pues, aunque no recuerdo la discusión, supongo que sería por dinero. Yo, con el viejo, no hablaba más que de dinero.

— Ese día, ¿te dio dinero tu padre?

— No lo tengo claro, supongo que no o no todo lo que yo quería. Últimamente tengo que tirar de la pasta de mi madre.

— ¿Qué me dices de tu madre?

— Una santa.

El silencio entre los dos se alargó hasta que Aurora comprendió que Jacinto no iba a decir nada más de su madre y empezaba a entretenerse con las mangas del jersey que llevaba y parecía que la cabeza ya no le daba para más.

— De momento, vamos a dejarlo aquí. Si se me ocurren más preguntas ya te llamaré.

— Procura que sea a mediodía o a primera hora de la tarde, es cuando estoy más despejado.

Aurora anotó en su tableta:

"Interrogatorio a Jacinto: Está medio colocado.

Muestra una relación amor – odio con su padre rara. No tiene coartada, pero no creo que tuviera el valor suficiente para matarle y, si lo hizo, a traición o se encargó alguna amistad indeseable.

Miguel el médico, homosexual. Seguir este hilo, cuando se pueda.

Marta ninfómana.

Seguir el dinero negro."

Al abandonar la casa, Aurora vio a Virginia hablando con un jardinero ensimismada sobre uno de los parterres que lucían en el jardín. Aprovechando que el tiempo había despejado y estaba subiendo la temperatura. Daba la sensación de que en esa casa no había ocurrido nada. Como si la muerte por asesinato de su dueño no hubiera sucedido. Fue una sensación extraña para la inspectora. Es verdad que, desde el primer momento, Virginia se había mostrado poco afectada por el fallecimiento de su marido. No había duelo, no había llanto —o por lo menos ella no lo había visto—, no había pena, no había tristeza. Parecía que les resultaba intrascendente. Quizás no había sentimientos en el mundo de los ricos o no los manifestaban de forma similar al resto de los mortales. Para ellos mostrar los sentimientos era un signo de debilidad, de acercamiento a la plebe o, simplemente es que no había cariño entre ellos.

Chuso y ella decidieron comer en el restaurante cercano a la comisaría para intercambiar la información que habían obtenido ambos por la mañana. Mientras, en casa de Aurora, comían juntos Etelvina y Ezequiel.

— Etelvina, estas lentejas están de muerte.

— Son de la cosecha del pueblo, ¿qué te parece el tocino y el chorizo que las acompañan? Esos son del vecino que cría cerdos y suele hacer buena matanza.

— Glorioso. Menos mal que no está su hija para crearme cargo de conciencia por comer esto. Pero es que no me puedo resistir a estos manjares.

— Ya. Y vosotros, ¿cuándo pensáis pasar por el altar y dejar de vivir en pecado?

Ezequiel empezó a toser mientras Etelvina le palmeaba la espalda para que lo que le atragantaba se le pasara. Lo que no imaginaba ella era que el atasque lo había producido sus palabras y la mención directa al matrimonio en vez del bocado de chorizo que acababa de masticar. Después de beber un poco de vino y mientras pensaba la respuesta que iba a dar, Ezequiel le dijo a la madre de Aurora que por él no había problema, que, aunque no era muy religioso precisamente, si tenía que casarse, se casaba, que total él lo consideraba un mero trámite sin mayores consecuencias.

— Pero es que es para toda la vida. Piénsatelo bien —dijo Etelvina—

La frase le pareció a Ezequiel como una velada insinuación para que no se casara con su hija, que le hacía una advertencia y que si no consideraba que el matrimonio era indisoluble que dejara a su hija que escogiera a otro. No le sentó bien.

Sin más comentarios sobre el tema y, después de degustar el arroz con leche que había de postre,

Ezequiel se fue andando hasta la Facultad para "bajar" la comida. Seguro que por la noche Aurora le recriminaría el haber comido tanto, pero, como decía su madre, "lo que *alante* va atrás no queda".

Mientras a Ezequiel le asomaba el cargo de conciencia por la copiosa comida y le reconcomía la culpa, Aurora terminaba la ensalada que había pedido y le contaba a Chuso el interrogatorio a Jacinto. Le decía que ella dudaba de que fuera culpable, aunque reconocía los desencuentros con su padre, no le veía un instinto asesino y no consideraba que la muerte de su padre le beneficiara mucho, aunque, desde luego, no tenía coartada.

— ¿A quién tienes definitivamente descartados como culpables, además de a su mujer y al contable? —preguntó Chuso—.

— Solo a los que he interrogado que tienen relación con la empresa. ¿Cómo te ha ido con los vecinos?

— Muchos no se encontraban en la urbanización y, de los que estaban, ninguno vio nada, todo normal, excepto que un adolescente de unos inquilinos, que no propietarios, que estaba fumando a escondidas de sus padres, vio a un hombre entrar en el jardín de los Ventura-Altozano sobre las tres o tres y media. Pero supongo que ya te lo habrán dicho.

— No, no sabía nada de ningún hombre que hubiera entrado en la casa. ¿Reconoció a la persona?

— No, no la conocía. Llevan poco tiempo viviendo allí y, en realidad no estaba seguro del día. Yo creo que lo que fumaba no era tabaco sino un porro.

— Virginia declaró que todos los empleados libraban de viernes a domingo. Tenemos que preguntar si alguno, por alguna razón volvió a la casa y entró por detrás entre el viernes y el domingo. Más que nada por no dejar ese cabo suelto porque, como dices, el testigo no es fiable. ¿Pudiste hablar con el vigilante?

— Pude y hablé. Me volvió a decir lo del saludo de Miguel, pero cree recordar algo raro.

— ¿Qué?

— Le parece que era la primera vez que, en la muñeca izquierda, con la que saludó Miguel, llevaba una pulsera. Aunque tampoco está muy seguro.

— ¿Una pulsera?

— Eso me dijo —ratificó Chuso—

Aurora abrió la tableta y fue al archivo de fotos del caso para comprobar si Miguel llevaba el día de su muerte una pulsera. Le resultaba extraño que, dada la forma de vestir de Miguel llevara puesta una pulsera, pero podría habérsela dado Maika. Cuando alguien cambia radicalmente de forma de vivir, también suele modificar sus hábitos de vestir. En las fotos no se apreciaba nada al ser el brazo izquierdo el que primero aprisionó la máquina. Consultó el informe de la relación de objetos encontrados en la escena y tampoco aparecía nada. Así que llamó a Maika para que le confirmara lo de la pulsera.

— No, Miguel no llevaba ninguna pulsera el sábado cuando salió de mi casa y no creo que la llevara, consideraba que eso era de afeminados —le dijo la presentadora a Aurora—.

La inspectora quedó pensativa. Nada más llegar el subinspector se abría la investigación que llevaba atascada desde el principio. Un desconocido entrando en la finca de los Ventura-Altozano y ahora Miguel no conducía el coche cuando se fue de casa o no iba en el coche.

— Esta tarde volvemos para hablar con el servicio y los empleados de los Ventura-Altozano.

— Perfecto —dijo Chuso mientras termina su café solo—.

Esta vez les recibió Virginia directamente en la puerta quejándose de la insistencia y manifestando que tanta visita rayaba el acoso. Mordiéndose la lengua por no discutir y hacerle ver que daba la impresión de que no quería que se resolviera el asesinato de su marido, Aurora pidió perdón y preguntó si podría hablar con el servicio y los empleados de la casa.

— Haga lo que quiera. Pero termine de una vez —contestó Virginia dándose la vuelta y entrando en la vivienda—.

Después de preguntar a los empleados presentes en el domicilio, ninguno vio a nadie entrar por la puerta de atrás del jardín que se encuentra justo en el lado opuesto de la principal, dado que ninguno estaba en la finca ni el viernes ni el sábado y ninguno se había acercado siquiera en esos días. Además, le confirmaron que esa puerta se abría un par de veces al año, solo para facilitar el acceso a los camiones cuando podaban o hacían alguna reparación grande.

Al marchar, Virginia les estaba esperando en el salón.

— ¿Les han aclarado algo mis empleados?

— No. Ninguno de ellos declara que ha venido ni el viernes ni el sábado como parece que vio el hijo de uno de sus vecinos.

— Como imagino a qué hijo se refiere, no me extraña que estuviera drogado y se imaginara a alguien entrando por la puerta trasera.

— ¿Cómo sabe que vio a alguien entrar por la puerta trasera del jardín?

— Usted me lo ha dicho —se irguió Virginia mostrando una postura rígida—.

— No. Yo le he dicho que habían visto a alguien extraño entrar en el jardín. No le he dicho por dónde le habían visto entrar.

— ¿Por qué otro sitio podría haber entrado?

— Por la puerta principal o saltando por alguno de los laterales.

— Bobadas.

Virginia se levantó y dejó solos a los dos policías que se quedaron pensando. Como ya sabían el camino no esperaron a que nadie les indicara la salida.

En el coche fueron a hablar los dos a la vez y Aurora, por categoría se adelantó.

— Virginia sabe que alguien entró en el jardín el sábado por la puerta de atrás. Nos ha mentido hasta ahora —Chuso confirmó su intuición—.

No había terminado la frase cuando sonó el móvil con una llamada entrante del comisario Rubio.

— Ya se ha chivado la viuda al comisario —dijo Aurora a Chuso mientras descolgaba y ponía el sistema de manos libres—.

— ¿Qué parte de que vayas con tiento con la familia Ventura-Altozano no has entendido?

— Buenas tardes comisario. ¿Está libre a última hora para contarle las novedades del caso?

La pregunta desarmó al superior de Aurora que imaginaba avances importantes.

— Sí, por supuesto, puedes venir cuando quieras.

— Vale, pues esta tarde tenemos que confirmar una cosa en la empresa y después le damos todas las novedades Chuso y yo.

Aurora anotó:

"Pulsera en la mano izquierda. ¿Miguel no conducía?

Testigo vio entrar a alguien por detrás. Poco fiable."

En el despacho de la Facultad, entre el sopor que causaban los jugos gástricos de las lentejas con chorizo y panceta y el sol que asomaba detrás de las nubes y calentaba el despacho, Ezequiel tenía una pequeña somnolencia que le hacía cerrar lentamente los ojos mientras le daba vueltas a la conversación que había tenido con la madre de Aurora sobre la posibilidad de formalizar la relación entre ellos dos. Sin llamar a la puerta, Sofía entró para preguntarle sobre unos trabajos que tenían que hacer los alumnos de la asignatura de Finanzas que compartían para que pudieran superar con éxito el curso. Casi sin dejarla hablar, Ezequiel le preguntó si ella y Germán pensaban casarse.

— A ti que te importa —se ofendió Sofía—, además acabamos de empezar a conocernos como quien dice.

— Mujer, ya os conocéis desde hace tiempo. Que Germán no es nuevo en la universidad.

— Me refiero al conocimiento personal, a la vida en pareja. Pero si me preguntas, la verdad a mí no me importaría pasar por el altar. Al fin y al cabo, no deja de ser un día de fiesta y celebración con amigos y familiares. Eso sí, poca gente que hay bodas que parecen un festival. Y tú, ¿piensas casarte con Aurora?

— Hoy me lo ha preguntado su madre y sin pensarlo contesté que no me importaría formalizar la relación, pero yo solo lo haría por el Juzgado, sin meter en la ecuación a la Iglesia. Solo una celebración civil.

— Hay que reconocer que, si planeas bien una boda, te genera unos ingresos considerables y nosotros, siendo financieros, deberíamos plantearlo en esos términos.

— ¡Qué bruta eres! Cómo vas a plantear la boda como una operación financiera. No conocía yo esa vertiente monetarista tuya. ¿Germán también piensa lo mismo?

— ¡Qué dices! Con él no he hablado nada de esto. Ya te he dicho que estamos empezando a convivir, hasta que no llevemos una temporada y veamos que lo llevamos bien, no se plantea nada de formalismos, no sea que lo estropee.

— Si lo hacéis.

— ¿El qué? —se sorprendió Sofía pensando que Ezequiel se refería a otra cosa—.

— Si os casáis, no se os ocurra casaros en el régimen de gananciales.

— ¿Por qué?

— Pues porque si pasado el tiempo la cosa no funciona, lo mejor es que cada uno se quede lo que ha ganado por sí mismo y, en cambio, en el régimen de gananciales, cuando las cosas se tuercen, dividir sabiendo lo que corresponde a cada uno no es muy fácil. Siempre es causa de conflictos.

— Salvo que él tenga más que yo y en el caso de separación a mí me beneficie —contestó Sofía sorprendiendo de nuevo a Ezequiel, para que se escandalizara guiñándole un ojo—.

— Anda, vete de aquí que me das miedo con tus insinuaciones.

— Te estaba tomando el pelo. No ves que yo gano más que Germán. Por cierto, a ver si la universidad le saca la plaza para hacerle fijo de una vez que el pobre está con una angustia …

— Tú tienes un cargo en el Rectorado. ¿Qué te comenta el vicerrector de Profesorado?

— Siempre me dice lo mismo, en breve, pero no llega a aprobarse la convocatoria del concurso para que sea fijo.

— Presiona a través de nuestra querida compañera, camarada, jefe tuya y vicerrectora de todos, Noelia.

— No quería llegar a esa situación, pero no me va a quedar más remedio.

— ¿Cuándo nos reunimos los tres para plantear un nuevo artículo que afiance los méritos de Germán?

— Yo ahora estoy terminando uno con Noelia precisamente. En cuanto lo acabe, nos reunimos —dijo Sofía saliendo el despacho de Ezequiel—.

Lo sabía, en cuanto Noelia le había propuesto el cargo en el Rectorado a Sofía, iba a intentar que investigara con ella cuando antes nunca se lo había planteado. Sabía que se la llevaría a su terreno. Lo había intuido y se estaba cumpliendo. El perjudicado era Germán, pero seguro que, a partir de ahora, le incluirían también en los artículos y él se quedaría solo. Y solo, tal y como está la investigación en la universidad, tenía muy pocas posibilidades de publicar, salvo que fuera un pequeño genio, y Ezequiel no lo era. Tendría que centrarse más en la docencia y en la innovación docente.

Ya se había despejado, pero seguía girando en su cabeza la conversación con Etelvina. Temía la reacción de Aurora.

Chuso y Aurora se acercaron a la empresa Ventura Creaciones para hablar con Luis, pero ya se había ido. Como responsable de la empresa y de la familia Ventura-Altozano solo estaba Marta en el departamento informático dando órdenes imperativas a tres empleados que Aurora hubiera considerado, por su aspecto, menores de edad. Desde luego, si alguien sabía de redes sociales y nuevas tecnologías era esa generación que había nacido a la vez que el euro y con una pantalla debajo del brazo en vez de un pan, tecleando y aprendiendo a comer con los dibujos animados de un móvil o una pequeña tableta. Era la generación que había desarrollado los pulgares, dejándose la vista y podía sentir cómo crecía la chepa de tanto mirar e interactuar con el móvil.

Al ver a Aurora, Marta se acercó con una sonrisa.

— Buenas tardes, le presento a Chuso, bueno Jesús Herrero, el subinspector que se incorpora desde hoy mismo al caso de su padre —dijo Aurora—.

— Encantada. Espero que con más personal se agilice la investigación y podamos tener un culpable lo antes posible.

— En ello estamos —intervino Chuso—.

Aurora explicó a Marta que en realidad venían a ver a Luis, el contable, pero como, al parecer, ya se había ido, querían, si ella podía, hacerle algunas preguntas.

— Por supuesto —aceptó Marta—.

— Según me comentó el otro día, el Sábado Santo usted venía de viaje en el momento del asesinato de su padre, entre las trece y las dieciséis horas, ¿podría darme el itinerario con las horas lo más precisas posibles?

— Sigues pensado que alguno de la familia pudo asesinar a mi padre.

Aurora hizo un gesto que se podía interpretar como de resignación o de que a ti qué te parece. Además, le molestó el tuteo, lo mismo que había hecho Jacinto cuando ella no lo había hecho, así que esta vez se ajustó al mismo tratamiento recibido.

— Marta, ya os dije que, hasta que no pueda descartaros por una coartada sólida, no puedo dejar de consideraros no inocentes. Cuanto antes os pueda descartar mejor para mí, menos frentes abiertos tengo, ¿lo entiendes?

— No soy tonta, lo entiendo. Aquí tenéis mi teléfono móvil con mi itinerario y las horas. Ahora está todo en la nube y todos estamos controlados en todo momento.

Chuso se adelantó a coger el móvil de Marta y con pocos movimientos digitales descargó los datos y se los envió al móvil de Aurora y a sí mismo.

— Gracias Marta, lo comprobaremos y no te volveremos a molestar con este tema —dijo la inspectora—.

Marta ya se iba a dar la vuelta y continuar dando órdenes a sus empleados cuando oyó la siguiente pregunta de Aurora.

— ¿Cómo era la relación con tu padre?

Con gesto de desagrado contestó.

— Pues, normal, como cualquier relación entre padre e hija.

— ¿Como la de tu padre con Jacinto?

El gesto de Marta denotaba que el comentario no le había gustado nada.

— Como cualquier relación normal entre padre e hija —remarcó—. La falta de relación entre mi padre y Jacinto estaba más que justificada. El yonqui de mi hermano no tiene una relación normal con nadie, excepto con las drogas y la bebida. Él sabrá lo que hace con su vida. De momento con mi padre no se llevaba y a mi madre la está consumiendo.

— No me has contestado a la pregunta.

— Es verdad, mi padre y yo nos llevábamos muy bien. Ten en cuenta que trabajamos juntos, dirigíamos la empresa los dos, nos consultábamos las decisiones, y, aunque a veces surgieran roces, nunca llegábamos a enfadarnos realmente. ¿Contesta eso a tu pregunta?

— De momento. Sobre tu hermano, ¿piensas que pudo hacerle algo malo a tu padre en un momento de obnubilación?

— Una cosa es que no se soportaran mutuamente y otra, radicalmente distinta, que él lo matara. No me imagino a mi hermano enfrentándose físicamente cara a cara con mi padre.

— Salvo que lo hiciera por detrás —intervino Chuso—.

— Así y todo. Las drogas le están dejando hecho un pelele.

— El que sí podría enfrentarse a tu padre sería tu hermano Miguel.

— Tampoco. Miguelito se alejó de mi padre por motivos profesionales y se llevó su parte de la herencia en vida. Yo no me centro tanto en mi trabajo y estoy más con la familia.

— Tu hermano tampoco tiene coartada y sí tiene arrojo y fuerza para enfrentarse a tu padre, ¿no?

— Mi hermano salva vidas, no las quita. Es médico.

— Como que ningún médico ha sido asesino en la historia —volvió a intervenir Chuso con la confirmación de Aurora—.

— Os digo que nadie de la familia ha matado a mi padre. No me lo creo.

— Entonces, los siguientes más cercanos son los empleados de la empresa.

— O su última amante.

Al preguntar Aurora si conocía a la amante de su padre, Marta reconoció que la conocía, que ella se la había presentado y maldijo la hora en que lo hizo. La definió como víbora y sanguijuela. Eran conocidas del instituto y cuando hace menos de un año se volvieron a encontrar, Maika le pidió si podía hacer una entrevista a su padre como persona importante de una ciudad en la que no sobran precisamente las personas que destaquen. Como le pareció una oportunidad de promocionar gratis la empresa, convenció a su padre para que aceptara la entrevista y el reportaje.

— Si llego a saber que se lo iba a camelar…

Aurora no dijo lo que pensaba después de la información que había obtenido de cómo trataba su padre a las mujeres. Cambió de objetivo.

— Y, de la empresa, ¿quién crees que pudiera tener tanta animadversión a tu padre como para matarle?

— Mira Aurora, mi padre, en la empresa, había hecho un organigrama con responsables de sección y departamento y últimamente solo se relacionaba conmigo, con Marga, su secretaria, con Joaquín, el representante sindical, muy a pesar de mi padre, y con Luis, el contable, su mano derecha y en quien confiaba ciegamente.

— No tan ciegamente cuando había cambiado la combinación de la caja de seguridad de su despacho y no se la había dicho.

— Lo haría justo en Semana Santa y se le olvidaría, pero le aseguro que mi padre consideraba a Luis un hijo más.

Vuelta a considerar al contable como un hijo. Parecía que toda la familia asumía que era uno más. Fugazmente se le pasó por la cabeza que Luis podría ser fruto de uno de sus escarceos con las mujeres y, en realidad fuera un bastardo. Apartó el pensamiento para centrarse en Marta.

— Entonces, tú crees que el asesino podría ser un competidor o un proveedor o un cliente moroso …

— Lo dudo, competidores no tenemos.

— Ya. Según me han dicho los arruináis a todos.

— Es la ley del mercado, inspectora. Aquí o comes o te comen. Pero, de todas formas, hace mucho que no tenemos a ningún emprendedor que se haya instalado cerca como para hacernos sombra. Con los proveedores nos llevamos bien y la mayoría son de la otra punta del país. Y los clientes están encantados con nuestro producto.

— Con vuestro seudo monopolio.

— Inspectora, nosotros no puteamos a nuestros clientes como hacen otras empresas. Nosotros mimamos a los clientes, les atendemos rápido y con calidad. La marca Ventura está muy reconocida a nivel nacional y pronto daremos el salto internacional.

— Vamos que nadie tenía motivos, según tú, para matar a tu padre.

— Yo así lo veo.

— Pues tu padre está muerto y alguien lo mató, de eso sí que no hay duda alguna. Y fue alguien cercano y eso es una intuición mía.

El silencio que se levantó entre los tres era tan alto que los dos policías aprovecharon para despedirse y abandonar la empresa.

Aurora anotó:

"Marta tiene coartada. Buena relación con su hermano Miguel y mala con Jacinto. Culpa a Maika. Conocidas de antes.

Marta presentó a Maika a su padre. Animadversión total"

En la comisaría, Aurora y Chuso estaban aguantando el chaparón del comisario Rubio con la cabeza agachada y mirándose las punteras de los zapatos. La bronca venía precedida de una llamada del subdelegado del Gobierno que se había hecho eco de una queja formulada por al abogado de la familia Ventura-Altozano que, a su vez, había soportado la airada protesta de Virginia que había mostrado su disgusto por lo que ella entendía que era un acoso a la familia en general y a ella en particular.

El comisario les estaba dejando muy claro que no podía volver a repetirse esa situación sin una causa justificada y que, a partir de ese momento cualquier visita al domicilio del fallecido tenía que estar previamente autorizada por él mismo y que, si alguno de los dos, se saltaba esa orden directa, sería relevado del caso y se le abriría un expediente disciplinario. El comisario no estaba dispuesto a soportar más las quejas de la familia, de los políticos ni de los picapleitos.

Chuso estaba un poco más sorprendido que Aurora por la virulencia del rapapolvo que estaban recibiendo ya que, al haberse incorporado tarde a la investigación, no consideraba que por una visita más se montara todo este cúmulo de quejas. Aurora no compartía la visión del comisario. En una investigación por asesinato había que hablar varias veces con la familia, sobre todo, si se consideraba que en su seno podría estar el responsable.

— ¿Lo habéis entendido? —gritó el comisario—.

— Perfectamente —contestaron al unísono los dos policías—

— Y, ahora, vengan esas novedades que me ibais a contar.

Se miraron y fue la inspectora, como responsable de mayor rango, la que empezó a explicar al comisario que habían interrogado a los dos hijos que faltaban de la familia y que, quedaba descartada la hija menor, Marta, al confirmarse que, en el momento de asesinato ella estaba viajando según su teléfono móvil. No podían descartar al hijo menor del todo al no tener una coartada sólida y confirmada pero que dado el estado perjudicado en el que se encontraba el sábado, parecía poco probable que fuera el culpable, teniendo en cuenta, además la falta de enverga-dura que presentaba y que habría sido necesaria para meter el cuerpo en la máquina.

— Aunque podría haberlo hecho en compañía de otro colega —apuntó Chuso, dándole la razón Aurora—.

— Ya —el comisario quedó pensativo—, también la hija podría haber manipulado el móvil. Es experta en redes sociales, nuevas tecnologías y cosas por el estilo, ¿no?

— La verdad es que sí, además, cuando la entre-vistamos estaba en el departamento informático de la empresa —ratificó Aurora—.

— Entonces estamos como al principio, sin un sospechoso claro y sigue pasando el tiempo y aun-que la prensa ya no da tanto la vara, todos los días tengo alguna llamada para ver cómo hemos avanza-do y yo quedo como un idiota diciendo que no hay novedades.

— La gran novedad está en que, según le han di-cho a Chuso —empezó a explicarse Aurora—, alguien entró en casa de Miguel por la puerta de atrás el Sá-bado Santo por la tarde en torno a las tres y media.

— ¿Y qué? —preguntó el comisario—.

— Pues que ese hecho nadie de la casa nos lo ha mencionado hasta ahora. En realidad, los únicos que podrían haberlo declarado eran Virginia y Luis y ninguno de los dos lo ha manifestado hasta ahora, se lo han callado. Así que puede ser que tengamos a una tercera persona, desconocida hasta ahora, en la vivienda.

La expresión del comisario era de decepción, daba a entender que eso no parecía muy importante. Aurora continuó explicándole que podría ser el asesino que volvía a informar a los dos que se había terminado el trabajo, por ejemplo. Y, además, si había una tercera persona inocente, reafirmaría la coartada de Virginia y de Luis.

— Para qué iba a ir en persona el asesino a decir a Virginia y Luis que había terminado su trabajo, no tiene sentido. Además, si entró por la parte de atrás podría ser que ninguno de los dos lo viera y que el intruso volviera a salir pensando que la casa estaba vacía y al ver gente, se marchó. Pudo ser un ladrón que se arrepintió.

— El testigo le vio entrar y no le vio salir en más de cuarenta minutos que estuvo observando la finca —intervino Chuso— Además, tiene que ser alguien que tiene llave de esa puerta.

— Virginia sabía que había entrado alguien por la puerta trasera, ¿verdad Chuso? —dijo Aurora mirando a su compañero—. Y se lo ha callado hasta ahora e incluso ha tratado de desacreditar al testigo. Lo que refuerza mi teoría.

— Bueno, esto cambia un poco las cosas. Vamos a dar por buena esa declaración del testigo —Aurora se estaba omitiendo la versión real del chico que no estaba muy seguro del día y que no era muy fiable—. ¿Habéis hablado con el contable?

— Lo hemos intentado en la empresa y no estaba, así que mañana, a primera hora, vamos a por él —dijo Aurora—.

— No pensarás detenerle —quiso asegurarse el comisario—.

— No, era una forma de hablar.

Chuso, que apenas había intervenido hasta ese momento insinuó que la persona que había entrado por la puerta trasera del jardín de los Ventura-Altozano podría haber sido el propio Luis. El silencio y la máquina de pensar de los tres policías se puso en funcionamiento. Las neuronas empezaron a comunicarse entre sí y la velocidad de las sinapsis aumentó para establecer causas, justificaciones y probabilidades de acontecimientos. La primera en manifestarse fue Aurora.

—En ese caso, la resolución del crimen da un giro de ciento ochenta grados y la coartada de Virginia y Luis se cae y pasan a ser los principales sospechosos. Los dos tienen coartada si los dos estaban juntos, pero si uno de ellos abandonó la finca, el planteamiento del caso es totalmente diferente y la resolución del crimen pasa obligatoriamente por ellos dos.

—O no si tuvieron ayuda del resto de los miembros de la familia que no tienen una coartada sólida —apuntó Chuso—.

El comisario señaló que de los hijos podrían ser Miguel, Elena y Jacinto los posibles cómplices mientras no se probara que Marta había manipulado su móvil para justificar el viaje.

Aurora, retomando el argumento del comisario, aportó que los hijos Miguel y Jacinto, aunque por diferentes motivos, no soportaban a su padre y Elena, que le parecía la menos sospechosa por los problemas familiares que le acarreaba la muerte de su padre, en cambio, sería la más indicada para haber manipulado la máquina para hacer creer que fue un accidente.

Otro silencio. Esta vez fue el comisario el que decidió romperlo.

— Mañana, sin falta, le aplicáis una vuelta de tuerca al contable que ese no es de la familia y por ese lado no creo que me lleguen quejas. Por lo menos hemos reducido los sospechosos a cinco que ya es algo mucho más concreto. Buen trabajo, chicos. Marchad a casa y descansad por hoy.

Cuando la inspectora y el subinspector salían de la comisaría y estaban a punto de despedirse, Chuso le preguntó a Aurora si era consciente de que el giro que, según ella, estaba dando el caso, se basaba en la declaración de un chico que podía estar un poco ido por lo que estaba fumando y que ni siquiera recordaba con exactitud el día en el que había ocurrido lo del extraño entrando por la puerta de atrás de la finca del fallecido y que, además, no sería capaz de identificarlo.

— Soy consciente, pero, a veces, en este trabajo hay que ser un poco inconsciente o atrevido y hacer caso a la intuición. Además de hacer caso a los hechos. Ten en cuenta que Virginia ha negado la presencia de la tercera persona. Ahora estoy convencida que mucho o poco, pero algo, está implicada en el asesinato de su marido.

Chuso no quiso volver a insistir en lo endeble del argumento de Aurora ni quiso llevar la contraria a su jefa. Cambió de tercio.

—¿Te apetece tomar una caña antes de retirarnos?

Con una media sonrisa y pensando que Chuso le estaba proponiendo algo más que una cerveza, Aurora se disculpó y le emplazó para otro día.

Al llegar a casa ya era muy tarde. La casa estaba en silencio lo que le pareció muy extraño a Aurora sobre todo sabiendo que su madre no se callaba ni debajo del agua. ¿Habría pasado algo entre ella y Ezequiel? No estaba de humor para mediar en una disputa entre los dos. Casi con miedo abrió la habitación-despacho y se encontró a Ezequiel corrigiendo trabajos de la Facultad. No podía disimular que lo estaba pasando mal.

— Buenas noches, cari.

Ezequiel se sorprendió del saludo y de la presencia de Aurora. No la había oído llegar ni siquiera abrir la puerta. En ese momento Aurora se fijó en que llevaba unos auriculares puestos y conectados al ordenador. Nunca antes le había visto con ellos. Seguro que algo tenía que ver con su madre.

— ¡Ah, hola! No te he oído llegar —dijo Ezequiel quitándose los aparatos de las orejas—.

— ¿Qué hacías con los auriculares puestos?

— Pues intentar trabajar sin escuchar los cotilleos de la televisión. Tu madre se está quedando algo sorda y ha puesto la televisión casi a su máximo volumen. No me extrañaría que se te quejaran los vecinos.

—No será para tanto —Aurora quería quitarle hierro, aunque era consciente de los posibles problemas de su madre con Ezequiel y con la comunidad. Su madre no estaba acostumbrada a vivir en un edificio—. ¿Cómo se ha ido tan pronto para su habitación?

— Me preguntó si quería ver la tele y dije que no y se enfadó diciendo que si molestaba entre nosotros que se iba a su pueblo. Pero es que yo tenía trabajo que hacer. Tengo estas tareas de alumnos que ya las llevo un poco retrasadas y quería sacarles la nota esta noche.

— ¿Ya cenaste? —Ezequiel afirmó con la cabeza—. Pues prepárame un bocadillo de pavo mientras voy a hablar con mi madre, *porfa*.

Cuando la hija llamó a la habitación que ocupaba su madre y entró, se encontró con que ella estaba sentada en la cama con el camisón puesto y rezando el rosario. Su cara de asombro era para enmarcar.

— ¿Qué haces, mamá?

— ¿No lo ves? Rezando. Supongo que tú ya no rezas nunca, menos mal que yo rezo por ti.

— Me alegro mamá de que estés bien.

— Si molesto, me lo decís y me marcho.

— Yo no te he dicho que molestes. Lo que sí te pido es que colabores un poco sobre todo con la comunidad. No me gustaría que los vecinos se quejaran de ruido.

— Ya te lo sopló el contable, ¿verdad? —el tono despectivo que había utilizado Etelvina le dolió a Aurora— ¡Chivato!

— Mamá, no vivimos aislados como en el pueblo. Aquí vivimos en una comunidad de vecinos y tenemos que respetar unas reglas de convivencia básicas de no molestarnos entre nosotros.

— No te preocupes, no volveré a poner la televisión.

— Mamá puedes ponerla, pero no subas mucho el volumen.

Como no quería entablar una discusión, le dio las buenas noches y cerró la puerta.

Mientras cenaba ella sola, Ezequiel ya lo había hecho con Etelvina, Aurora le comentó al profesor que por la mañana había coincidido con uno de los vecinos que le comentó que su propietario, que coincidía con el de ella, le había hablado de la posible venta del piso, por si quería comprarlo y le preguntaba si a ella también se lo había ofrecido.

— Ya le dije que conmigo no había hablado nadie de la posibilidad de comprar el piso, pero me ha dejado con la duda de hasta qué precio me interesaría a mí la compra frente al alquiler que estamos pagando ahora.

— Eso no es tan fácil —contestó el financiero—. Te interesa comprar si los beneficios son mayores que el alquiler.

— Mira qué gracioso. Te estás quedando calvo de tanto pensar. Lo que te pregunto es, si me lo proponen, qué cosas tengo que tener en cuenta.

Ezequiel cogió una hoja de papel y un bolígrafo y empezó a enumerar las variables que tenía que cuantificar. Por un lado, mucha gente piensa que si para comprar un inmueble necesita pedir un préstamo y este tiene una cuota igual o inferior al recibo de la renta ya le conviene comprar.

— ¿Y eso no es así? —se sorprendió Aurora que siempre había pensado que esa era la clave para pasarse de inquilina a propietaria—.

Ezequiel, con la paciencia de profesor, siguió explicándole que no, que hay que tener en cuenta el dinero que, casi con toda seguridad, tendría que tener ahorrado y que debe entregar como entrada. Si el préstamo hipotecario fuera por el importe total del valor del inmueble más los gastos ocasionados por la compra como notario, registro, impuestos, etc., en ese caso, que el recibo de alquiler fuera mayor que la cuota del préstamo sería una variable positiva para decidirse por la compra, pero si se entrega una cantidad inicial, la cuota del préstamo baja y cuanto mayor es la cantidad entregada inicialmente, más baja es la cuantía de la cuota del préstamo frente al recibo de alquiler, lo que podría dar la sensación de que es mejor comprar que alquilar. Pero hay que tener en cuenta también lo que se deja de ganar por ese dinero que se entrega inicialmente e incluso habría que contemplar la posible renuncia a otras inversiones que pudieran ser más rentables. Como la cuota del préstamo depende del tipo de interés que se firme con el banco, es posible que, en condiciones de tipos bajos sea aconsejable la compra frente al alquiler y con el resto de condiciones estables. Pero con tipos de interés altos es posible que deje de ser interesante comprar frente a alquilar. Siempre que se tenga una cantidad interesante de ahorro para la entrega inicial.

— Eso ya lo entiendo, digo lo de los tipos de interés —dijo Aurora—.

— También tienes que tener en cuenta otros aspectos como son el mercado inmobiliario que es muy rígido.

— ¿Qué significa eso?

— Si compras este piso y luego quieres cambiar porque es grande o se te queda pequeño o te trasladan, puede ser complicado encontrar comprador salvo que lo vendas muy barato. Esto no ocurre con el alquiler que, si quieres cambiar, con avisar con antelación, lo tienes resuelto. También es verdad que tienes otros inconvenientes como son que para cualquier obra tienes que pedir la autorización del propietario o que el propietario quiera subir la renta de forma desmesurada o que lo necesite él y tú te tengas que ir cuando no quieres.

Aurora quedó pensativa.

— Bueno, como, de momento, el propietario no me ha hecho ninguna proposición, no tengo que tomar ninguna decisión. Además, en el peor de los casos, si me echa del piso, nos vamos al tuyo que para eso eres el propietario.

— Sí, pero mi apartamento es mucho más pequeño y, además, lo tengo alquilado.

— Pues le subes la renta y listo.

— ¿Te estás oyendo?

— Sí —dijo Aurora resignadamente—, qué complicado es todo. Anda vamos a la cama.

— Vale, pero sin hacer ruido.

Los dos sonrieron pensando en Etelvina.

Capítulo 10. Dividendos

La temperatura en el exterior de la comisaría no superaba los diez grados, en cambio, en el interior, con más de veinte grados, se percibía un ambiente agradable, así que Aurora y Chuso habían dejado el anorak y la chaqueta en el respaldo de la silla giratoria mientras comentaban la información que querían contrastar en la visita al contable que tenían previsto hacer no más tarde de las diez de la mañana.

—Hay que conseguir que nos diga quién fue el que entró en la finca de la familia el Sábado Santo cuando Virginia y él estaban dentro —propuso Aurora—.

— Si hasta ahora no ha dicho nada, no será fácil que reconozca que te ha mentido. Además, el testigo no es nada fiable y estoy seguro de que, en cuanto lo presionara un poco un abogado, se desdice y quedaríamos en muy mal lugar.

— La verdad es que, desde que me dijiste lo de ese adolescente que le parece que el día de autos vio a una persona entrando en la finca, tengo el presentimiento de que es cierto y de que Luis y Virginia me han mentido, o, en el peor de los casos, me han ocultado información desde el principio. Tengo la intuición de que están compinchados. Lo que no encuentro es el motivo de esa asociación —dijo Aurora—.

— El dinero —sentenció Chuso—. Todo se mueve alrededor del dinero. Si Miguel Ventura estaba recortando la guita a la familia y estaba ocultado los ingresos en negro al contable, que, seguro que se aprovechaba de esos ingresos, puede ser que se asociaran para quitar de en medio al causante de los recortes para ser ellos los que controlaran el parné.

— No descartes, además, que Virginia viera amenazada a la familia si Miguel quería el divorcio y eso es algo probado ya que en la carpeta que había en la caja fuerte de su despacho tenía anotaciones para hacer el reparto de los bienes y había correos en su portátil que daban a entender que se quería divorciar. Tenemos que reconocer que, al menos, se lo estaba pensando.

— Tampoco descartes el despecho de la presentadora …. ¿cómo se llama?

— Maika.

— Eso Maika Portocarrero. Imagina que ella le dice que está embarazada y él no quiere tener más hijos o, dada su edad, piensa que le ha puesto los cuernos y decide romper con ella. La rabia de esa situación puede ser tan fuerte que la ha podido llevar a cometer el crimen.

— Ya —reconoció Aurora dándole vueltas a esa situación—. Lo que pasa es que, si fuera como tú dices, ¿cómo lo hizo?, ¿cómo sabía que ese día iba a ir a la empresa a por la documentación?, ¿esperó a que saliera de casa, le mató en la empresa, modificó el fusible y le metió en la máquina? No me parece creíble. Además, según el vigilante de seguridad de la urbanización, reconoció que quien le saludó fue una persona con una pulsera que no ha aparecido ni parece que perteneciera a Miguel.

— Pudo habérsela dado Maika, y después de matarlo, quitársela para despistar. De todas formas, el comentario del vigilante fue de pasada, dijo que le pareció que había visto, no que había visto. Es posible que se equivocara.

— Es igual. Yo descartaría definitivamente a Maika. ¿Han dicho algo los de informática sobre el trayecto realizado por Marta?

— Sí. Esta mañana me confirmaron que no fue manipulado. El móvil de Marta realmente estaba viajando de regreso a su casa entre la una y las cuatro. Así que también la podemos descartar.

— Yo no lo tendría tan claro. Lo que nos confirman desde informática es que el móvil estaba viajando, pero no que Marta estuviera viajando.

— Eso supondría que, obligatoriamente tenía un cómplice que hizo el viaje por ella.

— No necesariamente. Pudo haberlo dejado con anterioridad y pedir luego que se lo enviaran por una empresa de mensajería. De esa forma, ella estaba aquí y el móvil le proporcionaba una coartada.

— Imposible —dijo el subinspector—. Primero no sabía a qué hora iba a ir su padre a la empresa y segundo si hubiera dependido de que una empresa de mensajería se lo trajera deberían haber quedado registradas en el trayecto las paradas en los almacenes de logística de la empresa de transportes.

— Bien visto. Descartamos a Marta. Además, creo que es el miembro de la familia que más va a perder con la muerte de su padre. Nos quedan los dos hijos, el mayor, Miguelito y el pequeño, Jacinto. Yo al mayor lo había descartado después de hablar con él, pero ahora, sabiendo que también ha sacado tajada de su padre, ya no me parece tan inocente. Y a Jacinto no le veo el espíritu ni las ganas, pero, es verdad que una persona drogada puede hacer cualquier barbaridad en contra incluso de sus propios intereses. Con una variable importante, se mueve en ambientes muy poco recomendables, por decirlo suavemente. Así que vamos a aplicarle el tercer grado al contable y, si nos da tiempo, visitamos a Miguel hijo.

— Lo que tú mandes, jefa.

— ¡Que no me llames jefa o te empuro!

Los dos policías salían de la comisaría con una sonrisa y con la sensación de haber avanzado en el caso. Aurora reconocía en su fuero interno que contar con otra persona que contraste, te lleve la contraria o ponga en duda tus suposiciones era muy importante porque si no uno mismo se podría empecinar en una teoría y no apreciar el contexto. Le gustaba la forma de pensar de Chuso. Podría ser un buen fichaje. Además, está de muy buen ver, pensaba Aurora que lo comparaba con Ezequiel al que le salvaba el cariño que se tenían ya que si cotejaba masas corporales no había color. Desechó de su mente seguir la confrontación entre los dos. Salía perdiendo Ezequiel y no quería acumular opiniones en su contra.

De camino a Ventura Creaciones, mientras conducía su compañero, Aurora iba pensando en que esa mañana no había visto a Ezequiel. Se había ido a la Facultad antes de que ella se hubiera levantado, lo que era bastante raro, nunca iba tan pronto. Tendría alguna reunión a primera hora o tendría algún examen. La que sí estaba ya levantada y trajinando en la cocina era su madre que le preguntó si quería que hiciera arroz para comer. Discutieron, para variar, cuando Aurora le dijo que no sabía si podría ir a comer a casa y, en el caso de que pudiera, ignoraba a qué hora. Así que su madre quedó deliberando la comida que iba a preparar. Si lo meditaba bien,

248

para su madre era la única preocupación, o, mejor dicho, la única responsabilidad que tenía. Qué ponía de comer, qué tenía que comprar, cuándo poner la lavadora o con qué limpiar la casa. ¡Vaya vida más triste! Y siempre dependiendo del dinero que ganara su padre. Antes con la agricultura y ahora con la jubilación. A ella no la pillaban en esas circunstancias. Al llegar a la empresa aparcaron en la plaza reservada a Miguel Ventura para que el sol, que ahora ya empezaba a calentar, no convirtiera el coche en una sauna finlandesa.

La secretaria de Luis les hizo esperar en la sala que Aurora ya conocía hasta que el contable volviera de una reunión en la fábrica con los jefes de sección.

Al entrar Luis, los tres quedaron sorprendidos. Luis al ver a los dos policías que no esperaba y ellos al ver la figura del contable vestido como si fuera un gran capo de la mafia. Con un traje cruzado gris a rayas, pantalones con pinzas, corbata clara y pañuelo en el bolsillo superior de la americana. Solo le faltaba el borsalino, el puro y el bulto de las cartucheras sobaqueras. No pegaba nada su forma de vestir con su forma de moverse y con su tarea en la empresa. Aurora suponía que ahora ningún miembro de la familia Ventura-Altozano se atrevería a cuestionar al contable. Al hijo mayor no le interesaba la empresa, según sus propias palabras y, además, no entendía nada de negocios y, si de él dependiera, vendería su parte, como parece que ya hizo en vida de su padre. A su hermana Elena tampoco le interesaba la empresa al quitarle tiempo de estar con sus hijos, sobre todo si le seguía cayendo el dinero llovido del cielo como cuando todavía vivía su padre. A Marta no la veía con el carácter necesario para enfrentarse a los retos diarios de una empresa y dejar de un lado su labor de relaciones públicas y *community manager* que desempeñaba en la actualidad. Por supuesto, Jacinto estaba totalmente descartado mientras no hiciera una cura de desintoxicación y pudiera demostrar que tenía la capacidad mental necesaria para no vender la empresa y fundirse todo el dinero en drogas. La única persona que podría enfrentarse a las difíciles decisiones que surgen en el mundo empresarial y que habría demostrado tener capacidad de dirigir al menos una casa era Virginia. Aurora no sabía por qué, pero tenía la sensación de que no la interesaba, que llevaba bien y aceptaba con satisfacción que fuera Luis el que diera la cara en la empresa mientras ella se dedicaba a sus asociaciones, la decoración, sus ventas solidarias para acallar su conciencia y cosas por el estilo. Era como si Luis y ella hubieran formado una sociedad donde los dos ganaban. Una sociedad donde Luis alcanzaba el poder empresarial y escalaba puestos y representación en la sociedad y ella se llevaba el dinero, eso, sin tener que soportar un divorcio y todos los cotilleos, dimes y diretes que ello traería consigo. Desde luego, era una sociedad donde los dos sacaban provecho.

Al entrar en el despacho del contable y cumplir con los requisitos de educación presentando a Luis al subinspector Chuso y viceversa, Aurora tomó la iniciativa y fue directa a desestabilizar a Luis.

— ¿Qué acuerdo tienen usted y Virginia en relación con la gestión de la empresa?

La sorprendente pregunta de la inspectora le hizo pensar al contable sobre si había hablado antes con

Virginia y qué le había dicho esta. La cara seria de los policías y su postura un poco echada hacia adelante en actitud de ataque le hizo meditar la respuesta e instintivamente se reclinó hacia atrás en su asiento. Decidió negar esperando la siguiente embestida. Siempre tendría tiempo de rectificar si llegaba el caso.

— Ninguno.

— ¿Está usted seguro? —insistió Aurora— .

La pregunta de la inspectora hizo fruncir el ceño al contable y explicarse un poco más.

— Acuerdo firmado no tenemos ninguno, dadas las circunstancias actuales, doña Virginia únicamente me ha encargado que siga en mi puesto y que intente dirigir la empresa como lo hubiera hecho don Miguel que en gloria esté, si aún viviera y, aunque le he dicho que eso es muy difícil al tener su marido unas aptitudes excepcionales para la toma de decisiones, yo intentaría, dentro de mi limitada capacidad, hacer lo que estuviera en mi mano para que la empresa se vea afectada lo menos posible por la muerte de su marido, por lo menos, hasta que los herederos decidan quién va a dirigirla.

— Mientras tanto, usted va a ser el encargado de recoger y custodiar el dinero negro de las ventas sin factura y decidirá sobre las cuestiones esenciales de Ventura Creaciones, ¿cierto?

— La única instrucción que me ha dado doña Virginia es que, desde este mismo instante se suspendan las ventas sin factura y así se lo he trasladado a los comerciales para darles a entender que la nueva dirección ha cambiado de criterio en ese sentido. No se admitirán más ventas sin su correspondiente factura, por pocas que sean. Ni una más.

—Y, ¿de dónde van a recibir los ingresos para vivir la familia de Elena y Pelayo o Jacinto o incluso la propia Virginia?

—De momento, las necesidades de tesorería más inminentes las estamos contabilizando como anticipos de dividendos por lo que se refiere a Virginia y a su hijo pequeño y hemos vuelto a contratar como abogado a Pelayo. Todo ello hasta que se aclare la herencia de don Miguel.

—O se detenga a su asesino o asesinos —completó Chuso— .

El primer envite de Aurora lo había esquivado bien el contable. Con un gesto hacia el subinspector, decidió cambiar de tercio.

—El día del asesinato de Miguel, entre la una y las cuatro, mientras usted estaba bebiendo cerveza y comiendo unas aceitunas en el domicilio de los Ventura-Altozano, ¿entró alguien en la finca?

—No, no entró nadie.

—Tenemos un testigo que afirma lo contrario.

—Desde luego, en el tiempo que yo estuve allí, nadie entró, nadie llamó a la puerta principal y nadie se comunicó con nosotros por teléfono.

—¿Estuvo usted vigilando la puerta principal durante todo el tiempo que permaneció allí?

—No, pero imagino que, si alguien hubiera ido, habría llamado y yo lo habría oído, digo yo.

—Ese alguien podría haber entrado sin llamar, con una llave —comentó el subinspector—.

—Es cierto, podría ser —concedió Luis pensando su siguiente respuesta—, pero salvo que se quedara escondido en el jardín, lo cual es harto improbable, nadie entró en la casa.

— Pues ese testigo asegura que un hombre de su estatura, de su complexión y de su edad entró en el jardín de la casa —insistió Aurora—.

Esta última afirmación hizo parpadear al contable que estiró la espalda, se incorporó en su sillón y cruzó los brazos en actitud defensiva. Después de que pasaran unos segundos más de la cuenta para responder, lo que reafirmó a Aurora en su teoría de que él había sido el que había entrado en el jardín por detrás y viendo que le había pillado por sorpresa el farol que no había ensayado con Chuso, Luis empezó a sudar o eso le pareció a la inspectora.

— Mire inspectora, si ese chico insinúa que me ha visto a mí entrando por la puerta de servicio está muy equivocado. Estoy dispuesto a someterme a una rueda de reconocimiento o a un careo con él para desmentirle. No voy a consentir que se me acuse por parte de un mocoso, que a saber en qué condiciones estaba, y que es posible que ni siquiera sepa en qué día vive. Está en juego mi honorabilidad y mi reputación. Es más, estoy dispuesto, si es que mantiene esa versión a demandarle y vernos en los juzgados.

El contable se había alterado. El color de su cara reflejaba un rubor subido de tono y hasta parecía que algunos mechones del pelo se habían liberado de la tiranía de la gomina que brillaba en su cabeza.

— Tranquilícese Luis, tranquilícese. Primero, nadie le ha acusado de nada, de momento. Nadie ha dicho que usted matara a su jefe. Por cierto, ¿ha matado usted a Miguel Ventura?

— Esto es indignante —gritó el contable—. Por supuesto que no, para mí don Miguel era como un padre.

—Segundo, ¿cómo sabe que era un chico el testigo que vio a una persona entrando en la finca?

—Usted lo ha dicho.

—No.

—Pues me lo habré imaginado por el intervalo de las horas.

—Ya, se lo imaginó. Vaya imaginación más concreta tiene usted. Otra cosa, ¿siguen sin aparecer los documentos que vino a recoger Miguel el día del asesinato?

Otra vez la inspectora pilló descolocado al contable que no se esperaba esa pregunta otra vez. Más calmado, respondió.

—Sí, siguen sin aparecer.

—¿Ni siquiera en la caja fuerte famosa?

—Ni allí.

—Gracias por su tiempo y, por favor, avísenos si va a desplazarse fuera de la ciudad.

—¿Es que me considera sospechoso del asesinato de don Miguel?

—Nadie es inocente hasta que queda totalmente descartado. Hágame caso.

A la salida de la empresa, antes de montar en el coche, Aurora iba escribiendo:

"Luis gana puntos como culpable. ¿Cómo lo hizo? ¿Virginia involucrada? ¿Los dos tapan a Jacinto?"

Mientras se dirigían al coche, los dos policías miraron a la vez hacia las oficinas de Ventura Creaciones y vieron que Luis se retiraba de una de las ventanas.

De camino a la comisaría, Aurora y Luis comentaban el interrogatorio del contable. Aurora estaba convencida de su intuición de que Luis y Virginia tenían una extraña asociación y un especial interés para que no se aclarase la muerte de Miguel y esa asociación venía justificada por la decisión del marido de divorciarse de ella. Sería un escándalo que una Altozano, después de pasar por el altar se separara, más sabiendo que la otra parte se iba a vivir con una mujer del espectáculo y, sobre todo, mucho más joven que ella. Sin olvidar la reducción de pasta que supondría esa situación para Virginia. Por su parte, Chuso comentó que lo que más le llamó la atención, quizás porque fue él el que la descubrió, fue la negativa de Luis a reconocer que alguien había entrado en la finca el día del asesinato. Con tanta negativa por parte de Luis y de Virginia y tanto intentar desacreditar al testigo, lo que le parecía al subinspector es que esa persona existió y felicitó a su jefa por el farol de que, quien entró tenía el mismo aspecto que el contable.

— Es que no sé si te has fijado, pero Luis lleva el reloj en la muñeca derecha y unas pulseras de cuero en la izquierda —le dijo Aurora—.

— No, no me fijé. Pero, ¿estás insinuando que era Luis el que conducía el coche de Miguel cuando le vio el vigilante de seguridad?

— Sí. Imagina que Miguel no estuviera en su casa, imagina que ya le ha dicho a su mujer que se marcha a vivir con Maika y le pide a su contable que le lleve el coche a la empresa y, cuando llega el contable, está muerto. Deja el coche y regresa al domicilio, el contable se lo cuenta a la viuda y deciden hacerlo pasar por un accidente.

— Eso supondría que habría otra persona que mató a Miguel y para montar este número tiene que ser alguien de la familia. Alguien que no ha podido confirmar su coartada.

— Efectivamente. Los que nos quedan son Miguelito y Jacinto. Yo me inclino por Jacinto. Tiene más sentido que lo quiera proteger su madre, lo considera más vulnerable —argumentó Aurora—. Por cierto, ¿has podido hablar con los amigos de Jacinto para que confirmaran o no que estuvieron con él en el momento del asesinato?

— Solo he conseguido hablar con dos y ninguno puede asegurar, sin ningún género de dudas, dónde estaban entre la una y las cuatro del Sábado Santo. Dicen que después del chocolate con churros solo recuerdan que estuvieron dando vueltas por la ciudad, pero ni recuerdan por dónde ni con quién ni cómo. El tercero está de Erasmus en Lituania y no he podido contactar con él. Lo seguiré intentando, pero supongo que me dará una versión muy similar.

— Seguro. Así que Jacinto está sin descartar como autor y su hermano médico, tampoco. Y, curiosamente, son los dos hijos que más se han enfrentado a su padre y más han protegido su madre.

El sonido estridente del móvil de Aurora sobresaltó a los dos policías que estaban en silencio dándole vueltas a sus propias ideas mientras Chuso intentaba aparcar cerca de la comisaría.

— Hola cari —contestó Aurora—.

Ezequiel la llamaba desde el despacho de la Facultad para saber si iba a ir a comer a casa con su madre y, de esa forma, hacer una comida familiar. La negativa de la inspectora argumentando que tenían mucho trabajo no le supuso al profesor ningún trastorno ya que él no se perdería un manjar cocinado por Etelvina por nada del mundo. Además, así no tendría a un Pepito Grillo diciéndole que comía mucho y que estaba engordando. El problema era la presencia en la casa de la cocinera.

Aurora aprovechó la llamada para preguntarle.

— Ezequiel, una pregunta. ¿Puede una empresa anticipar el pago de los dividendos?

— Sí que puede, pero tienen que estar aprobado en una Junta General. ¿Es que Ventura Creaciones ha pagado un anticipo de dividendos?

— Parece ser que es la forma que ha ideado el contable para que la familia reciba dinero de la empresa ahora que ya no obtienen dinero negro

— ¡¿Ya se han gastado todo el que tenía Miguel en la caja fuerte?!

— Se supone que lo han ingresado en el banco, aunque no lo hemos comprobado —reconoció Aurora—.

— Me extraña. Si el contable y su asesor fiscal son medianamente listos pueden haber ingresado una parte pequeña en la entidad financiera para simular que cumplen con la ley, pero todo sería de tontos y, además, entre el IVA y el Impuesto sobre Sociedades perderían la mitad que iría a las arcas del Estado. Lo lógico sería mantener la mayor parte en negro hasta que se aclare quién se hace con las riendas de la empresa y qué estrategia empresarial va a seguir. Por otro lado, te recuerdo que Ventura Creaciones es una sociedad unipersonal, o sea que el único socio era el difunto Miguel y, por tanto, el único que puede percibir dividendos es él o sus herederos y dicho anticipo solo lo podría haber aprobado él mismo. Y, si no lo hizo antes de fallecer, ahora ya no puede firmar el acta de la sociedad donde se recoja ese acuerdo. De todas formas, si la familia necesita dinero no creo que tenga problemas para pedir un crédito puente o un préstamo a un banco hasta que se resuelva la herencia o puede contratar simuladamente a aquellos familiares escasos de fondos.

— Sí, eso también lo han hecho con el yerno de Miguel, el abogado. Supongo que Virginia se haya negado a que figure como empleada de la empresa. Imagínate lo que se diría en su círculo social. Sería un escándalo.

— Pues yo —continuó Ezequiel con el razonamiento—, lo del anticipo de dividendos no lo veo. Recuerda que te comenté que, aunque declaran beneficios, son muy pequeños y, ni siquiera han cubierto la reserva legal obligatoria. Aunque pensándolo detenidamente, ningún socio va a reclamar esa irregularidad salvo que descapitalicen la empresa y peligren los pagos a proveedores o a los trabajadores.

— ¿Cómo harías tú para sacar dinero de la empresa en una situación como esta?

— ¿De forma legal o de forma poco ortodoxa?

— De las dos formas.

— Pues, aunque estoy seguro de que si me das más tiempo para pensar se me ocurre alguna otra. De forma poco ortodoxa, yo seguiría con las ventas sin factura. Si les ha funcionado hasta ahora y Hacienda no les ha pillado, les puede funcionar de ahora en adelante. El problema de este sistema es quién controla ese dinero negro, debería de ser alguien de la familia o el contable, si confían en él. De forma legal, lo que ya te he dicho, pidiendo un préstamo a la empresa o a una entidad de crédito. Si lo hacen a la empresa van a poder poner mejores condiciones que un banco en cuanto a intereses o calendario de devolución del principal. También pueden simular un contrato laboral o una prestación de servicios.

— ¿Qué es eso de una prestación de servicios?

— Si Virginia no quiere figurar como empleada de Ventura Creaciones, se da de alta como asesora de empresa o decoradora de interiores, trámite que se hace en un pispás y le pasa a la empresa facturas por su, entre comillas, asesoramiento.

— Mira qué listo es mi niño —bromeó Aurora—.

— ¿Todavía seguís sin tener claro al culpable del asesinato?

— Todavía.

— Ya te dije que, a falta de mayordomo, el asesino es el contable.

— Anda Holmes, déjalo. Nos vemos esta noche.

— Hasta la noche, cariño —se despidió Ezequiel colgando la llamada—.

— Es una ventaja importante contar con un asesoramiento económico-financiero personal —dijo Chuso—.

— Ya te digo.

Capítulo 11. Partida simple, partida doble

Se les había hecho tarde para comentar las novedades con el comisario que asistía en esos momentos a una comida de compromiso, así que Aurora y Chuso decidieron satisfacer sus necesidades nutritivas cerca de la comisaría. El bar-cafetería-restaurante tenía más de media entrada de caras conocidas al albergar entre sus clientes a una mayoría de policías; unos que entraban de turno, otros que salían y otros que hacían un alto en su trabajo para tomarse un respiro, comer o simplemente relajarse para ir terminando la semana de forma lo más digna posible. Aunque el nombre de Versalles pudiera parecer pretencioso y lo de bar y cafetería y restaurante demasiado ambicioso, en otra época sería denominado como tasca o mesón, pero, en el último traspaso, se cambió la denominación y el destino que pretendían los dueños. Pasó de Bar Extremeño al actual jardín parisino, aunque el gremio policial seguía denominándolo "El Extremeño" por la costumbre. A la decoración le faltaba más de una mano de limpieza y tres de pintura, pero la comida era más que aceptable en cuanto a calidad, cantidad y precio. Aurora y Chuso pidieron el plato del día y, mientras esperaban, Aurora empezó a someter a Chuso al tercer grado. Le preguntó por su familia, cuántos eran, a qué se dedicaban, dónde vivían. Le preguntó por sus estudios, qué titulación tenía, qué quería ser de mayor. Le preguntó por sus relaciones personales, si era gay o heterosexual, si había estado o estaba casado, si tenía o quería tener hijos. A todo contestó Chuso y, la mayoría de las veces, respondiendo con la verdad. Aurora tomaba nota mentalmente de todo y cuando empezó él a preguntarle a ella, alegó que era tarde y que tenían que volver a la comisaría para darle las novedades al comisario.

— Pues me debes un montón de respuestas a todas las preguntas que tengo preparadas —protestó Chuso—.

— No desesperes, algún día, contestaré —le dijo Aurora para que se callara sabiendo que no tenía ninguna intención de hablar de su vida privada—.

El comisario Rubio no estaba para pensar mucho. La comida, pero sobre todo la sobremesa, regada con abundantes copas y chupitos de orujo, cremas de diferentes licores y otras bebidas espirituosas, le habían embotado un poco la mente. Felicitó a la inspectora y al subinspector por los resultados que estaban consiguiendo y dijo apoyarles en sus teorías sobre el asesinato. La presión de los medios periodísticos había descendido notablemente, aunque los medios políticos cada vez acuciaban más al comisario que, aun así, se sentía aliviado. Aurora, viendo que su jefe tenía las defensas bajas, aprovechó para pedirle la autorización para volver a interrogar a Virginia y contrastar con lo declarado por el contable y presionarla con el testigo. El comisario se negó, no estaba tan grogui como aparentaba. Como alternativa la inspectora probó con el hijo mayor para implicarle o descartarle definitivamente. En ese caso el comisario accedió, pero con la condición de que no estiraran mucho la goma no se fuera a romper.

— No se preocupe, jefe, que, entre mi diplomacia y la mano izquierda de Chuso, Miguelito ni se entera de que lo estamos interrogando.

— Miedo me dais los dos —contestó el comisario haciendo un gesto con la mano para que se fueran del despacho y poder quedarse a solas con su digestión somnolienta—.

Antes de salir de la comisaría Aurora llamó al móvil de Miguel Ventura hijo para saber cuándo y dónde podían hablar con él. El médico se encontraba en casa por lo que les citó allí, en cualquier momento de la tarde. No iba a salir.

El piso de la residencia de Miguelito estaba en un edificio recientemente remodelado al que habían aplicado todo tipo de tecnología y de reconocimiento fisiológico. El portal se abría mediante un escáner de la cara de los propietarios o mediante una tarjeta de proximidad, pero no con el viejo sistema de la llave. No había cerraduras. El ascensor, sin botones, obedecía a las órdenes emitidas de viva voz y únicamente un interfono ponía en contacto a sus ocupantes con el conserje que se encontraba en un lugar fuera de la vista de los residentes. Cuando los policías se iban acercando a la puerta del piso del médico, esta se abrió sola. Aurora se fijó en que la puerta tampoco tenía cerradura y sí una minicámara en la esquina superior del marco que enfocaba al pasillo de acceso. Por la cabeza de la inspectora se le pasó la idea de que si un día se iba la luz en ese edificio lo iban a pasar muy mal sus ocupantes.

Miguel Ventura les recibió con chándal cómodo y después de los habituales saludos y los comentarios

de asombro sobre el edificio inteligente que habita-
ba y de alguna anécdota que les había ocurrido a sus
vecinos debida a los fallos en la "sabiduría" del edificio, les ofreció tomar alguna bebida que los policías
rechazaron. Como ya se estaba haciendo habitual en
los interrogatorios Aurora llevaba la voz cantante y
fue directa a meter el dedo en la llaga.

— Miguel, cuando hablamos el otro día, no me
dijo que usted había chantajeado a su padre con denunciarle en Hacienda a cambio de una parte de su
herencia.

El traumatólogo no se esperaba algo tan directo,
por lo que se puso en tensión y se tomó más tiempo
de lo habitual para responder a la inspectora que tenía los ojos clavados en los de su interlocutor. Miguel
respondió diciendo que aquello no fue un chantaje,
que fue su padre el que le compró el coche y el piso
a nombre de la sociedad, aunque solo lo utilizaba
él. Fue, según Miguelito, para limar las diferencias
que existían entre los dos, además de conseguir de-
ducciones para la empresa y para intentar volver a
atraerlo al redil de la familia. Cosa que no consiguió,
aclaró el médico.

— Pero, usted sí que disfruta y usa en beneficio
propio del coche y del piso, aunque estén a nombre
de la empresa.

Aurora recordó en ese momento lo que le había
dicho Ezequiel sobre el gran patrimonio de Ventura
Creaciones y de que incluirían gastos no relacionados
con su actividad para reducir los beneficios y, por tanto, los impuestos que deberían de haber pagado.

— Sí, es verdad, lo reconozco. Como dice el
refrán: A caballo regalado … Aunque ahora mi padre

ha muerto y teniendo en cuenta que el propietario de ambos bienes es la empresa, es posible que tenga que devolverlos o pagar un alquiler, quién sabe.

— ¿Había vuelto a amenazar a su padre con el mismo argumento últimamente?

— Por supuesto que no —se enfadó Miguelito frunciendo el ceño y levantando la voz—. ¿Está insinuando que tenía motivos para matar a mi padre?

— No insinúo nada, yo solo pregunto porque quiero saber la verdad.

— Pues, para que se entere, tengo un testigo que me descarta de la muerte de mi padre.

— Sorpréndame.

— Es este reloj de actividad. Como podrán comprobar por los datos descargados en mi móvil, el reloj establece que estuve durmiendo desde las doce dieciocho hasta las diecisiete veinticinco del Sábado Santo.

Miguel ofrecía su móvil a Aurora que miró a Chuso para que lo cogiera y comprobara lo que decía el médico.

Después de unos breves toques en la pantalla que iba desplazando y anotando Chuso en una libreta, se lo devolvió al médico y le hizo un gesto afirmativo a Aurora que permanecía en silencio con la mirada fija en la expresión de Miguelito.

— Muy bien. El que ese reloj diga que alguien ha dormido entre esas horas el Sábado Santo no demuestra que haya sido usted, pero, de momento, me ha convencido.

— Me alegro.

Los dos policías se despidieron.

Aurora escribió en la tableta:

"Miguel hijo tiene coartada confirmada"

— Tenemos un sospechoso descartado. Aunque, si te digo la verdad, desde el primer momento mi subconsciente me decía que no era culpable —dijo Aurora a Chuso mientras montaban en el coche—.

Chuso quiso saber por qué aceptaba tan rápido que el reloj de Miguelito lo había tenido él durante el Sábado Santo. La inspectora le dijo que todas las veces que había visto al médico se había fijado que llevaba ese reloj. Por eso, de momento, sin otro argumento en su contra, asumía que no podía haber matado a su padre y que los datos que había comprobado el subinspector correspondían al galeno.

Los dos policías consideraron que ya era bastante por esa semana de trabajo y dieron por terminada la jornada. Chuso volvió a intentar quedar con Aurora para sonsacarle alguna información que tenía pendiente, pero la inspectora alegó cansancio y una cita con su madre para deshacerse de las preguntas que no pretendía contestar.

Antes de entrar en casa, el sonido de la televisión le recordó a Aurora que su madre estaba dentro. Solo deseaba que Ezequiel no hubiera llegado de la Facultad y hubiera tenido que volver a ponerse los auriculares y evitar así otro enfrentamiento entre ambos.

Al entrar y ver la habitación-despacho cerrada a cal y canto intuyó que su deseo no se había cumplido. Ezequiel estaba en casa. Antes de hablar con él fue al salón y sin siquiera saludar cogió el mando de la televisión y bajó el volumen.

— Mamá, ya te dije ayer que aquí las gallinas no tienen que enterarse de los cotilleos de los famosos, que no hay que molestar a los vecinos.

— Hija, buenas tardes, pues no está hoy tan alto. Mira Ezequiel no me ha dicho nada.

— ¿Qué tal has pasado el día?

— Sola, no sé para qué he venido a verte si te marchas pronto por la mañana y vuelves a las tantas de la noche.

— Mamá, todavía no es de noche, lo primero. Lo segundo es que no has venido a verme y a estar conmigo, has escapado de las obras de la casa del pueblo y, lo tercero... bueno de lo tercero, cuando me acuerde, ya hablaremos.

— He estado más tiempo con ese hombre con el que no quieres casarte que contigo. En cambio, bien que le ha gustado a él mi comida.

— ¿Cómo has dicho?

— Que a Ezequiel le han gustado mucho unas patatas con congrio que le hice este mediodía y ayer unas lentejas con su choricito y la panceta bien cocidita y todo del pueblo.

— No, mamá, lo otro —la cortó Aurora—, lo de que no quiero casarme con él.

— Pues eso, durante la comida de ayer hemos hablado y me ha dicho que eres tú la que no quiere formalizar la relación, que eres tú la que no quiere casarse. Que me parece bien, porque es muy soso. Aunque no te niego que a mí me haría ilusión entrar con él del brazo en la iglesia y, si fuera en la catedral, ni te digo lo orgullosa que iba a estar.

Aurora estaba estupefacta por lo que estaba oyendo. No salía de su asombro. Notaba que su nivel de rabia, indignación, adrenalina en sangre y ritmo cardiaco aumentaban de forma explosiva.

— Cómo que entrando del brazo con él.

— Sí, hija porque, según me ha dicho, él ya no tiene madre, así que yo entraría con él como madrina de la boda.

Con un claro gesto de enfado, la cara con un tono de rubor en aumento y apuntándola con el dedo, Aurora le dijo que hiciera el favor de quitarse eso de la cabeza.

Al abrir la puerta del despacho, tanto Aurora como Ezequiel empezaron a hablar en un tono más alto de lo habitual y los dos a la vez. Cuando se dieron cuenta que ninguno prestaba oídos al otro, los dos se callaron a la vez. Aurora aprovechó el silencio para entrar a la habitación y cerrar la puerta para que su madre no pusiera la oreja y luego fuera contando lo que en realidad se imaginaba al ser un poco dura de oído.

El gesto de Aurora lo aprovechó Ezequiel para quejarse de Etelvina, de que no le dejaba hacer nada, de que o se metía en el despacho para hablar de trivialidades o ponía la televisión para que la oyeran los vecinos de tres plantas más arriba. Con un tono bastante molesto preguntó cuándo se iba a marchar para que él, mientras ella estuviera en casa, se quedara más tiempo en el despacho de la Facultad. Iba a seguir con las quejas, pero se dio cuenta de que la expresión de la cara de Aurora reflejaba una olla al fuego a punto de estallar, así que se calló esperando que la presión fuera disminuyendo.

Aurora empezó a contar mentalmente y llegó hasta dieciocho, momento en el que, según su psicólogo, debía de haberse pasado el calentón momentáneo y podría mantener una conversación civilizada sin insultar ni levantar la voz y evitando decir lo que no se quería para sortear males mayores. Así y todo…

— Descerebrado, ¿qué le has dicho a mi madre sobre nuestra boda? ¿Estás mal de la cabeza o te ha dado un ictus?

El calificativo no le gustó nada a Ezequiel y menos la referencia a la enfermedad que se había llevado por delante a su madre, pero como era consciente de que había metido la pata con ese tema en la conversación con su madre, para no enfangar más la situación, prefirió callarse para que se desahogara Aurora.

— ¿Desde cuándo tú y yo hemos hablado de pasar por la iglesia? Nuestro acuerdo de convivencia tácito está basado en el respeto al otro, en la tolerancia con el otro y en seguir las reglas en mi casa. Si no estás conforme con estos criterios, recoge y vete. Y, por encima de todo, te lo he repetido miles de veces, discreción. Y tú vas y le sueltas a mi madre que te quieres casar conmigo y que ella sería la madrina de boda. Claro, le diste por el plato del gusto. A mi madre, como a muchas de su generación, la celebración que más le gusta es una boda por encima incluso de un entierro y, si además es ella una de las protagonistas, ni te cuento. Así que ya estás saliendo ahí a decirle a mi madre que tú y yo no pensamos casarnos juntos y que ella no va a ser la madrina de nadie, que tiene más posibilidades de amadrinar un barco que entrar en la catedral contigo del brazo.

Ezequiel esperó unos segundos a que se le bajara el sofocón a Aurora para contestar.

— Mujer, yo lo único que la dije ayer es que a mí no me importaría casarme si ese fuera tu deseo.

— ¡Pero de qué peral te has caído! ¿Cuándo hemos hablado tú y yo de formalizar la relación? Si lo nuestro hemos quedado en que es provisional. Y, además, yo creo que alguna vez ya te he dicho que estoy en contra de la institución del matrimonio, que lo único que aporta son problemas.

— Bueno, mujer, no te pongas así.

— Ya tardas en salir y decir a mi madre que lo de la boda era una broma o haces la maleta y te vas.

No le dio opción a contestar, cerró la puerta por fuera, dejando a Ezequiel atónito y pensativo. A ver cómo le decía a Etelvina que, aunque a él no le importaba casarse, su hija, hecha una hidra le obligaba a manifestarse en contra.

— Etelvina —gritó Ezequiel desde la puerta del salón para que la madre de Aurora pudiera oírle por encima del volumen de la televisión y así poder prestarle atención—.

— Sí, hijo, dime.

— Mire, quería decirle ... que sus lentejas de ayer y las patatas de hoy estaban para chuparse los dedos.

— A que me quedan muy bien. Si ya lo dice *el mi hombre* que se pone como un cerdo cuando se las preparo.

Aurora desde la cocina negaba con la cabeza al oír a Ezequiel y a su madre.

— Pues verá… lo que le dije ayer durante la comida…

— Sobre qué, no recuerdo —las pausas de Ezequiel daban opción a meter baza en el razonamiento de Etelvina—.

— Sí, mujer lo de casarnos Aurora y yo.

— ¿Ya habéis puesto fecha? ¿Te arrodillaste para pedírselo? Mi hombre me lo pidió de rodillas en la bodega de su abuelo. Fue muy romántico. En la penumbra y oliendo a vino.

— No, no se lo he pedido ni hemos puesto fecha. Ninguno de los dos quiere casarse. De momento estamos bien como estamos ahora.

Aurora no se contuvo más y entró también en el salón

— Ni de momento ni más tarde, ni nunca. Mamá, hazte a la idea de que yo no me voy a casar.

— Hija, nunca digas de esta agua no beberé ni este cura no es mi padre. No quiere decir que este contable soso no sea el hombre de tu vida, pero, no desesperes, ya llegará tu media naranja, aunque no te descuides que ya vas teniendo una edad.

— Mamá, déjalo. Se acabó la charla. Vamos a cenar.

La cena supuso un monólogo de Etelvina sobre los últimos escándalos de los famosos que, tergiversando las noticias reales, había interpretado ella mientras veía los programas vespertinos de cotilleos y que, sin pausa, siguió con las habladurías del pueblo no dejando a títere con cabeza. Empezando con los sobeteos del cura, pasando por el viejo verde del alcalde o las palizas que daba el vecino a su mujer y a los hijos.

— ¿Palizas, mamá?

— Bueno, les castiga. Los hijos son unos mini delincuentes y la mujer una despendolada.

— Mamá, eso es violencia de género. Tienes que denunciarlo a la Guardia Civil.

— Anda, anda. Si solo es un azote de vez en cuando y ella se lo tiene bien merecido que hay que ver las minifaldas que se pone para salir a la calle. Está en boca de todos.

Aurora no esperó más. Fue a por el móvil y llamó a la comisaría para que dieran parte a la Guardia Civil del pueblo por un posible caso de violencia de género no denunciado por la víctima. Esa llamada no le gustó nada a Etelvina que pensaba que se estaba metiendo donde no la llamaban y que su vecina, realmente, se merecía lo que la pasaba. Ezequiel no abrió la boca, ya tenía bastante para él, no quería empeorar su situación delante de Aurora.

Etelvina, enfadada se metió en su habitación, mientras la inspectora y el profesor recogían, fregaban e intentaban, sobre todo él, un acercamiento que no se produjo. El ambiente no propiciaba encuentros íntimos y acordándose de las películas y de las series de televisión, Ezequiel pensaba que todo lo que dijera en ese momento podría ser utilizado en su contra, así que decidió hacer un mutis por el foro y se fue al dormitorio.

Aurora se quedó en el despacho y, en ese momento, se acordó del cuaderno cuadriculado de espiral que se había llevado de la caja fuerte del despacho del difunto Miguel Ventura. Por lo que pudo observar según lo cogió eran fechas e importes, unos en azul y otros en rojo. Suponía que sería la contabilidad que llevaba el empresario del dinero negro. En azul los ingresos y en rojo los gastos. De vez en cuando había unos totales, siempre en azul, que, suponía la inspectora, eran los saldos que tenía, normalmente, a final de mes. Desde luego, la empresa era muy, pero que muy rentable y generaba una ingente cantidad de liquidez para atender las necesidades de la familia. Miguel disponía de un abultado colchón para dedicar a los gastos que quisiera. Y eran muchos. Pudo observar que los últimos meses esos importes eran superiores. Los saldos finales aumentaban considerablemente. Aurora supuso que el saldo final correspondería al dinero encontrado dentro de la caja fuerte. El importe tenía siete cifras. Se preguntó si ese cuaderno podría considerarse una contabilidad paralela de la empresa y si ese era el motivo de su muerte. Si era así, había cometido un error garrafal al llevarse el cuaderno sin permiso de la empresa o de la familia. Podría ser que esa prueba quedara inadmitida en un juicio. Tenía que contárselo al comisario e intentar devolver a sus dueños legítimos el cuaderno. Pero antes tenía que tener claro si era o no una evidencia de la contabilidad paralela de la empresa. No le quedaba más remedio que preguntárselo a Ezequiel.

Aurora entró en el dormitorio donde encontró a Ezequiel leyendo un artículo en la cama y le tiró el cuaderno preguntándole si eso se podría considerar una contabilidad.

Ezequiel la miró con cara de carnero degollado y ante la posibilidad de una reconciliación, cogió el cuaderno y comprobó que lo único que tenía eran fechas y cantidades.

— Supongo que es la contabilidad en negro de Ventura Creaciones —Aurora asintió sin decir nada—. Yo creo que esto no puede ser considerado una contabilidad de partida simple. No hay conceptos y no podemos saber si las cantidades en azul son cobros y las de rojo pagos o viceversa. Supongo que cualquier abogado defensor podría tumbar esa teoría de forma sencilla. Imagina que los importes sean consumos de luz, por ejemplo, o cotizaciones de un valor de la bolsa o lo que se quiera inventar el defensor.

— ¿Qué es eso de la contabilidad de partida simple?

— La partida simple es una contabilidad de caja. Recoge cobros y pagos y se obtiene el saldo por diferencia. Es lo que se recomienda para llevar una contabilidad doméstica. Se van anotando las operaciones con un concepto y los importes de cada una de ellas y luego los pagos y se totaliza. Este tipo de anotaciones da lugar a poca información y solo sirve para saber el dinero efectivo que tenemos disponible. El sistema de contabilidad que se utiliza de forma oficial es el sistema de partida doble que ya en el siglo XV un fraile franciscano recoge en sus escritos y donde, por cada operación en vez de una cuenta se utilizan dos; una con una anotación deudora y otra con una anotación acreedora.

Desde que Ezequiel dijo que no servía como contabilidad oficial, Aurora ya había desconectado de las explicaciones del profesor y solo estaba deseando marcharse y dejar de hablar de ese tema. Si no servía como prueba para incriminar a nadie, el error de la policía no era tan grave. Respiraba aliviada.

Capítulo 12. Gobernanza

Aurora había ido el viernes a la cama muy tarde, dando tiempo para que Ezequiel se durmiera. No quería hablar con él porque sabía que acabarían discutiendo y pidiendo él una reconciliación sexual a la que ella no estaba dispuesta. Antes de acostarse estuvo preguntándose si le compensaba la convivencia. Con lo que ella valoraba su libertad, vivir sin complicaciones sentimentales, sin que nadie te diga lo que tienes que hacer, ni cuándo tienes que hacerlo ni cómo tienes que hacerlo. Tomando tus propias decisiones, aunque sean erróneas. Así no hay que echarle las culpas a nadie. Daba vueltas a todas estas ideas mientras los cubitos de hielo del *gin-tonic* giraban en el vaso de tubo donde se lo había preparado y mientras escuchaba con el volumen muy bajo a Miles Davis en el clásico disco de *Kind of blue*.

No sabía por qué, se le ocurrió pensar en qué estaría haciendo Chuso en esos precisos instantes. Se preguntaba por qué relacionaba sus problemas con Ezequiel con Chuso. Quizás fuera por el caso de Ventura Creaciones. Quizás fuera por sus dudas en el terreno sentimental. Quizás fuera porque el subinspector era joven y seguro que estaba ligando en alguna discoteca de la ciudad y, quizás, le apetecía también hacer lo mismo. La envidia se iba adueñando de ella. Tendría que consultárselo a Ricardo, su psicólogo.

El sábado se levantó la primera y se fue a correr por la orilla del río para terminar en el gimnasio al que iba de vez en cuando. El ejercicio le limpiaba la mente y le endurecía el cuerpo. La mañana era fría,

había helado por la noche y las gotas de agua conge-
ladas se hacían presentes en la hierba cercana al cau-
ce. El tonificar los músculos y el sudar le venían bien.
No tenía ganas de ver ni a Ezequiel ni a su madre.
Concentrar la mente en el ritmo de la carrera primero
y en los ejercicios después le ayudaba a encontrar la
paz espiritual y a visualizar desde otro punto de vista
los problemas domésticos. En el camino de regreso a
casa ya había rebajado el encono que había generado
la tarde-noche anterior y no consideraba tan grave el
comentario de Ezequiel sobre el matrimonio. Al fin y
al cabo, era su opinión y tenía que respetarla y tampoco es que la pusiera en una situación incómoda
donde o se casaban o lo dejaban. Es cierto que ella,
en ningún caso y bajo ninguna circunstancia, pasaría
por el juzgado y mucho menos por el altar. Aunque a
Ezequiel no le importara, desde luego, ella se negaba.

Al llegar a casa solo se encontró a Ezequiel pasando el aspirador al salón. Cuando preguntó por su
madre, el profesor dijo que le parecía que hacía dicho que se iba a misa a ver si Dios les perdonaba que
estuvieran viviendo en pecado. Ezequiel le pidió perdón por el desliz del día anterior con su madre y lo de
la boda. Aurora, con la boca pequeña, reconoció que
se había excedido sobre el mismo tema con él. Firma-
ron un pacto de no agresión futuro sobre ese tema
practicando un sexo rápido y mirando hacia la puerta
por si aparecía Etelvina. Ninguno quedó satisfecho.
Por cambiar de conversación y que se les olvidara
el desastre que acababan de generar, Ezequiel preguntó por la evolución del caso de Miguel Ventura,
pero, inconscientemente, Aurora empezó a elogiar al
subinspector Chuso. Para cuando se dio cuenta de la

deriva que seguía empezó a explicar al profesor que habían ido reduciendo los posibles implicados pero que se les complicaba el poder explicar cómo había ocurrido el asesinato y, aunque ella tenía una teoría descabellada donde intervenían el contable, posiblemente uno de los hijos y la mujer del fallecido, no se atrevía a planteársela al comisario hasta que no la tuviera más desarrollada y con alguna prueba sólida que la pudiera sostener. Para volver a cambiar de tema, le preguntó a Ezequiel cómo preveía él que se quedaría la empresa después de la muerte de quien la había dirigido hasta ahora.

— Una empresa del tamaño y el arraigo en la ciudad como Ventura Creaciones, por lo que he visto en los balances e intuido en los análisis posteriores, no tendrá dificultades para seguir produciendo y generando beneficios si no se cambia su estrategia empresarial o el sistema de gobernanza de la misma. Pero eso será difícil —explicaba Ezequiel con un esquema sobre un papel donde dibujó un organigrama con los cuadrados en blanco y poniendo dentro un signo de interrogación—. Lo más importante será saber quién se va a hacer cargo de dirigir la empresa.

— Supongo que los hijos o alguno de ellos por lo menos. Lo dirá el testamento si lo hay.

— Eso sería lo lógico, pero no confundas quien es el propietario o los accionistas de una empresa con quién es el que toma las decisiones ejecutivas de la misma. Los socios o propietarios son los que arriesgan su dinero y recuperan su inversión vía dividendos o, si venden sus acciones, por diferencia entre el precio de venta y el precio de compra. El o los que dirigen la empresa son los que deciden si se expande o no internacionalmente, si lanzan o no una campaña publicitaria, si aumentan o bajan los precios de sus productos, si cambian el sistema de producción o de remuneración a los trabajadores, si se financian de forma interna o externa, en definitiva, los que llevan a la empresa al éxito o al fracaso.

— Entiendo que el mejor posicionado en ese puesto, por lo que he visto hasta ahora, sería el contable, Luis Sánchez.

— ¿Y los hijos y la viuda del fallecido van a dejar que una persona ajena a la familia tome todas esas decisiones cuando, hasta ahora, la empresa la ha dirigido un miembro de la familia desde el siglo pasado?

— Es que no veo a ninguno de los hijos ni interesados ni preparados para todos esos retos y con ganas de afrontar esos desafíos.

— También puede ocurrir —siguió explicando gráficamente Ezequiel— que vendan la empresa a un competidor o a un fondo de inversión o a un particular.

— Aunque eso no sería mala solución para alguno de los miembros de la familia, no lo considero factible.

Etelvina entró con una bolsa de compra llena que dejó en la cocina y se fue a sentar al salón con Aurora y Ezequiel.

— ¿Qué os apetece hoy para comer?

Esta vez fue Aurora la que le pidió una paella. Hacía mucho que no la comía y le apetecía. Ezequiel propuso que, para el día siguiente, si estaban las dos de acuerdo, podían ir a comer fuera.

— Podíamos probar un restaurante nuevo que han abierto dos calles más abajo —sugirió Aurora—.

Etelvina, que al principio se oponía por el elevado coste que supondría, al final acabó cediendo mientras se ponía el delantal para empezar con el arroz. Aurora se fue a duchar y Ezequiel se aferró al trapo del polvo para pasarlo en el salón.

La comida, que podríamos calificar de familiar, transcurrió plácidamente. La sobremesa estuvo plagada de anécdotas sobre Aurora que iba desgranando Etelvina de cuando vivía en el pueblo. Como cualquier madre, su hija era la más guapa del pueblo, la más lista de la clase y la más trabajadora de los jornaleros. Ezequiel estaba encantando de conocer cómo era Aurora de niña y adolescente. De esta manera también se enteró de que ella no era hija única, que había tenido un hermano que se había muerto de lo que hoy habrían diagnosticado como muerte súbita y que, entonces se definía como "de repente", cuando todavía era un niño. El recuerdo puso triste a Etelvina, meditabunda a Aurora y sorprendido a Ezequiel. El resto de la tarde fue aburrida y se la pasaron leyendo, escuchando música y Etelvina cosiendo los bajos de un pantalón de su hija.

Gloria, la amiga abogada de Aurora la llamó a esa hora intermedia entre la última hora de la tarde o primera hora de la noche para salir a tomar algo y desentumecerse. A Aurora le daba reparo dejar a Ezequiel solo con su madre que se había metido en la habitación a rezar el rosario, pero el profesor tampoco tenía ganas de salir y, por mucho que insistió, no le convenció. A pesar de todo y con el incipiente malestar y cabreo por la ausencia de ganas de divertirse, según ella, de su compañero sentimental que le trajo a la memoria lo que pensaba su madre de los contables, ella se arregló y salió en busca de su amiga que ya la esperaba en un pequeño café-teatro que ofrecía música en directo en la ciudad.

El local con decoración de carteles de cine y grandes fotografías de cantantes y actores reconocibles tiene una iluminación más bien escasa que enfoca a esos pastiches y apenas permite distinguir lo que los camareros sirven en las mesas que se distribuyen en semicírculo alrededor de un pequeño escenario con grandes altavoces situados en los extremos y con un micrófono en medio. Según el cartel anunciador de la entrada, hoy actuaba una solista desconocida para Aurora que se presentaba en los carteles con un vestido de flecos, arropada por una guitarra y con el lema de ser la nueva voz de los cantautores españoles. El lema le pareció muy pretencioso a la inspectora que se sorprendió al llegar del ambiente que ya en la calle se respiraba de un pequeño concierto. El portero de la entrada no le puso ningún inconveniente cuando le dijo que su amiga estaba dentro y ya ocupaba una de las mesas que tenían una lamparita de pilas que semejaba una vela y que alumbraba menos que una cerilla.

Después de colocar el abrigo en la butaca desocupada y de darse dos besos como saludo, Aurora le preguntó a Gloria la razón de esta escapada y si iban a venir Mamen y Bea.

— Mamen tiene a los niños y no ha encontrado canguro, así que no puede venir y Bea no me contesta ni a las llamadas ni al chat. Supongo que estará en uno de esos encuentros que nunca nos cuenta. Y yo, tenía tantas ganas de salir de casa que, si tú no hubieras contestado, habría llamado a un *gigolò*.

— ¿Dónde tienes al ingeniero?

— Lleva una semana en la Patagonia o eso creo.

Aurora notó un cierto tono de cansancio, de hastío y de enfado que le resultaba nuevo en su amiga respecto a su pareja. Así que, para no estropear la noche en la que ella tampoco estaba para bailar muñeiras con Ezequiel, decidió cambiar de conversación y empezó por comentar la decoración del local y a fijarse en el tipo de clientes que veía alrededor.

Una camarera tatuada por todo el cuerpo visible excepto la cara les tomó nota de las bebidas. Antes de que volviera y mientras las dos amigas estaban cotilleando sobre las parejas y los grupos que estaban en el local, un improvisado presentador anunció la actuación de la cantante que rápidamente afinó las cuerdas de la guitarra y empezó a combinar versiones de grandes clásicos con sus propias producciones. Las dos amigas estuvieron de acuerdo en que no sonaba mal, al principio un poco cohibida y vergonzosa, pero que se fue desperezando a medida que avanzaban las consumiciones y el público la seguía y la animaba.

En un momento en el que Aurora siguió con la vista a la camarera que se acercaba a la barra situada en un lateral del escenario le pareció distinguir a su compañero Chuso. No estaba segura de que fuera él por la escasa luz y por la cantidad de combinados que ya había tomado. Achicó los ojos, frunció el ceño y centró la vista en la zona donde parecía que le había visto y confirmó que era él. Estaba agarrando por la cintura a una jovencita rubia con una larga melena, un mínimo top y unos escasos *short* de color blanco que llevaban la vista a unas piernas bien torneadas que terminaban en unos zapatos de tacón que a Aurora le hubieran resultado inútiles al no saber andar de puntillas. La acompañante de Chuso no hacía más que tocarse el pelo colocándoselo cada vez que movía la cabeza para acercar el oído a los labios del subinspector al que se le veía muy animado en la charla y con la mano al final de la espalda de la rubia rozando el inicio de las nalgas sin llegar a tocar el culo. Aurora sintió celos. No sabía por qué, pero quería estar en el lugar de la rubia. Desde luego parecía pasárselo muy bien con el subinspector. No paraban de reírse y de, por supuesto, tocarse la melena, melena que llevaba suelta y de la que también sentía envidia Aurora, y de su cuerpo que se veía tan recto con la columna alineada, sus muslos proporcionados, sus brazos tersos …

— ¿Quién es esa en la que tanto te fijas? —le preguntó Gloria—, ¿alguna de tus sospechosas del caso de Ventura?

— No. Me fijo en el chico que está con ella. Es el subinspector que me han asignado en el caso.

— Pues está cañón el subinspector. Cómo mejora el cuerpo de policía. Chica, ¿cómo te controlas cuando estás con él?

— No seas bruta, Gloria. Es un simple compañero de trabajo.

— Pero bueno, porque sea un compañero de trabajo ¿no se merece un buen revolcón o un aquí te pillo y aquí te mato?

— Estás tú muy desatada. ¿Te pasa algo grave?

Gloria cambió la cara y el gesto para hacerla más sombría. Bebió del vaso de tubo.

—Cada vez llevo peor las ausencias y los viajes de mi ingeniero. Cada vez estoy más convencida de que lo nuestro está llegando a su fin.

—¿Por qué lo dices?

—Ya no disimula nada sus aventuras con otras mujeres. No se corta ni un pelo, no cuida las formas, es como si a mí me tuviera como descanso entre cana al aire y cana al aire. Como si estuviera tan seguro de que no le voy a dejar que casi me muestra y me cuenta sus aventuras. ¿Y sabes una cosa? A mí, cada vez me cuesta más disimular. Me hago la tonta por costumbre, pero algún día, por la cosa más insignificante, la gota de agua más pequeña, hará que el vaso rebose y, al final tendremos que irnos cada uno por su lado.

Aurora no podía aconsejar a su amiga lo que ella pensaba de su relación por si su opinión era esa última gota de agua. Se limitó a sugerirla que meditara bien las consecuencias de las tres posibles alternativas que ella veía: quedarse como estaba, lo que podría degenerar y el grano convertirse en quiste y el quiste en cáncer; intentar hablarlo claramente con su pareja para dejar las cosas en su sitio y establecer condiciones de convivencia que beneficiaran a los dos y que ambos estuvieran conformes con la relación; y, por último, la situación más traumática; establecer la ruptura y cada uno iniciar una nueva vida separados.

—La verdad, tienes razón. Tengo que pensarlo bien y decidirme por una de las tres, aunque, si lo piensas, la primera y la última situación que me has descrito terminan igual. Separándonos.

—Sí, pero en la primera el proceso es mucho más largo y doloroso, me parece a mí. Mira —dijo Aurora señalando el local— cuánta fruta diferente hay en el mercado. Es verdad que unos están verdes y otros ya están pasados, pero otros tienen diferentes niveles de maduración para que haya gustos para todas.

Las dos amigas se rieron de la metáfora frutal de Aurora que al volver la vista hacia donde estaba Chuso, no lo encontró y empezó a mirar por las mesas por si le vía o veía a la rubia. Se habría marchado. La envidia volvió. Cuando llegó a casa Ezequiel ya estaba dormido y sintió remordimientos.

El restaurante La Concha se veía nuevo, casi sin estrenar, muy limpio. Acudieron los tres después de que Aurora y Ezequiel recogieran a Etelvina de la salida de misa de la iglesia de los padres franciscanos que se había alargado más de cincuenta minutos. La iglesia, aneja al convento, era una construcción inicial del siglo XIII que en la invasión napoleónica fue quemada y posteriormente reconstruida con influencias clasicistas propias de finales del XVIII. Está rodeada de jardines con árboles con varias décadas de antigüedad y muy agradables de pasear. El tiempo animaba a disfrutar del sol, por lo que a ninguno de los dos les importó la espera. Ezequiel se interesó por la salida nocturna de Aurora y por la salud de Gloria. Cuando quiso saber de qué habían hablado, ella simplemente zanjó la cuestión con un "cosas de chicas". El resto de la espera fue silenciosa. Cada uno de ellos llevaba sus propios pensamientos y los de Aurora estaban centrados, no sabía por qué, en Chuso. Desechó seguir pensando en él, lo que la llevó al caso de Miguel Ventura, donde quedaba casi como único sospechoso su hijo Jacinto que, solo o en malas compañías, podía haber asesinado o propiciado el asesinato de su padre. Además, estaba la versión del testigo que había visto entrar en la finca a alguien que bien podría haber sido el propio Jacinto al que protegería su madre y que encajaría bien con la versión de que después de llegar a su casa, el contable fuera a la empresa a comprobar lo que había pasado y a anunciar la muerte de su jefe. No descartaba que fuera el propio contable el que hubiera puesto en marcha la máquina para simular un accidente y así exonerar a Jacinto y ganar puntos delante de Virginia. Desde luego, podría ser una explicación del comportamiento de la familia protegiendo el menor de sus miembros y Luis ganándose el ser gerente o director o mandamás de Ventura Creaciones. El lunes lo comentaría con Chuso. Otra vez Chuso en la mente. Y con el comisario para interrogar a Jacinto, aunque estaba segura de que le costaría convencer al comisario de esta teoría. En esto estaba cuando Ezequiel y ella se percataron de la salida de los fieles de la iglesia y buscaron a Etelvina con la mirada.

En el restaurante una camarera les guio hasta una mesa con mantel blanco a juego con las servilletas y una pequeña maceta en el centro que contenía un ramillete de romero que emanaba un suave olor a alcanfor muy agradable. Los cubiertos de diseño en dorado, así como un bajoplato del mismo color esperaban a los comensales. Otro camarero les dejó las cartas y les tomó nota de las bebidas. Mientras Ezequiel y Aurora miraban y comentaban los platos y la forma de pedir, Etelvina paseaba la vista por el comedor fijándose en el resto de comensales sin ningún rubor, incluso haciendo algún gesto poco apropiado para la ocasión.

— Mamá, ¿qué te apetece comer? —preguntó Aurora para que su madre fijara la vista en la carta y dejara de importunar a la gente con sus gestos—.

— Lo que vosotros queráis. A mí me da igual.

— ¿Te apetece pescado? Según me han dicho, aquí lo hacen muy bien y es fresco.

— ¡Dios mío, vaya precios! —exclamó Etelvina cuando se fijó en la carta tras ponerse las gafas de cerca. Algún comensal se la quedó mirando y todos los camareros que estaban cerca de su mesa—.

— Mamá, por favor no montes un escándalo. Además, no vas a pagar tú la cuenta.

— Pero hija, ¿no te das cuenta de que por este precio os doy yo de comer una semana? Ya pueden poner romero y cuchillos de oro, ya. Imagino que por este precio podemos llevarnos los cubiertos y las servilletas, ¿no?

— Mamá, por favor te lo pido —cortó Aurora al ver acercarse al metre para tomar la comanda—.

— Buenos días, ¿qué les apetece para comer?

Aurora y su madre, después de algunas preguntas sobre la preparación de algún plato, encargaron pescado y Ezequiel pidió un solomillo Wellington con guarnición.

— ¿Les apetece algún entrante?

Aurora contestó rápida y negativamente por los tres porque a ella no le apetecía, para evitar que su madre se quejara de algo y para cerrar la posibilidad de que Ezequiel pidiera más comida.

Mientras esperaban los platos, les pusieron un poco de paté para untar en panecillos que Etelvina no probó aun sabiendo que, como le dijo Ezequiel, eso era gratis.

El resto de la comida y la sobremesa se pasó comentando entre Aurora y Ezequiel las noticias políticas sin prestar atención a los silencios de Etelvina que se moría de ganas de meter baza en la conversación, pero, cual monje cartujo, había hecho voto de silencio.

El resto de la tarde aburrida transcurrió entre la siesta, la lectura de revistas dominicales, periódicos y alguna página de alguna novela. Etelvina seguía muy callada.

Las previsiones meteorológicas para ese lunes anunciaban que una borrasca se acercaba a la ciudad y estimaban que a lo largo de la tarde llovería abundantemente. Como preludio de la tormenta, antes de que saliera el sol, ya estaba el cielo cubierto de nubes negras cargadas de agua que parecía que no querían esperar a la tarde para descargar.

Ezequiel fue el primero que se levantó para trabajar en la habitación-despacho. Revisaba las revistas científicas para conocer las investigaciones que otros colegas habían publicado y, de esa forma, estar al día de las tendencias en el campo de las finanzas en general, pero más concretamente de las nuevas líneas de investigación que incluían el sesgo de género y los problemas de sostenibilidad del sistema económico. Seleccionó unos cuantos artículos que le parecieron más interesantes y se los envió al correo electrónico a Sofía, a Germán y a sus alumnos predoctorales.

Cuando el profesor se dirigía a la cocina para prepararse el té del desayuno salió Etelvina de su habitación embutida en una bata de guata, los rulos puestos y una redecilla le cubría la cabeza. Ezequiel supuso que le daba los buenos días mientras entraba en el baño.

Mientras desayunaban, Etelvina le preguntó a Ezequiel sobre su relación con su hija, si se llevaban bien porque no entendía cómo la noche anterior había salido Aurora de fiesta y él se había quedado tan tranquilo en casa con esa pachorra de contable, si no se daba cuenta de que eso no era bueno para un matrimonio, que a saber con quién había estado hasta tan tarde Aurora.

— Mire, Etelvina, lo primero es que nosotros no formamos un matrimonio, nosotros tenemos una relación sentimental y estamos bien como estamos, así que no encizañe con lo de casarse que nos ha colocado a los dos en una situación tensa innecesaria. Lo segundo, es que yo no tengo que fiscalizar para nada a su hija, ni ella a mí. Ella y yo podemos salir juntos o por separado, quedarnos en casa o viajar solos o acompañados que como confiamos plenamente el uno en el otro no tenemos temor alguno en que eso altere nuestra relación. Lo tercero es que gracias a las dos primeras ideas que le he dicho cualquiera de los dos, si en algún momento no estamos a gusto o nos sentimos incómodos el uno con el otro, podemos, sin ningún inconveniente, planteárselo al otro y romper la relación. Y, finalmente, si a usted le parece que pasamos por una crisis, en parte, es por su presencia en esta casa que está llevándonos a situaciones que hasta ahora no habíamos contemplado.

En ese momento Ezequiel miró hacia la puerta de la cocina y se percató de la presencia de Aurora apoyada en la jamba.

—Con lo bien que ibas, cómo lo has estropeado al final —dijo mientras se daba media vuelta para meterse en el baño—.

Ezequiel fue consciente de que la última parte de su discurso a Etelvina no había sido muy afortunada.

— Esta misma tarde recojo mis cosas y me voy —dijo Etelvina mientras se levantaba y de un portazo entraba en su habitación—.

Cuando Aurora llegó a la comisaría, después de calmar a su madre para que no se fuera hasta que no se terminara la obra del pueblo y de evitar una seria conversación con Ezequiel, Chuso ya estaba en su mesa delante del ordenador con una sonrisa forzada que no le favorecía nada. Aurora recordó a la rubia del sábado noche y sospechó lo que podrían haber estado haciendo cuando se fueron del local.

Después de unos saludos fríos y de no decir nada de cómo les había ido el fin de semana, Chuso le informó de que, por fin, había contactado con el tercer amigo de Jacinto que estaba de Erasmus y que le había acompañado en la noche del Viernes Santo al Sábado Santo. Este confirmó, a regañadientes, la versión de Jacinto y, como él no tomaba drogas, podía aportar los datos que faltaban sobre el lugar de la fiesta a la que habían asistido, que efectivamente al terminar les habían dado chocolate con churros y que después habían visitado otros dos locales que iban cerrando y que él dejó al resto del grupo sobre las doce del mediodía después de comerse los cuatro una hamburguesa en el centro de la ciudad.

— Eso casi le da una coartada perfecta a Jacinto. ¿Has comprobado esos datos?

— Lo de los locales en los que estuvieron no he podido, supongo que es muy pronto para ellos, he llamado y no me contesta nadie. Espero que a lo largo de la tarde pueda confirmar si lo que dice el estudiante es correcto. Con quien sí que he hablado es con la hamburguesería que me han dicho que me enviarán la copia de las cámaras de seguridad por si aparecen y tienen las imágenes aún almacenadas y me han dado los nombres de los empleados que pudieron atender a Jacinto y sus acompañantes. Estoy pendiente de que me den los datos de contacto de los empleados para hablar con ellos.

— Buen trabajo, Chuso, aunque si esa versión se confirma, que no tengo porqué dudarlo, me desmonta relativamente una teoría que había estado pergeñando este fin de semana sobre la posible intervención de Jacinto en el asesinato de su padre.

— ¿Qué teoría es esa? —quiso saber Chuso—.

— Fácil. Jacinto solo o con sus amigos habría matado a su padre, suponía yo que por dinero y que era Jacinto el que entró por la puerta de atrás mientras estaban en la casa Luis y Virginia y que Luis había ido a la empresa a montar el paripé del accidente para ganarse a la viuda y a la familia. Si su coartada solo le cubre hasta las doce, todavía podría haber tenido tiempo de ser el responsable.

— La verdad es que no es mala teoría, pero, ¿por qué iba Jacinto a entrar por la puerta de atrás después de matar a su padre?

— Ese es un punto débil para el que no tengo explicación, aunque, si lo había hecho, quizás no quería que le vieran llegar tan tarde a casa y así tener la coartada de que estaba en su habitación mientras se cometía el asesinato o que estaba en otro lugar. Ahora que, si confirmamos la presencia de Jacinto en la hamburguesería hasta más allá de las dos y que estuvo en esos otros locales, hemos descartado a todos los familiares directos de Miguel e incluso al contable. Se me acaban las opciones de sospechosos.

Mientras los dos policías estaban en silencio dándole vueltas para encontrar un nuevo hilo del que tirar, un agente les preguntó si conocían a Maika Portocarrero. Aurora levantó la vista y le dijo que sí.

— Está poniendo una denuncia por lesiones y ha preguntado por ti —dijo el agente dirigiéndose a la inspectora—.

Aurora y Chuso fueron hasta las dependencias de denuncias y allí se encontraba la presentadora que mostraba varios moratones en el cuello, un hematoma en la cara y sangre reseca en el labio.

— ¿Qué ha pasado Maika?

— Inspectora. Esta mañana se ha presentado en casa el hijo de Miguel.

— ¿Cuál de ellos?

— Jacinto y nada más abrirle ha empezado a insultarme y a darme golpes además de destrozar todo lo que encontraba a su paso. Menos mal que el vecino ha oído las voces y me ha ayudado y ha llamado a la policía, si no creo que, a esta hora, estaría en la morgue.

— ¿Por qué ha hecho eso?, ¿qué le ha dicho?

— Supongo que es porque ya se conoce el testamento de Miguel.

Aurora preguntó a los agentes que acompañaban a Maika por Jacinto y le dijeron que estaba en la sala de interrogatorios. Al acercarse a la puerta se chocó con el comisario Rubio que salía de hablar con el detenido.

— No entres. No está en condiciones de hablar. Por lo poco que le he entendido ya tienen el testamento final de Miguel Ventura y parece que no les ha gustado mucho a la familia. Cuando se le pase el efecto de las drogas que se ha tomado y se calme un poco hablas con él.

— Si me autorizas, voy a ir a hablar con Virginia para saber qué es lo que ha desencadenado ese comportamiento de Jacinto y ver si me puedo enterar del contenido del testamento.

— Vale, pero tiento, Aurora, tiento. No quiero que el picapleitos de la familia ponga una queja.

— Eso está fuera de mi alcance, jefe. Puede que no haga nada y me ponga una queja igual. Además, me llevo a Chuso para que me controle, ¿le parece bien?

— Me parece. Andando que para mañana es tarde.

Al salir los dos policías de la comisaría el cielo empezó a descargar agua como si fuera el diluvio universal. Se empezaban a formar charcos de agua como si fueran balsas que se convertían en arroyos y luego en torrentes. Las gotas caían con tanta fuerza que, al contacto con el suelo, formaban unas grandes burbujas lo que mucha gente interpretaba como que iba a estar lloviendo mucho tiempo.

Aurora y Chuso se empaparon los bajos de los pantalones entre la puerta de entrada de la verja de los Ventura-Altozano hasta la puerta del edificio donde les esperaba la conocida doméstica asiática a la que no se le borraba la media sonrisa de la cara. Al llegar Aurora y Chuso preguntaron por Virginia y, sin decir nada, y con una carrerita de pasos cortos y acelerados se retiró la asistenta que regresó rápidamente con un par de toallas para que se secaran los policías. Ambos quedaron mirándose y agradeciendo el gesto.

Mientras devolvían las toallas y le daban las gracias hizo su aparición Virginia a la que acompañaba su hija Marta, las dos con evidentes gestos de preocupación.

Después de los saludos, Marta se despidió alegando que tenía una reunión en la empresa y llegaba tarde. Virginia acompañó a los policías hasta el salón habitual de las entrevistas con Aurora. El olor a humedad que venía del jardín empapaba el aroma a hierba mojada y a una mezcla de sensaciones florales que Aurora no supo identificar pero que le resultaba muy agradable. Seca y directa, Virginia preguntó por las razones que los habían llevado a los policías hasta allí.

— Su hijo Jacinto está en comisaría detenido por una agresión —dijo Aurora sin paños calientes—.

La expresión de la cara de Virginia mostraba, por primera vez, sorpresa, preocupación e incredulidad. La inspectora interpretó que no se lo esperaba, lo que significaba que ella no sabía nada del altercado de su hijo, aunque no era la primera vez que le comunicaban que su hijo se había metido en una reyerta.

—Si me permiten, llamaré al abogado para que le asista inmediatamente —dijo la matriarca de la casa levantándose y saliendo del salón hacia algún lugar de la casa en el que tuviera el móvil para contactar con el letrado—.

Los dos policías se quedaron solos en el cómodo salón y, mientras Chuso consultaba el móvil, Aurora veía llover en el jardín y pensaba que, como siguiera así, la familia se ahorraría agua de riego. El cielo no presentaba signos de querer clarear y empezaba a soplar un viento que haría más incómodo caminar bajo la lluvia y no digamos ya protegerse con el paraguas.

Como ya era habitual, Virginia se presentó de nuevo en el salón sin que los visitantes la oyeran llegar.

—Les agradezco la información, pero no era necesario que se molestaran en venir hasta aquí para decírmelo. Con una llamada hubiera bastado.

—Es que también queríamos hablar con usted del contenido del testamento —se adelantó Chuso a Aurora que la sorprendió el que quisiera llevar el peso de las preguntas. Le dejó hacer—.

—¿Qué es lo que quieren saber del testamento? Aunque, supongo, que su contenido es privado y no tengo ninguna obligación de facilitarles las últimas voluntades de mi marido.

Aurora veía que Chuso no sabía salir del enredo en el que le había metido Virginia. Así que tomó el testigo de las preguntas.

—Doña Virginia, usted sabe igual que yo que el testamento es un documento público y que se puede obtener una copia del mismo alegando interés legítimo. Y qué mayor interés puede haber que esclarecer quién fue el asesino del testador.

Virginia se levantó, se ausentó sin dar más explicaciones y regresó con una carpeta que entregó con un gesto nada amigable a Aurora.

La inspectora empezó a leer el documento que contenía la carpeta y, en un momento dado abrió mucho los ojos, lo que interpretó Chuso como que algo le había sorprendido.

— Veo —dijo Aurora— que, por lo que dice el testamento y lo que se desprende de su contenido, su marido ha dejado un tercio de sus bienes a Maika Portocarrero y dos tercios a sus herederos legales, es decir, a sus cuatro hijos.

— Efectivamente. Miguel ha dejado a su familia la legítima y a una …. —Virginia trataba de encontrar la palabra adecuada— … aprovechada artista, el resto.

A Aurora no le pasó desapercibido que para Virginia su marido ya no era don Miguel, si no únicamente, Miguel. Le acababa de bajar del pedestal despojándole del aura de respeto que había manifestado hasta ahora.

— Es decir que, según el testamento —quiso aclarar Aurora ante el rostro interrogador de Chuso, para que supiera de qué estaban hablando—, sus hijos reciben el tercio legal o legítima y el tercio de mejora, mientras que la señorita Portocarrero recibe el tercio de libre disposición.

— Así es, mis hijos y los hijos de mi marido, reciben cada uno de ellos la mitad de lo que recibe la artista.

—Es una periodista, no una artista. Quien da las noticias por la televisión no se convierte en artista —puntualizó Aurora—.

—Lo que usted diga —zanjó Virginia—.

—Ahora entendemos las razones que han llevado a Jacinto a agredir a la señorita Portocarrero. No le han sentado bien las últimas voluntades de su padre.

—¿Mi hijo ha agredido a esa señora?

Aurora sentía que Virginia estaba perdiendo la compostura. Se estaba desmoronando la imagen de control que hasta ahora había ofrecido.

—Y gravemente —puntualizó Chuso—. Las lesiones que presenta Maika son graves al haberlas recibido en la cara, que es algo fundamental en su trabajo, como puede suponer.

—Desde luego no apruebo el comportamiento de mi hijo, pero ustedes tienen que entender que el testamento de mi marido nos ha puesto a todos muy nerviosos y a mi hijo pequeño más debido a la medicación que está tomando.

—Podemos entenderlo todo, doña Virginia, pero la agresión está fuera de lugar y, lógicamente, tendrá consecuencias —anunció la inspectora—.

—Para eso están los jueces y los abogados, pero tienen que entender que, en este caso, hay circunstancias atenuantes, aunque no disculpo el comportamiento de mi hijo. Si hacen el favor le piden perdón a esa señorita de mi parte.

—No, doña Virginia. Pídaselo usted directamente.

Los policías se despidieron de la anfitriona y protegiéndose con el chubasquero que llevaban se fueron al coche.

—Vaya palo para los hijos —comentó Chuso nada más montar en el asiento del copiloto—. Supongo que esperarían recibir el veinticinco por ciento de la herencia cada uno de ellos y ahora se tienen que conformar con poco más del dieciséis y medio por ciento.

—Sí. Es un buen móvil para agredir a Maika y además …

Aurora abrió la carpeta que le había entregado Virginia y que no le había devuelto y señalando con el dedo le aclaró a Chuso que Miguel Ventura había dejado escrito que sus hijos recibirían el tercio de la legítima y el de mejora a partes iguales.

—Ya, pues eso, el dieciséis con seis por ciento.

—Puede ser menos —dijo la inspectora—, si Maika decide tener el hijo que espera de Miguel y se demuestra que es hijo suyo ya que en el testamento se nombra a sus hijos en general, no se especifica que solo reciban la herencia sus actuales hijos.

—En ese caso sería menos del catorce por ciento. Jacinto se pondrá como una moto. Si con el testamento ha zurrado a Maika, como se entere de que tiene que compartir su parte con un hermanastro se la carga.

—No me imaginaba yo un comportamiento tan agresivo de Jacinto. O, por lo menos, no hasta ahora. No se había manifestado violento.

—Porque casi le hemos descartado de la muerte de su padre, pero si no figúrate que hubiera matado a su padre por la herencia creyendo que recibiría una cuarta parte y ahora ve reducirse la tarta a la mitad.

—Ya. Desde luego es un tema a considerar.

—¿Cómo piensas que van a reaccionar el resto de los hijos?

— Supongo que son más civilizados e intentarán invalidar el testamento con alguna argucia legal o tratarán de dilatar en el tiempo que Maika pueda acceder a la herencia. Se juegan mucho dinero y es una familia con muchos contactos y, al fin y al cabo, estamos en una ciudad de provincias.

La mente de Aurora no paraba de darle vueltas al posible culpable de la muerte de Miguel y a que, si ese culpable era de la familia, podría haber conocido el contenido del testamento antes de que fuera público. Lo que parecía claro es que, con los nuevos datos, la familia se alejaba de la culpabilidad por temas económicos y, en cambio, se acercaba más a Maika. Aurora se seguía resistiendo a considerarla culpable. No daba el perfil.

Chuso la tocó suavemente el hombro para que volviera del viaje mental por el que discurría la inspectora. Tenían que ir a hablar con Rubio. Aurora sonrió a Chuso, arrancó y se dirigieron a la comisaría.

El comisario no estaba contento, antes de que llegaran a sus mesas ya les había llamado para que, de forma inminente, se presentaran en su despacho. Mientras subían Aurora le pidió a Chuso que apoyara sus argumentos, que luego se lo explicaría. El subinspector asintió.

Al entrar, el comisario no dejó hablar a la inspectora, sin tregua les dijo que tenían que ir cerrando la investigación, que se acabaron los descansos y los fines de semana, que, a partir de ahora, se trabajaba veinticuatro-siete. Que se pusieran las pilas o les quitaba el caso. Rubio no dejaba que ninguno de sus dos subalternos pudiera replicarle.

Ante el asombro de los dos policías, el comisario les enseñó la edición digital de uno de los diarios de mayor difusión de la provincia donde el titular ya lo decía todo "La policía es incapaz de encontrar al asesino de don Miguel Ventura". El resto del artículo repasaba los hechos ocurridos el Sábado Santo, recogía algunos testimonios del personal de la empresa y citaba que fuentes cercanas a la familia mostraban su desconsuelo al observar cómo la policía les hostigaba a ellos en vez de buscar al verdadero culpable.

Aurora y Chuso miraban y leían el texto de forma trasversal sin creerse lo que ponía y en la delicada posición que el artículo dejaba a la policía. Aurora reconocía que el enfado del comisario estaba más que justificado.

— A ver, contadme qué tenéis hasta ahora y qué actuaciones inmediatas pensáis llevar a cabo. Y qué pruebas tenéis de todo ello.

Aurora fue la que contestó al ser la responsable de la investigación. Habló con miedo.

— Comisario. En primer lugar, quería agradecerle su apoyo al asignarme este caso. Mi primer caso como inspectora. Le agradezco su confianza. En segundo lugar, debo decir que pruebas físicas tenemos pocas o ninguna. Solo conocemos la autopsia y ni siquiera hemos encontrado el objeto con el que golpearon a Miguel Ventura. Incluso la máquina donde quisieron simular el accidente no presentaba, según la científica, resto alguno. En tercer lugar, los testigos hemos de reconocer que son pocos y algunos podríamos decir que muy débiles. El vigilante de la urbanización de la familia Ventura-Altozano, al que le extrañó que Miguel llevara una pulsera, lo que nos da pie a considerar que no era él el que conducía su vehículo, al no encontrar por ningún lugar ese objeto, aunque tampoco podemos afirmar que no fuera él. Tenemos también al hijo del vecino de la urbanización que cree que vio a alguien entrar esa tarde en la finca por la puerta trasera, aunque no está seguro del día y casi ni de la hora. En cuarto lugar, si hablamos de los posibles móviles que hubieran tenido las personas cercanas a Miguel, con el contenido del testamento esto da un giro ya que quien parecía alejada de haber cometido el crimen se nos presenta ahora con más números para ser la responsable, aunque casi toda la familia Ventura podría tener más razones para hacer desaparecer a Miguel. En quinto lugar, están las coartadas que inicialmente parecía que nadie tenía pero que poco a poco todos los posibles implicados han ido corroborando y hemos ido comprobando. Solo nos quedan cuatro: el contable y la viuda que, si no mienten, estuvieron juntos en la residencia de Miguel, Jacinto tiene, aproximadamente, una hora sin que sepamos dónde estuvo y Maika que, parece ser, estuvo sola en casa esperando la llegada de su amante. Puede ser algo débil la coartada del hijo que hasta hace unos días nadie se la respaldaba y ahora un alumno universitario que está en Lituania dice que estuvieron juntos.

— ¿Cuál es vuestra teoría de cómo han sucedido los acontecimientos? —preguntó el comisario mucho más calmado después de oír la sincera exposición de Aurora—.

— Tenemos dos posibles teorías en las que nos vamos a centrar a partir de ahora —Chuso abrió los ojos ya que no habían comentado nada entre ellos de esas dos supuestas teorías. Recordó la petición de la inspectora para que le apoyara e hizo un gesto de asentimiento cuando el comisario dirigió la mirada hacia él—. Las dos teorías se basan en que alguien ha mentido. La primera y a la que le damos un porcentaje más alto de verosimilitud es que a Miguel Ventura le mató su hijo Jacinto y por tanto su amigo universitario miente. Suponemos que para proteger al amigo que paga las copas. Es raro que el resto de la pandilla diga que no se acuerden de nada y el letón, en cambio, le exonere totalmente.

—¿Cómo lo hizo Jacinto?

—Creemos que siguió a su padre hasta la empresa o este le recogió por el camino y en la empresa lo mató y llamó a su madre que estaba con el contable y entre los tres idearon tapar el crimen como un accidente. En esta teoría es Jacinto el que entra por la puerta de atrás, cuenta a su madre y al contable lo ocurrido y, para evitar la detención y el escándalo, Luis va a la empresa simulando buscar a su jefe y monta el teatrillo. Mete a Miguel en la máquina que previamente ha manipulado para que no se detenga y llama a emergencias. Mientras Jacinto y su madre convencen a los amigos de este para que declaren que han estado toda la mañana dando vueltas por la ciudad.

—Desde luego, es creíble y posible. ¿Pero dónde está el arma homicida?

—Luis pudo deshacerse de ella en cualquier sitio de regreso al domicilio de Miguel cuando fue a comunicar su fallecimiento a Virginia.

—El problema es que no tenemos ninguna prueba física que sostenga esta teoría, ¿verdad?

— No —tuvo que reconocer Aurora mientras Chuso volvía asentir con cara de circunstancias—. Y, además, no logro explicar por qué no aparecen los documentos que Miguel fue a buscar a la empresa ni quién conducía el vehículo de Miguel cuando salió de la urbanización y que saludó al vigilante llevando una pulsera en la muñeca.

— Pudo haberse equivocado y no era una pulsera y era un reloj que brillaba mucho, por ejemplo —aportó Chuso mientras revisaba la carpeta con la lista de los objetos que se habían hallado y recogido del lugar de los hechos—. Veis que aquí dice que se encontró un reloj metálico destrozado por la acción de los rodillos.

—Así y todo, me parece un crimen de ocasión demasiado elaborado. Me rechina. No logro compraros esta teoría —dijo el comisario negando con la cabeza y levantándose y fijando la mirada en el edificio de enfrente—.

— Pues, si no le gusta esta, tengo otra. Soy como Groucho Marx, si no le gustan mis principios, los cambio.

— A ver, tira —animó el comisario—.

— En esta teoría ya adelanto que tampoco tenemos pruebas y solo intervienen dos actores. Veamos. Miguel Ventura llega a casa después de haber estado toda la noche con Maika Portocarrero y le suelta a su mujer que se quiere divorciar y que se va a vivir con su amante. Se produce una discusión y Virginia mata a su marido en su casa. Llama a Luis para que con la promesa de hacerse con la dirección de la empresa le ayude a simular el accidente. En este caso, Luis llega al domicilio, recoge a Miguel, que ya está muerto, lo lleva a la empresa y lo mete en la máquina previamente manipulada. Después regresa andando, entra por la puerta trasera y simula ir a ver que le ha pasado a su jefe. En esta teoría encaja que el que saluda no era Miguel y, además, Luis tiene una pulsera en la muñeca izquierda. No aparecen los papeles porque nunca los ha habido y todos los hijos tienen coartada porque no han intervenido.

— No veo a Virginia Altozano matando a su marido.

— Yo tampoco —reconoció la inspectora—.

— En esta teoría tampoco podemos justificar por qué Luis espera en la garita del guarda hasta las doce simulando una inexistente reunión con su jefe cuando, según la teoría, Miguel ya estaba muerto —apuntó Chuso—.

— Ya, se me había pasado ese detalle. Que Luis estuvo como un cuarto de hora esperando a que dieran las doce hablando con el guarda. Además, la hora de la muerte que ha establecido el forense no encajaría con esta teoría.

—Os dais cuenta de que en las dos teorías que me decís, Virginia y el contable tienen un papel principal, más en la segunda que en la primera. Basáis las dos en que ellos han mentido. ¿No estaréis equivocando el tiro? ¿Y si fue alguien de la empresa que estaba por allí, por alguna razón Miguel le sorprendió, se produjo un forcejeo, lo mató y, como sabe manipular la máquina lo mete dentro? Pudo ser un empleado o un ladrón.

— En esa teoría, ¿cómo encaja la persona que entra por la puerta de atrás en casa de Miguel? —preguntó Chuso—.

—¿No decís que ese testigo no es muy fiable?

— ¿Y lo de la pulsera? —apuntó, en este caso, Aurora—.

—El reloj, como en la primera teoría vuestra. Y lo demás, casualidades.

Los tres se quedaron pensando hasta que el comisario, con un gesto brusco, se volvió a sentar en el sillón y les conminó a valorar la tercera vía, o a no descartar a Maika Portocarrero como beneficiaria del testamento. Insistió en que buscaran pruebas que interrogaran a más miembros del personal de la empresa, en definitiva, a salir del despacho y a ponerse a trabajar para aclarar, lo antes posible, quien o quienes fueron los responsables de la muerte de Miguel Ventura. No quería más artículos de prensa donde dejaran entrever la ineptitud de la policía, aunque, en su fuero interno, reconocía que este caso era complicado al no aparecer ninguna evidencia física y afectar a una familia a la que no se podía apretar en un interrogatorio.

Capítulo 13. Regularización

A Aurora y a Chuso ya se les había pasado la hora de la comida y, aunque casi no tenían hambre, fueron a una cafetería cercana para tomar algo y engañar al estómago.

— ¿Qué opinas de seguir la línea del personal de la empresa que nos ha recomendado el comisario? —le preguntó Chuso a Aurora mientras le daba un mordisco a un bocadillo de calamares enfundado en servilletas de papel—.

Después de pensárselo unos segundos mirando el cuarto de cerveza que le quedaba en el vaso y al resto del bocadillo que había pedido Aurora, reconoció que en sus dos teorías había fallos y que ninguna le acababa de gustar del todo, pero que la teoría del comisario Rubio no la veía factible. Se basaba en la posible casualidad de que Miguel se hubiera presentado en la empresa cuando dentro estaba uno de sus empleados o un ladrón que, para empezar, debería de tener llaves porque la puerta no estaba forzada, que le sorprendiera haciendo algo ilegal o que empezaran a discutir y que lo matara. Y, en ese caso, ¿para qué montar la escena de la máquina?, se preguntaba la inspectora.

— Pudiera ser que no tuviera llaves, que le estuviera o estuvieran esperando fuera —argumentó el subinspector—.

— ¿Y qué hacía fuera de la empresa un empleado un Sábado Santo?

— Tienes razón. No tiene sentido.

— De todas formas, encárgate de buscar a empleados despedidos por si alguno tiene antecedentes

violentos o pudiera encajar en ese perfil —le ordenó Aurora a Chuso sin mucha convicción—, más que
nada por hacerle caso al comisario.

—¿Y qué hacemos con Maika?

— Mira, chico, me arriesgo. Estoy segura de que
no tiene nada que ver con el asesinato de su novio.
Así que esa vía la dejamos aparcada, de momento. Si
no conseguimos nada en la familia ni en los empleados, me lo pensaré.

—Tú mandas.

Cuando regresaron a la comisaria ya había dejado de llover, aunque la temperatura había descendido cuatro o cinco grados. Se pasaron la tarde, uno
revisando los listados de personas despedidas en el
último año de Ventura Creaciones y la otra repasando todos los informes por si se les había pasado algo
importante por alto.

Aurora preguntó en la oficina de denuncias qué
había sucedido con la que Maika había puesto sobre
las lesiones de Jacinto y le informaron de que se había personado el abogado de Jacinto y que el juez le
había dejado libre con cargos a la espera de juicio y
con una orden de alejamiento de Maika.

Si en vez de Jacinto Ventura Altozano hubiera sido
otra persona con otros apellidos y hubiera tenido sus
mismos antecedentes, la inspectora estaba segura de
que, al menos, una noche hubiera dormido en el calabozo como escarmiento, pero los apellidos, en este
caso, pesaban mucho. Estos comportamientos de fa-
voritismo a Aurora le reconcomían por dentro.

Ya habían encendido las luces de las calles cuando
Aurora y Chuso decidieron dar por terminada la jornada. El subinspector intentó, otra vez, acercarse a

Aurora proponiendo ir a tomar una cerveza y lo que surgiera, pero a la inspectora le vino a la mente la joven rubia con la que le había visto el sábado. Renunció a la cerveza y a lo que surgiera alegando la visita de su madre. Se despidieron hasta el día siguiente. A Aurora le gustaba la insistencia del subinspector. Era un halago para ella.

Mientras subía por las escaleras hasta el cuarto, porque el ascensor estaba averiado, Aurora le daba vueltas a las posibles situaciones que se podía encontrar en casa. Ninguna le gustaba. Al llegar lo primero que le asaltó a Aurora fue el silencio. Sin embargo, fue la oscuridad que envolvía el piso lo que la puso en alerta de que la situación no era ninguna de las pronosticadas por ella. Había previsto ruido, conversaciones altas, la televisión vomitando imágenes y a Ezequiel quejándose del comportamiento de su madre y a su madre despreciando a Ezequiel. Así que con pasos cuidadosos fue revisando las estancias vacías hasta que entró sin llamar en la habitación que ocupaba Etelvina. En un primer momento no la distinguió y solo cuando un ligero movimiento a su izquierda la alertó, intuyó, pese a la falta de luz, a su madre sentada en una silla murmurando entre dientes alguna oración.

— ¿Qué haces ahí a oscuras? —dijo Aurora mientras encendía la luz lo que hizo parpadear a su madre y bajar la cabeza denotando la molestia que el gesto de su hija había provocado en su madre—.

— Rezando.

La voz seca, dura, casi aguardentosa asustó un poco a la inspectora que se fijó en que las manos de su madre, además del rosario, sujetaban una botella de anís que contenía una proporción mayor de aire que del líquido dulzón.

— Mamá, ¿estás borracha?

— No digas tontería, hija. Estoy rezando porque la vuelta al pueblo me va a suponer un disgusto por tu culpa. No sé con qué cara voy a presentarme allí. Y no quiero pensar lo que estará pasando tu padre.

Aurora no entendía de qué estaba hablando su madre hasta que, después de tratar de consolarla y de animarla a que le contara lo que había pasado y de negarse en redondo en los dos primeros intentos, al final, Etelvina le soltó con rabia que la culpa era de la inspectora que era una metomentodo, que tiraba la piedra y escondía la mano, que era muy bonito acusar en la distancia pero quienes iban a sufrir las consecuencias eran ellos que vivían allí y que todos los días tendrían que ver la cara de sus vecinos. Al mentar a sus vecinos, Aurora recordó que ella había avisado para que la Guardia Civil investigara un posible caso de violencia contra las mujeres por parte del vecino de sus padres. Cuando Aurora quiso saber qué había pasado, su madre se negó en redondo a contar nada de lo que su marido le había dicho. Y, aunque insistió, no sacó más que reproches y quejas por parte de su madre con motivo de la denuncia. Así que Aurora llamó a su padre.

— Hola papá. ¿Qué ha pasado con los vecinos que mamá no deja de quejarse por mi denuncia y no me cuenta nada?

— Hola hija. Yo estoy bien. Y los vecinos están como siempre. Tu madre es una exagerada.

No es que su padre, de siempre, fuera muy explícito. Era directo e incluso podríamos calificarle de tacaño con las palabras. Su conversación era directa como una flecha a la diana, sin circunloquios ni florituras. Y, casi siempre, decía más de lo que expresaba. Con el saludo y las tres frases había recriminado a su hija que no se había interesado por él, lo que estaba feo por parte de una hija, que la denuncia no había prosperado y que seguramente el vecino seguiría maltratando a su mujer y, con la tercera frase, su padre definió de forma acertada a su madre.

— Perdona que no te haya preguntado. ¿Qué tal te encuentras?

— Bien.

— ¿Fue la Guardia Civil a casa de los vecinos?

— Sí. Se llevaron al marido, pero su mujer no quiso poner la denuncia.

— ¿Y ya está?

— Sí, los dos volvieron a casa juntos.

— Es asombroso. Luego, cuando ocurra una desgracia, dirán que es que nadie podía suponer que se llegara a un final tan trágico.

— Uno de los guardias me dijo que, si volvía a sospechar que le había pegado, que les avisara. Ahora la mujer no presentaba ninguna lesión.

— ¿Y lo vas a hacer?

— Sí.

— ¿Cuándo terminas la obra?

— Pronto.

— Vale. Adiós papá. Un beso.

— Otro para ti.

— Sois tal para cual —dijo Etelvina—. Desde luego no sois conscientes, ni tu padre, ni tú de las consecuencias de vuestros actos. Piensas que será fácil cruzarse por la calle o en la tienda de ultramarinos o en la iglesia con el vecino y que sepa que tú le has denunciado sin pruebas de nada de que maltrataba a su mujer. Eh, ¿crees que será fácil?

— Papá y tú, ¿no creéis que es mejor esta denuncia que dentro de un tiempo tuvierais que enterrar a tu vecina porque a su marido esa vez se la había ido la mano? Siempre te oí decir que era mejor prevenir que curar. Pues estoy previniendo.

En ese momento se oyó la puerta de la calle y a Ezequiel entrando. Aurora aprovechó para salir de la habitación de su madre.

A Ezequiel no se le escapó la cara de enfado que mostraba Aurora y trató de acercarse a ella con la única intención de intentar ayudarla. Quiso saber la razón del disgusto que mostraba la inspectora, si estaba relacionado con el caso de Miguel, con la visita de su madre o era él la razón del gesto duro, de los movimientos bruscos y del tono cortante que tenía ella.

— Es por todo —gritó Aurora a Ezequiel—, estoy hasta las narices de todos.

La puerta del baño sonó como el fin de un acto en una obra de teatro. Ezequiel no entendía qué era lo que le pasaba a Aurora, pero intuía que la convivencia entre los dos empezaba a tener vías de agua que no sabía taponar. Desde luego, no era el mejor momento para comunicarle que había aceptado una estancia en una universidad canadiense para impartir un curso sobre finanzas durante tres meses, más cuando el periodo iba a coincidir con las ya programadas vacaciones de los dos, vacaciones estivales, lo que suponía tener que cancelar el viaje a la playa. No le iba a gustar nada a Aurora. Se cambió de ropa para estar más cómodo en casa y, aunque preguntó a través de la puerta qué quería para cenar, no obtuvo respuesta. Así que él se preparó una tortilla de queso con jamón sazonada con hierbas provenzales acompañada de embutido variado y pan para acompañar.

Pasaban varios minutos de las cinco y media de la madrugada cuando el móvil de Aurora despertó a todos los ocupantes del piso. Después de hablar durante un par de minutos y de anotar en una libreta una dirección, Aurora se metió en el baño, se vistió y cuando iba a salir, Ezequiel quiso saber qué era lo que pasaba para tanta urgencia.

— Ha aparecido muerto uno de los hijos de Miguel Ventura —dijo Aurora mientras cerraba la puerta a la vez que veía a su madre asomándose en el marco de la habitación que ocupaba con la cara somnolienta y el cabello despeinado. Esa noche no se había puesto los rulos—.

La céntrica calle donde había aparecido el cuerpo sin vida de Jacinto Ventura parecía una discoteca silenciosa por la presencia de coches patrulla de la policía, de ambulancia y de vehículos camuflados con todas sus luces estroboscópicas iluminando las últimas horas de la madrugada nocturna y cortando la nula circulación que había en ese momento.

La policía científica se estaba ocupando de recoger muestras y de fotografiar la escena mientras Aurora se informaba de lo que había pasado en el portal al resguardo de la fina lluvia que caía y de los ojos curiosos de los pocos vecinos que se atrevían a asomarse a las ventanas o a abrir las puertas de sus casas. Alguno, como siempre, grabando lo que sucedía en la calle para tener, quizás, un minuto de gloria y reconocimiento en algún programa de televisión o con sus contactos.

Un agente uniformado estaba informando a Aurora de que a las cuatro y siete minutos habían recibido un aviso del vecino del tercer piso de que estaba oyendo una fuerte discusión con golpes y voces durante más de media hora y que no le dejaban dormir. A las cuatro y veinte una patrulla se personaba en el piso y mientras el denunciante explicaba que hacía apenas cinco minutos una persona había salido dando un portazo, el otro agente observó que del piso salían huellas con manchas de lo que parecía sangre. Llamaron y al no recibir contestación alguna intentaron entrar al considerar que se había producido algún tipo de delito. Pudieron acceder por la terraza y vieron que en la cocina había un hombre en medio de un charco de sangre. Le intentaron reanimar mientras llamaban a una ambulancia, pero todo fue inútil. Cuando llegaron los sanitarios solo pudieron certificar su muerte. Uno de los sanitarios reconoció a la víctima como Jacinto Ventura. El agente llamó al comisario que le ordenó que avisara a la inspectora. Era todo lo que sabía en ese momento.

Aurora le preguntó si el testigo estaba seguro de que la persona que había salido del piso donde se encontraba Jacinto era un hombre o una mujer y qué aspecto tenía.

—El testigo no está seguro y no puede dar una descripción porque miraba a través de la mirilla de la puerta. Dice que no era ni alto ni bajo, ni gordo ni delgado y que llevaba una gabardina cara. Supone que era un hombre, pero …

— Pues con esa descripción tenemos claro ya quien es el asesino sin ningún género de duda —tiró la inspectora de ironía—.

En ese momento Aurora vio acercarse al portal bajo un paraguas a Chuso con cara de sueño y gesto de cansancio. Después de que la inspectora le informara de lo poco que sabían decidieron buscar una cafetería abierta mientras dejaban hacer su trabajo a los compañeros técnicos. No les fue fácil encontrar café recién hecho, la única cafetería abierta estaba a más de dos manzanas y ellos eran los primeros clientes. Mientras lo tomaban y empezaban a funcionarles las neuronas y la claridad del día se imponía a la noche, empezaron a hacer conjeturas.

— ¿Esta muerte estará relacionada con la de su padre? —abrió Chuso la caja de las preguntas mientras mojaba una magdalena en la taza del café solo—.

— Estoy casi segura. Sería mucha casualidad que hubiera otro motivo para esta muerte.

— Podría ser un tema de drogas.

— No creo que Jacinto utilizara este piso como lugar para trapichear o colocarse está muy céntrico y alejado de la zona chunga. Por cierto, hay que averiguar de quién es el piso y porqué estaba en él Jacinto. Además, descarto lo de las drogas porque el testigo afirma que la persona a la que vio salir iba bien vestida.

— Vamos, que no tenía pinta de drogadicto. Eso es un prejuicio que a veces no se ajusta a la realidad

—este comentario no le sentó nada bien a Aurora—. ¿Y un robo? Digo por descartar.

— Tampoco lo creo. De todas formas, los colegas de la científica nos lo confirmarán en unas horas. Supongo.

— Lo que no acabo de ver —siguió razonando Chuso—, es cómo encaja este muerto con el caso Miguel Ventura.

— Ya. A mí no me hace gracia que ayer Maika le denunciara por lesiones y hoy aparezca muerto y que el testamento lo tengan que repartir con ella.

— Ahora le toca más a la familia, ¿no?

— Depende —aclaró la inspectora—. Si Jacinto no ha hecho testamento todo lo que le correspondía heredar a él pasa a su madre al no tener descendientes conocidos. Y, si testó, su madre se lleva dos tercios y el otro pudo dejárselo a quien quisiera. No creo que Jacinto hubiera hecho testamento. No encaja con su forma de actuar. Pero nunca se sabe. Sorpresas te da la vida.

A media mañana, los compañeros les avisaron de que podían acceder al piso. La tercera planta del céntrico edificio estaba compuesta por dos inmuebles. Donde se encontraba Jacinto era un estudio de no más de cincuenta metros cuadrados distribuidos en un salón con cocina americana donde se había hallado el cuerpo desangrado, un amplio dormitorio y un baño minúsculo. Desde el dormitorio y el salón se accedía a una terraza que casi podía considerarse una habitación más. No había signos de pelea, estaba todo bastante ordenado a excepción de la cama que mostraba evidencias de haber sido usada.

— También pudo ser una pelea de enamorados —comentó Chuso a Aurora señalando la cama deshecha—.

— Podría ser, pero veo pocas posibilidades a esa teoría. A Jacinto no se le conocía pareja sentimental fija.

El jefe de la policía científica se acercó a Aurora y a Chuso y les mostró el arma homicida que, según pudo comprobar, correspondía a un juego de cuchillos que había en la cocina y unos documentos que se habían encontrado encima de la mesa baja del salón. Los papeles llevaban el logotipo de un banco. Aurora les hizo una foto con el móvil y le envió el documento a Ezequiel por correo electrónico preguntándole si esos papeles encontrados en el piso podrían ser los informes bancarios que Miguel Ventura iba a recoger a la empresa el Sábado Santo para poder cerrar la contabilidad de Ventura Creaciones del año pasado.

Al llegar a comisaría ya era casi mediodía, pero Aurora y Chuso decidieron ir a hablar con el comisario Rubio para contarle las primeras impresiones y las tres alternativas que habían estado estudiando.

— A primera vista, desde luego, me cuadra que, por lo que parece de cómo está el piso, la opción de que este asesinato esté relacionado con el de su padre gana muchos enteros. Así que os encargáis vosotros también.

Aurora no tenía claro que esa asignación fuera buena para ellos dos ya que consideraba que lo que iba a suponer era una carga extra de trabajo y precisamente no era tiempo lo que les sobrara. De buenas a primeras, lo que inicialmente iba a ser un simple accidente, se había convertido en un doble asesinato en una de las familias con más abolengo de la ciudad.

Mientras la inspectora y el comisario estaban comentando este segundo asesinato, una agente le entregó un papel a Chuso. Aurora se le quedó mirando por si tenía relación con lo que se traían entre manos. Chuso comentó que ya se sabía quién era el propietario del piso donde había aparecido Jacinto, al constar como su domicilio habitual la casa de sus padres en la urbanización. El inmueble era propiedad de Ventura Creaciones S.A.U., como el piso en el que vivía Miguelito. Aurora recordó que sería otro activo no corriente como le había explicado Ezequiel y podría tratarse del picadero que utilizaba Miguel Ventura para llevarse allí a sus ligues. Los dos policías asintieron a la suposición de la inspectora. En un alarde de generosidad, el comisario invitó a Aurora y a Chuso a comer.

Ezequiel no vio el correo de Aurora hasta que regresó a la Facultad por la tarde después de comer en casa con Etelvina unas judías verdes con jamón que le habían sabido exquisitas, aunque un poco picantes para su gusto. Al sentarse en el despacho y ver en el correo un mensaje de Aurora se inquietó temiendo algo malo. Cuando abrió el documento se relajó y, después de analizarlo contestó a la pregunta que le planteaba la inspectora. El documento recogía el cuadro de amortización de un préstamo a largo plazo, pero, ni el capital pendiente con vencimiento en el próximo ejercicio, ni el resto de capital pendiente total coincidían con la partida que se recogía en el balance a treinta y uno de diciembre del ejercicio anterior. Sólo con ese documento, le explicó el profesor en la contestación, no podían utilizarlo para hacer la regularización y cierre del ejercicio económico. Además, el documento tenía en la parte inferior la fecha y la hora en la que había sido impreso y reflejaba febrero de ese mismo año, más de un mes y medio anterior al asesinato de Miguel. Ezequiel aprovechó el correo para explicar a Aurora, adelantándose a su pregunta, que la regularización contable correspondía a las operaciones que se realizaban en la contabilidad para obtener el resultado de la actividad de la empresa, esto es, el beneficio o la pérdida del ejercicio, para ello se revisan las cuentas de ingresos y gastos, se ajustan las existencias y los productos terminados y semiterminados, se prorratean los gastos e ingresos correspondientes a cada ejercicio, se estiman las posibles pérdidas que se denominan provisiones y depreciaciones, se contabilizan las amortizaciones que son las pérdidas de valor de los activos que figuran en el balance y se procede a calcular el importe de los impuestos a pagar. El cierre es otra operación en la que las partidas del balance se ponen a cero una vez registrado el beneficio o la pérdida obtenida de la regularización. Así, en la contabilidad, quedan todas las cuentas saldadas.

Cuando Aurora leyó la larga contestación del profesor le parecía todo muy sospechoso e intrigante y todo estaba muy relacionado con el contable. A ver si desde el principio tenía razón Ezequiel y el responsable era Luis. El documento del banco ¿estaba en el piso desde febrero o lo habían llevado después? Si estaba allí desde el principio se desmontaba la versión de Luis y Virginia en la que Miguel fue a la empresa a por esos documentos. ¿Querían implicar a Jacinto en el asesinato de su padre? Decidió no compartir estas ideas con Chuso hasta que las hubiera desarrollado mejor. Había dejado de llover y el día empezaba a despejar. Estaba en estas cavilaciones cuando el comisario Rubio la llamó para que le acompañara a dar la noticia a la madre de Jacinto antes de que se enterara por la prensa, aunque los dos estaban seguros de que los medios digitales ya habían dado la noticia, pero era su obligación.

En esta ocasión no les abrió la asistente asiática sino la hija mayor, Elena, que ya mostraba signos evidentes de un nuevo duelo con los ojos llorosos, un pañuelo de papel en la mano que recogía las lágrimas si bien el traje pantalón negro lucía impoluto sobre una blusa blanca que se veía un poco en la zona del cuello y los puños. A Aurora le pareció que estaba muy elegante y apropiada para el caso.

Los dos policías pasaron al amplio salón donde se encontraban el hijo mayor, Miguelito, el yerno de Virginia, Pelayo y la propia matriarca de la familia. Después de dar el pésame a todos los integrantes y de asegurarles que pondrían todos los medios policiales disponibles a la tarea de esclarecer los trágicos acontecimientos que habían derivado en la muerte de Jacinto, fue el médico, Miguel Ventura hijo quien preguntó si había alguna pista de quién podría ser el responsable de la muerte de su hermano. El comisario llevó el peso de la conversación explicando que, de momento, estaban recogiendo muestras y huellas del piso los miembros de la policía científica, que habría que hacer la autopsia al cadáver y analizar si las dos muertes en la familia estaban relacionadas.

— Su hermano frecuentaba a personas poco recomendables y eso puede ser una variable a tener en cuenta y que su muerte se produzca justo después de la muerte de su padre podría ser una simple coincidencia, aunque en la policía creemos poco en ese tipo de concurrencias. Las amistades con las que se veía su hermano no ayudan.

— ¿Tienen ya una idea clara de quién fue el responsable de la muerte de mi padre? —preguntó, en este caso, Elena—.

Para contestar a esta pregunta, el comisario cedió la palabra a la inspectora que les comentó que habían avanzado, aunque muy lentamente, en descartar a la mayoría de la familia cercana de Miguel Ventura y mintió diciendo que tenían una clara pista de cómo se habían desarrollado los hechos que tenían que verificar y que esperaban resultados concluyentes en los próximos días o semanas. Ella, les dijo, estaba convencida de que los dos asesinatos estaban relacionados y que cuando se aclarara uno el otro se resolvería rápidamente.

En el coche, de regreso a la comisaría, Rubio y Aurora comentaron que les resultó extraño que Virginia no había abierto la boca ni para protestar ni para exigir celeridad ni para nada. Aurora le llegó a decir al comisario que, a diferencia de en la muerte de su marido, en esta sí le había afectado anímicamente. Se la notaba dolida, sorprendida, incluso angustiada.

— Entonces quieres decir que se alegró de la muerte de su marido.

— Más que alegrarse —aclaró Aurora—, yo diría que no la extrañó o que no la sintió tanto. También es verdad que conociendo a su marido y sabiendo lo calavera que era, lo mujeriego y que, según algunas fuentes, desde el nacimiento de Jacinto, no mantenían encuentros íntimos, supongo que su muerte le podía afectar más al bolsillo que a los sentimientos.

— ¡Qué bruta eres, Aurora!

— Esa es la impresión que me ha dado a mí las veces que he hablado con ella. Y solo he tenido que comparar con su reacción ante la muerte de su hijo. Aunque puedo entender que se sufra más con la muerte de alguien a quien has parido que la de otro al que te has unido para una convivencia.

— Los que no tenemos hijos no podemos ni imaginarnos cómo puede ser el dolor de ver morir a un hijo.

— Más cuando le han matado de forma violenta y tan joven.

— Si puedes, acércate al Anatómico Forense para meterles prisa con la autopsia. No creo que nos digan nada que nos sorprenda, pero por si las moscas …

A Aurora el encargo le cayó bien esperando que el análisis lo tuviera que hacer su amigo Javier Casasola. Así que dejó al comisario a la entrada de la comisaría y dirigió sus pasos al aburrido edificio sede del Instituto Anatómico Forense.

La alegría con la que recibió Javier a Aurora contrastaba con el estilo espartano, frío, minimalista y feo del edificio en general y de la sala de autopsias en la que se encontraba trabajando el forense. El saludo mutuo, seguido de dos besos, esta vez no al aire, si no en el carrillo, cerca de la comisura de los labios, favoreció el acercamiento entre la desgarbada vestimenta de la inspectora y el verde traje quirúrgico que vestía el médico.

— Como sigas viniendo tanto por mis dominios voy a pensar que favoreces los asesinatos para venir a verme.

— No te ilusiones. Espero que en una temporada no tenga que volver a visitarte en estas estancias. Preferiría verte en un bar o en un sitio más agradable.

— Me debes un café con churros del caso anterior y, si ahora me vas a pedir más favores, la cuota sube. ¿Qué te parece una buena cena, en un buen restaurante, preludio de una noche loca?

— Pero si todavía no te he pedido nada. Aunque no descarto lo del restaurante sí que elimino de la ecuación la noche loca.

— Bueno, vale. Te llamo un día y quedamos.

— Venga, sí. Pero agilízame el informe de este que tienes ahí tumbado. ¿Qué puedes adelantarme?

El doctor Casasola, mirando al cuerpo sin vida de Jacinto, le dijo a Aurora que había muerto por un apuñalamiento con un objeto cortante en el corazón. El cuchillo que le habían traído coincidía con la herida producida. El atacante tuvo buena puntería porque no es fácil alcanzar el corazón, así como así. Presentaba alguna herida defensiva leve en la palma izquierda que suponía el forense se debía a intentar parar el golpe, pero se desangró en el acto.

— ¿Hora de la muerte?

— Entre las cuatro y las cuatro y media de la mañana. Si encuentras por la calle a alguien con manchas oscuras en el pecho o en la cara o en los brazos, detenlo. Tienes muchas opciones de que sea el asesino.

— ¿Por qué lo dices?

— Tuvo que salpicar mucho en el momento de sacar el cuchillo. Había mucha sangre en la escena.

— Entonces, ¿confirmas que el cuchillo es el arma homicida?

— Sí, pero, según me han dicho no tenía huellas así que el asesino o llevaba guantes o la limpió antes de dejarla en el escenario del crimen.

— ¿Algo más que añadir y que me sirva?

— He mandado analizar la orina, el pelo y la sangre para curarme en salud sobre las posibles drogas que tomaba Jacinto. Según me dijeron era un asiduo de los ambientes contaminados de sustancias poco recomendables.

— Has hecho bien. Te pueden aparecer todo tipo de drogas. Como siempre, cuando tengas el informe preliminar, me avisas para estar preparada y cuando tengas reservada la mesa, quedamos.

— Cuenta con ello. Con las dos cosas —le dijo el forense mientras guiñaba un ojo a Aurora que ya salía por la puerta.

Cuando Aurora llegó a la comisaría ya no había sol y Chuso la abordó con el listado de llamadas del móvil de Jacinto. Puso el foco en las emitidas y recibidas en las últimas veinticuatro horas. A la inspectora y al subinspector les llamó la atención una con su madre de más de veinte minutos la tarde del asesinato y una posterior con Luis, el contable. Lo que más tenía eran mensajes con sus colegas y alguno con un camello muy activo y muy listo que no se dejaba atrapar.

Chuso apostaba por un asesinato con un móvil en las drogas. Alguna operación que había salido mal o uno de sus colegas colgados que se hubiera enfadado con él. Las reacciones de la droga eran tan imprevisibles que cualquier nimiedad desencadenaba una reacción violenta injustificada y alejada del sentido común.

Aurora, en cambio, no descartaba que esa muerte tuviera relación con la de su padre, aunque reconocía que no tenía mucho sentido y no acababa de ver el nexo, sobre todo, después de conocer el contenido del testamento. Y, por supuesto, se negaba a considerar a Maika como responsable cuando era una de las más beneficiadas, así que se fue convenciendo, poco a poco, de las tesis de Chuso. Las drogas parecían ser las responsables.

Cuando llegó a casa, su madre y Ezequiel empezaban a cenar.

— Ezequiel tiene una sorpresa para ti —fue el recibimiento con el que se encontró Aurora por parte de su madre—.

La cara de sorpresa del profesor era todo un mapa de expresiones. Entre disculpas y quitándole importancia a la noticia, Ezequiel le dijo a Aurora que había conseguido entradas para un concierto de música de cámara que esa noche interpretaba composiciones de la Alta Edad Media en el auditorio de la ciudad. Explicaba Ezequiel que las había conseguido recurriendo casi a la reventa.

Aurora no tenía el cuerpo para música clásica y menos para melodías tan antiguas, así que, su primera reacción fue decirle que estaba muy cansada, que tenía entre manos dos asesinatos y que qué pensarían los familiares si la vieran divirtiéndose en un concierto. Los músculos de la cara de Ezequiel que habían expresado hasta ahora alegría, se iban relajando hasta mostrar una cara seria, de enfado, mientras Etelvina asistía expectante a la reacción de su hija.

— Después dices que no nos divertimos juntos. Que no tenemos aficiones comunes, que no coincidimos y cuando te propongo hacer algo juntos, lo rechazas.

— Ezequiel, puedes entender que no es el mejor momento para divertirnos, como ya te he dicho, ni es la ocasión propicia para hablar de esto —dijo mientras señalaba con la cabeza en dirección a su madre que no se perdía detalle y que daba la impresión de que se lo estaba pasando como si estuviera viendo una película—.

— Y tú —se dirigió, casi gritando, la inspectora a su madre—, ¿cuándo acabáis la obra de una vez?

— Si te molesta que os esté visitando, lo dices y me marcho, aunque sea a una pensión —contestó Etelvina—.

Aurora se dio cuenta, en ese momento, de que la situación se le había ido de las manos, que se había excedido con los dos, pero, en vez de reconocer su error, se fue a su habitación, cerrando con un portazo que sonó como la explosión de una bomba dejando un cráter en la relación con su madre y su compañero sentimental.

Ezequiel y Etelvina se quedaron paralizados viendo cómo Aurora se encerraba sin saber si se ponían a cenar, si iniciaban una conversación o si ellos también tenían que encerrarse.

No había pasado ni media hora del incidente doméstico cuando Aurora salió de la habitación vestida con una falda larga plisada en un tono crudo, con bolsillos laterales y cintura ancha. La blusa a juego con la falda era blanca con cuello en uve y manga abullonada donde destacaban dos grandes botones. El conjunto había dormido en el armario de Aurora desde hacía más de un año sin haber visto la luz. Se lo había comprado en un arrebato de euforia en una salida de compras con Las Chicas de Oro y nunca había encontrado la ocasión para estrenarlo. Rompía el conjunto unos botines negros sin tacón poco apropiados o simplemente, feos. Era lo que había.

Al verla Ezequiel no dejaba de mirarla de arriba abajo con la boca abierta dejando un libro sobre el sofá en el que estaba sentado.

— ¿No tenemos que ir a ese concierto? ¿A qué esperas para cambiarte? O vas a ir con esa facha.

Era la forma que tenía Aurora de pedir disculpas. Rápidamente Ezequiel fue a cambiarse al dormitorio, mientras Aurora iba a hablar con su madre que ya estaba haciendo la maleta

— Lo siento mamá. No tienes que irte a ninguna pensión. Últimamente estoy muy nerviosa y no sé lo que digo. Perdóname.

—La verdad es que hoy he hablado con tu padre y parece ser que la obra está casi acabada, así que tendré que volver para ayudarle a limpiar y a colocar las cosas porque él es un desastre y si le dejo solo puede tirar lo que no debe y colocar todo según su criterio para que yo no encuentre nada. Así que, sin que tú me dijeras lo que me has dicho, yo ya había decidido volver al pueblo mañana.

Aurora abrazó a su madre y salió de la habitación mientras oía que le preguntaba si, por fin, iba a ir con el contable soso de su novio al concierto ese que parecía tan aburrido.

— No lo estropees mamá, déjalo como está.

Antes de entrar en el auditorio pasaron por el bar Celona para comer un bocadillo de jamón con una cerveza. Ezequiel se manchó de grasa la camisa por lo que tuvo que llevar abotonada la chaqueta todo el tiempo. Aurora, durante la interpretación, se aburrió soberanamente y no hacía más que mirar el móvil para ver los mensajes que enviaban sus amigas y los diferentes grupos de *chats* en los que estaba, hasta que vio un correo electrónico del forense Javier Casasola en el que simplemente le ponía que el resultado de los análisis de toxicología no aportaba nada que no esperaran. Todo tipo de sustancias que la gente tomaba para, se suponía, pasárselo bien. Pero, por lo demás, nada extraño. En el descanso del concierto, Ezequiel quiso llamarle la atención por no dejar de mirar el móvil y, con el correo del forense en la pantalla, ella se excusó de que era algo importante del trabajo.

Al terminar el concierto que a Ezequiel le pareció estupendo con una realización e interpretación sublimes, regresaron a casa cogidos del brazo. La noche estaba fresca y Aurora se refugiaba en el cuerpo del profesor.

Ezequiel no quiso romper el encanto del momento diciendo a Aurora que se iba de estancia y que tenían que cancelar las vacaciones de verano. ¡Qué necesidad había de estropear lo que preveía como una posible velada romántica y sensual!

Capítulo 14. Cierre

A la mañana siguiente, que amaneció despejada y con un sol que cada vez calentaba más y se dejaba sentir con más fuerza, Aurora llegó a la comisaría antes que Chuso para comprobar la geolocalización del móvil del contable después de haber recibido la autorización del juez encargado del caso. Se sorprendió al comprobar que, a la hora del asesinato de Jacinto, Luis se encontraba en la zona. Así que nada más que vio entrar al subinspector, sin dejar que se sentara en su mesa, le dijo que tenían que ir hasta la residencia de Luis a ver si aún no había salido para la empresa.

El piso del contable estaba en una nueva zona recién urbanizada con abundantes zonas verdes aún sin desarrollar y destinada a un nivel de vida medio-alto, aunque bastante inferior a la casa de los Ventura-Altozano o de Miguelito o incluso inferior al piso donde se había encontrado el cadáver del menor de los Ventura.

Luis ya estaba preparado para salir hacia la empresa cuando Aurora y Chuso llamaron al timbre. Al entrar tanto Chuso como la inspectora empezaron a fijarse en los detalles del piso amplio que ocupaba el contable. El recibidor, que hacía de distribuidor, aunque no era muy grande tenía colgado un espejo que daba una inicial profundidad al espacio además de servir para un último retoque antes de salir a la calle. A la izquierda había una habitación poco amueblada incluso se podría decir que con escasos muebles al ocupar el centro un simple canapé con una cama no muy ancha. Las paredes estaban pintadas de un tono granate oscuro poco visto. Enfrente estaba un salón amplio que daba a la calle de acceso. Aurora se fijó más tiempo de lo que se consideraría un vistazo en unos cuadros de fotografías subidas de tono que mostraban a dos hombres en diferentes posturas haciendo el amor. Ante la sorpresa de la inspectora, Luis explicó que pertenecían a un fotógrafo con un gran talento y que dentro de poco triplicarían su valor. Los policías vieron otro par de habitaciones al fondo a las que no accedieron ya que Luis les invitó a pasar a la cocina que se encontraba a continuación del salón, a la misma mano, y que también tenía una terraza que daba a la calle. El contable invitó a un café a los policías que los dos aceptaron con un bizcocho de yogur y limón que, según Luis, había hecho su hermana.

Antes de empezar a preguntarle, los dos policías alabaron el aroma del café arábica que estaban tomando y elogiaron el sabor suave y no excesivamente dulce del bizcocho.

— ¿Dónde se encontraba usted entre las cuatro y las cinco de la mañana cuando asesinaron a Jacinto Ventura?

La inspectora, fiel a su estilo, directa, sin rodeos ni circunloquios que retrasaran la información importante.

— Creo recordar que a esa hora estaba de copas por la zona donde le asesinaron.

— ¿Un lunes por la noche? ¿Tiene alguien que confirme su coartada o puede decirnos en qué bares o garitos entró para comprobarlo? —preguntó esta vez Chuso contagiado del estilo directo de su jefa—.

— Pues, la verdad es que no. Salí a ver si ligaba y muchos locales, que no garitos, subinspector, estaban cerrados. Así que estuve dando vueltas y sobre las cinco y media llegué a casa solo y desilusionado por no conseguir compañía para pasar la noche.

—¿Quién cree usted que pudo asesinar a Jacinto?

— Inspectora, con la vida que llevaba ese chico, cualquiera. Un yonqui, un camello, alguien a quien debiera dinero, vaya usted a saber.

—Jacinto, ¿tenía deudas?

— Muchas y muy a menudo. Les podría decir que era el gasto más importante de salida de efectivo que don Miguel tenía que realizar. Los vicios de su hijo pequeño eran muy caros. Fiestas, invitaciones de amigas, viajes a conciertos o quedadas para colocarse. Drogas de todo tipo y condición, así como periodos de desintoxicación que su padre tenía que hacer frente con la máxima discreción posible. Supongo que desde que su padre falleció, las deudas a Jacinto se le han ido acumulando y alguien se ha dejado llevar por la ira.

— Es difícil de creer que un acreedor pueda matar a quien le debe dinero ya que, desde ese momento sabe que nunca va a cobrar y usted, como contable, eso lo debería de tener muy claro. Si le hubieran dado una paliza podría ser verosímil, pero un asesinato por esa causa, no.

—Quizás se les fue la discusión de las manos y en un arrebato el acreedor le clavó un cuchillo. O pudo ser un aviso para otros posibles deudores. Eso nunca se sabe.

—¿Cómo sabe que murió por una cuchillada?

— Creo que lo he leído en las redes sociales que estos días no paran de hacer conjeturas sobre si los dos miembros de la familia asesinados están relacionados.

— Y usted, ¿piensa que están relacionados? —preguntó Chuso—.

— Yo creo que no. Lo de don Miguel parece muy preparado y lo de Jacinto me parece una chapuza.

— ¿Conocía usted a alguno de esos acreedores de Jacinto? —Aurora insistía en la vía de las deudas que había abierto el contable—.

— No, por dios. Yo no me relaciono con esa gentuza. Yo me dedico a la contabilidad. Mi mundo son los balances.

— ¿Recuerda algo más que pueda ayudarnos a resolver este o el otro asesinato?

— Siento decirles que no y, ahora, si me perdonan, tengo que ir a atender los asuntos de Ventura Creaciones que no pueden esperar. Como pueden comprender me debo a esa familia.

— Por supuesto.

Los dos policías abandonaron el piso del contable de Ventura Creaciones con la sensación de que Luis con medias mentiras y medias verdades quería jugársela. Aurora le contó a Chuso lo que le había dicho el forense sobre cómo había muerto Jacinto de una puñalada en el corazón con uno de sus cuchillos de cocina. Chuso propuso detener a Luis por saber el dato del apuñalamiento no revelado, pero Aurora le convenció de que cualquier abogado le sacaría del calabozo en un santiamén sin pruebas. Tendrían que conseguir una orden para registrar el piso del contable a ver si encontraban algo de sangre de Jacinto. Y le explicó que la versión de porqué estaba en la zona era buena y que, seguro que había varias cámaras que le habían grabado deambulando en busca del ligue que les había dicho y, si era medianamente inteligente, antes de estar con Jacinto, seguro que había tomado alguna copa en algún local. De todas formas, le dijo a Chuso que lo comprobara. Ella reconoció que estaba segura de que Luis era el responsable de la muerte de Jacinto.

— Y ahora, ¿qué hacemos? —preguntó Chuso—.

— Remover el avispero. Estoy convencida de que los dos asesinatos están conectados. Así que vamos a molestar a la avispa reina a ver cómo reacciona.

— ¿Se lo comentamos al comisario?

— No. Esta vez me la juego.

— Cuenta con mi apoyo por si las cosas se ponen difíciles en la comisaría.

Chuso tenía en mente la última bronca que les había caído por no avisar al abogado de la familia y, aunque entonces, se había asustado un poco, ahora reconocía que el comisario no era tan fiero como quería aparentar. Seguro que un buen rapapolvo les caía.

Aurora trasladó a su tableta los datos del forense sobre el asesinato de Jacinto y las impresiones que había valorado Chuso y ella.

"Jacinto: cuchillada en el corazón. Todo tipo de drogas.

Posibles sospechosos si es por drogas: camellos, colegas o acreedores

Posibles sospechosos si no es por drogas: **Luis** o Maika"

Al llegar a la urbanización de los Ventura-Altozano el vigilante saludó a Chuso con la mano nada más reconocerlo. Aparcaron a la puerta de la finca y entraron directamente al comprobar que la puerta peatonal estaba abierta. El jardín seguía luciendo espléndido. Se notaba que la fuerza del sol en esa más que mediada primavera estaba mejorando la apariencia de las distintas flores, setos y daba un intenso verde al césped que cubría gran parte del suelo. Tuvieron que llamar a la puerta del edificio y, para sorpresa de Aurora, tampoco, en esta ocasión, les franqueó la puerta la empleada asiática. Algún día tenía que preguntar a la familia de qué país procedía. Esta vez fue Marta la que les dejó entrar y los acompañó hasta el salón donde sus otros hermanos supervivientes hacían compañía a Virginia, ahora sí, rota de dolor que lloraba silenciosamente mientras sus hijos la intentaban consolar con frases hechas que no conseguían su objetivo. Al igual que el día anterior, Aurora notó a Virginia muy afectada.

La inspectora y el subinspector pidieron hablar a solas con Virginia después de reiterar el pésame al resto de la familia. A Miguelito, el hijo mayor, no le hizo gracia que su madre se quedara sola con los policías y aunque manifestó su disconformidad, el silencio de su madre le fue convenciendo de que a ella no le importaba que la interrogaran.

Fue Aurora la que, al quedarse sola con Virginia la preguntó directamente qué pensaba ella que había pasado para que Jacinto estuviera muerto.

— Eso tienen ustedes que decírmelo, no yo.

La contestación de Virginia añadía un componente de amargura a su tristeza.

Cuando Chuso preguntó si Jacinto tenía enemigos, Virginia negó con la cabeza y fijó la vista en el suelo. Aurora aprovechó para preguntar si sabía que tuviera deudas. También, en este caso negó en silencio.

Aurora aprovechó su silencio para explicarle las dos líneas de investigación que pretendía seguir.

— Por un lado, tenemos que considerar que las dos muertes de la familia no tienen relación entre sí. En este caso, los asesinos han de ser personas diferentes y nos centraríamos en el mundo de las drogas para encontrar al responsable de la muerte de su hijo.

La mirada de Virginia sobre Aurora era fría cuando fijó los ojos en los de la inspectora. Aunque no le gustaba tenía que reconocer que su hijo frecuentaba ambientes nada recomendables.

— Y, en el caso de que consideremos que las dos muertes están relacionadas, el responsable es alguien cercano a la familia.

Virginia seguía en silencio llenando de mocos el pañuelo que estrujaba en la mano izquierda. Aurora volvió a preguntar.

— Virginia, ¿el Sábado Santo usted estuvo todo el tiempo con Luis, el contable de la empresa?

Aurora quería aprovechar la supuesta debilidad de Virginia. Quería poner en duda la coartada que, para el asesinato de Miguel, se daban mutuamente, ella y el empleado.

— ¿Qué está usted insinuando?

— No insinúo, pregunto. Si usted perdió de vista en algún momento al contable pudiera ser que él saliera de la casa y fuera la persona que nuestro testigo vio entrar por la puerta de atrás.

Por un momento se paró el duelo en el rostro de Virginia y cuando parecía que se iba a dar por vencida, se recobró, se incorporó en el asiento y volviendo la frialdad a su mirada negó con la cabeza.

Aurora y Chuso se relajaron en el sofá que ocupaban frente a Virginia y decidieron dejar de presionarla. Dándole las gracias por haberles atendido, reiterando las condolencias por el último fallecimiento y deseando que no hubiera más desgracias en la familia, los dos policías abandonaron el domicilio de los Ventura-Altozano con el firme convencimiento de que la clave para el esclarecimiento de los dos asesinatos la tenía la esposa y madre de los fallecidos.

En comisaría le explicaban al comisario Rubio su teoría sobre el asesinato de Miguel.

— Estamos convencidos —dijo Aurora mirando a Chuso y luego al comisario— que Luis y Virginia, de alguna manera, son cómplices en el asesinato de Miguel. Que Miguel y Luis salieron del domicilio de los Ventura en el coche de Miguel. Que conducía Luis. Así se explica que el vigilante de la urbanización viera en la muñeca del conductor una pulsera.

— ¿Y para qué fueron los dos a la empresa?

— Para rematar los informes contables que tanto Luis como la mujer dicen que iban a hacer en casa. Lo lógico sería que se fueran a la empresa que es donde tenían todos los datos para el cierre contable. Lo que no podemos explicar es lo que pasó en la empresa. Es posible que fuera un accidente o que en una discusión Miguel resultara malherido o incluso que Jacinto o alguno de sus amigos intervinieran para pedir dinero o que pasara un conjunto de casualidades que diera con Miguel muerto. Para tratar de encubrir su muerte simulan un accidente en la máquina. Por mucho que Luis fingiera que no sabía encenderla, es una persona inteligente y no me cuadra que no tuviera esa capacidad. Después Luis vuelve a casa de Miguel para informar a su mujer. Lo que apoyaría la teoría de que Jacinto estaba implicado es la actitud de Virginia en este asesinato. Trata de proteger a su hijo.

— Aunque cogido con pinzas podría ser una posible explicación de la muerte de Miguel. ¿Y qué pasa con la de Jacinto?

— Aquí todavía lo tenemos más verde o menos maduro, como veas. Puede ser un tema de drogas o siguiendo con mi teoría imagina que Jacinto quiere confesar y Luis se lo quita de en medio.

— Me estás diciendo que el contable fue directamente o indirectamente responsable de los dos asesinatos.

— Sí.

— Tenga en cuenta, señor —intervino Chuso— que el móvil del contable estaba dentro del radio de acción del domicilio en el que mataron a Jacinto en el momento de su muerte.

— Pero me habéis dicho que él ha justificado su presencia en la zona.

— Recorriendo las calles en busca de un bar abierto. No se lo cree ni él.

— ¿Estáis seguros de que el contable está implicado?

Los dos policías se miraron entre sí y, al unísono, respondieron afirmativamente al comisario Rubio.

— ¿Y el móvil de Luis para los dos asesinatos?

— En el primer caso pudiera ser que echar mano a la caja o que Miguel le apartara del dinero negro —dijo Aurora—.

— Que Jacinto iba a confesar —complementó Chuso—.

— De acuerdo. Mañana traéis al contable y le presionáis a ver si confiesa. Este caso se está alargando demasiado y se acabaron los paños calientes y el guante de seda. Aurora tienes carta blanca y mi apoyo.

— Gracias, comisario.

Ya era tarde cuando salieron de trabajar y esta vez fue Aurora, que se encontraba eufórica por el apoyo del comisario, la que propuso a Chuso tomar una cerveza para celebrarlo. Con una sonrisa ladeada, el subinspector aceptó. Aurora fue consciente de lo que estaba pensando Chuso, aunque ella en realidad lo que pretendía era fijar los criterios y premisas con los que iban a presionar a Luis al día siguiente.

Para las cafeterías ya era tarde y para los bares de copas era demasiado pronto. La tasca a la que entraron estaba decorada como un grasiento taller de motos que lucía en sus paredes placas de los logotipos de famosas escuderías: Ducati, Yamaha, Honda, Harley-Davidson, ...

Las cervezas que pidieron no eran buenas, pero eran grandes y el ambiente carente de clientes invitaba a hablar susurrando, más cuando lo que tenían que decirse no podía trascender. Según Aurora porque afectaba a los casos que estaban investigando y, según Chuso, porque suponía que tendría un aspecto personal e íntimo. El subinspector se sorprendió cuando Aurora le preguntó cómo plantearía él el interrogatorio de Luis.

— ¿No puedes dejar el trabajo por un momento y relajarte un poco? Últimamente te veo tensa, estresada, diría que hasta triste. Esta tarde con Virginia saltaban chispas.

— Esa mujer me alucina, su comportamiento me saca de quicio, me supera y, a la vez, la admiro. Su seriedad, su hieratismo, su actitud de estar por encima del resto de los mortales me pone nerviosa. Es como si nunca hubiera cometido un desliz y estoy segura de que su participación por acción, encubrimiento u omisión en el asesinato de su marido fue imprescindible. Bien para protegerse ella, bien para proteger a su hijo o para asegurarse el cocido. Esta tarde, por un momento, pensé que se derrumbaría, que nos aclararía algo de lo que ocurrió. Pero lo superó y volvió a aparecer la esfinge que siempre muestra.

— Repósalo. No puedes dejar que te supere. ¿Qué tal en casa con tu madre? —Chuso cambió de tema para ver si así se olvidaba del trabajo—.

— Entre regular y mal. Mi madre y yo nunca hemos tenido una relación empalagosa de madre-hija. Cuando era pequeña la respetaba demasiado y ella nunca me mostró un amor almibarado. Ojo, no digo que no me quiera, pero a su manera. Además, chocamos en el tema religioso. Ella es de misa diaria y yo no piso una iglesia por si es la antesala del infierno. En eso me parezco más a mi padre. Y para rematar vivo en pecado con Ezequiel que no le gusta un pelo y a él solo le gustan de mi madre, los guisos. Así que mejor retrasar la llegada a casa. Y tú, ¿qué me dices de tu vida personal?

— ¿Yo? Yo vivo solo porque no me queda más remedio. El zulo …

— ¿Vives en un sótano?

— No. Es una quinta planta, pero no tendrá más de veinticinco o treinta metros. Así que procuro estar fuera la mayor parte del tiempo para que la vecina cotilla de enfrente no se quede mirando lo que hago. Me da mal rollo. Así que, en cuanto llego a casa bajo los estores para no verla. Además, como solo sé cocinar con el microondas procuro comer lo menos posible en casa.

—¿No tienes a nadie esperándote allí o en otro lugar?

— Si lo que me preguntas es si estoy con alguien, no. Ya tendré tiempo de atarme.

— No hace mucho te vi con una jovencita de buen ver.

— Sería mi hermana —dijo Chuso queriendo cortar esa conversación—.

— Ya, tu hermana. Y yo soy la madre abadesa.

Aurora vio que la conversación no los llevaba a ninguna conclusión interesante. Así que propuso retirarse y que cada mochuelo fuera a su olivo. Esta expresión no la había oído nunca Chuso, pero interpretó que se habían acabado las confidencias personales entre ellos por esa noche.

Mientras Aurora llegaba a casa iba pensando que ella se había abierto mucho más que Chuso del que seguía sin saber nada y menos. Al abrir la puerta se tropezó con dos bolsas atadas. Supuso que eran de su madre. Así que entró en la habitación que ocupaba y lo primero que vio fue la maleta encima de la cama a medio hacer. Etelvina apareció por detrás, viniendo del baño.

— ¿Qué pasa mamá?

— Mañana por la mañana, en el primer coche de línea, me marcho.

— ¿Ya acabó papá la obra?

— No lo sé, pero yo me marcho.

— Tan mal estás aquí.

— Para estar todo el día sola y cuando hay alguien es el muermo de contable ese que no me dirige la palabra y lo único que hace es comer los pucheros que hago para ti y que ni siquiera te dignas a probar. Para eso estoy mejor con el pan sin sal que es tu padre al que ya estoy acostumbrada. Aquí no tengo amigas y el otro día quise entablar una conversación con tu vecina y no nos entendimos.

— Claro, mamá, es noruega y solo habla inglés.

— Pues eso, que me voy.

— Como quieras. ¿A qué hora sale tu coche para acercarte a la estación de autobuses?

— No hace falta que te molestes. Cojo un taxi.

— Mamá, acabemos bien la visita.

— A las nueve y veinte.

— Vale. Te acerco yo.

— Mejor, porque encima el contable ese que duerme contigo no sabe ni conducir.

Aurora la dejó por imposible y fue a la habitación-despacho a preguntar a Ezequiel si ya había cenado.

— Sí, tu madre y yo ya cenamos hace rato. Podías habernos avisado de que llegabas tarde. Tienes algo de cena que sobró en el frigorífico.

El comentario de Ezequiel la molestó. Le dio la sensación de que quería controlarla y, aunque en el fondo reconocía que tenía algo de razón y con un poco de cargo de conciencia por haber pasado la última hora y media con Chuso tomando una desagradable cerveza, atacó.

— No pude llamarte. Estaba trabajando y se me fue el santo al cielo.

— Déjalo. Hoy tenemos que celebrar que mañana se marcha tu madre y podremos continuar con nuestra vida normal.

— Cómo que celebrar. Que mi madre se marche no es motivo de celebración para mí. Además, me dice que te has comportado como un glotón mal criado y mal educado.

Ezequiel se calló asumiendo la crítica de Aurora que en ese momento vio encima de la mesa un billete de avión.

— ¿Te vas a algún congreso?

— No.

Ezequiel consideraba que no era el mejor momento para esa conversación, pero no le quedó más remedio que explicarse.

— Me voy de estancia tres meses a Canadá, a la Universidad de Montreal.

— ¿Cuándo?

— De mediados de junio hasta mediados de septiembre. Entre que termina este curso y empieza el siguiente.

— ¿Y las vacaciones que tenemos programadas?

— Hay que cancelarlas.

Aurora se quedó sin habla, con la vista fija en Ezequiel que no se atrevía a mirarla a la cara. No quería ver la expresión de extrañeza. No quería enfrentarse a la mirada de hielo que en ese momento dirigía la inspectora al profesor. Después de unos segundos interminables para los dos, Aurora tomó una decisión.

— Está bien. Si tú no puedes ir conmigo a la playa ya encontraré a alguien que quiera.

— Puedes ir con una de las chicas de oro.

—Iré con quien me dé la gana. Y, desde luego, a ti no te interesa quién será mi acompañante.

—Es una oportunidad única para mi carrera y, total, perdernos unos días en la playa no es tan grave, me parece a mí. Además, podrías acompañarme durante tus vacaciones y conocer Canadá.

—A mí no se me ha perdido nada en Canadá.

—Mujer, era por estar juntos. No te enfades.

—No estoy enfadada. Estoy molesta y no por perderme o no unos días en la playa. Lo estoy por haberme ocultado tu estancia.

—Te lo estoy contando ahora y hasta esta semana no me han comunicado la aprobación de la bolsa de viaje en la universidad. Así que antes no tenía nada que contarte y con la visita de tu madre y lo poco que te veo, se me pasó.

—No me vengas con tonterías. Has tenido que leer la convocatoria, has tenido que preparar una memoria o un proyecto o lo que coño hagáis en la universidad. Seguro que te lo han tenido que aprobar en el Departamento o en la Facultad o en el Rectorado o donde cojones os lo autoricen, lo has tenido que enviar y es posible que incluso te hayan pedido que subsanaras algún defecto. Te lo han aprobado y varios días después de tener los billetes me dices que es culpa de mi madre el que no me lo hubieras contado.

—Los billetes me los han enviado hoy.

Ezequiel quería justificarse, pero seguía sin mirar a la cara a Aurora.

—¿Qué le has hecho a mi madre que se quiere ir mañana para el pueblo?

—Yo no le he hecho nada. Ha sido ella la que más incordia con la televisión o la radio o con las ganas de conversación cada vez que estoy en casa.

—Ya sé que no le has hecho nada, solo faltaba. Ni le has dicho nada. Pareces un crío que está de morros, pero, en cambio, bien que te gusta la comida que prepara mi madre.

—Aurora, reconoce que estábamos mejor cuando ella no estaba.

—Eso no lo sé. Pero ella no deja de ser mi madre y esperaba de ti más ayuda y comprensión. Ahora no quiero seguir con esta conversación. Mañana hablamos, no quiero tomar una decisión hoy de la que me pueda arrepentir mañana.

La inspectora salió de la habitación despacio, cerrando suavemente la puerta y contando hasta veinte apoyada en la pared del pasillo. Reconocía que la llegada de su madre había desestabilizado la convivencia en casa, pero no se esperaba el comportamiento infantil de Ezequiel. Reconocía que ella no se había comportado de forma adecuada con su madre, que no se había ocupado de atenderla desde que llegó, que podía haber pasado alguna tarde con ella, haber ido a tomar un chocolate con churros que tanto le gustaban a Etelvina. Reconocía que había exagerado la reacción con Ezequiel cuando se dio cuenta del viaje a Canadá. Reconocía que la estancia de tres meses del profesor en el extranjero no era tan grave. Reconocía que lo que le había enfadado no era el viaje, era que no se lo hubiera contado, que no le dijera que había pedido una bolsa de viaje, que no hubiera contado con su opinión, que sabiendo que tenían las vacaciones contratadas, aunque como tenían cancelación gratuita no había problema, pero que, por sus narices ella se iba a ir en julio a la playa. Lo deseaba y le apetecía sentir el calor en su cuerpo y disfrutar viendo el mar mientras se tomaba una cerveza bien fría. Reconocía que se estaba hartando de Ezequiel y no sentía remordimientos.

Luis Sánchez, contable de Ventura Creaciones se presentó en la comisaría con Santiago Izquierdo, el abogado más famoso y caro de la ciudad. La reunión con la policía no iba a ser sencilla ni fácil y la inspectora y el subinspector tendrían que ir con pies de plomo para no saltarse la más mínima norma ni podrían presionarle excesivamente. Al llegar a la sala de interrogatorios tanto Luis como su letrado vestían traje y corbata, contrastaban con el atuendo informal de Aurora que, para variar, ese día llevaba una camisa blanca de florecitas con cuello italiano abrochada hasta el último botón y pantalón de tela recto negro, mientras que Chuso se presentó con una sudadera de diseño y unos vaqueros de pitillo. Todo muy informal.

Aurora inició el interrogatorio manteniendo la mayor distancia y corrección posible.

— Señor Sánchez, ¿mantiene usted su declaración sobre dónde se encontraba el Sábado Santo entre la una y las cuatro de la tarde? —arrancó la inspectora—.

El abogado del contable intervino para dejar constancia de que ellos habían accedido al interrogatorio voluntariamente en el transcurso de la investigación de la muerte de Jacinto Ventura, no de su padre don Miguel Ventura.

— Los dos asesinatos están relacionados, abogado.

Intervino Chuso tratando de atajar la verborrea de Santiago el abogado mientras la inspectora asentía al comentario de su compañero.

— Señor Sánchez, no me ha contestado a la pregunta.

— Sí. Mantengo que estuve en el domicilio de don Miguel y doña Virginia en esa fecha y entre esas horas. Lo puede atestiguar doña Virginia.

— Señor Sánchez, ¿mantiene que no salió en ningún momento de la finca de don Miguel Ventura hasta las cuatro de la tarde? Le recuerdo que tenemos un testigo que asegura haberle visto entrando en la finca entre esas horas.

— El testigo se equivoca de día, o de hora o de persona.

— Me está usted reconociendo que alguna vez ha entrado en la residencia de los Ventura-Altozano por la puerta de atrás del jardín.

— Yo nunca he tenido que entrar en casa de don Miguel por la puerta trasera. Ya se lo he dicho.

— Este interrogatorio no nos lleva a ninguna parte —intervino el abogado del contable—. ¿Qué pruebas materiales tienen ustedes que impliquen a mi representado en el asesinato de don Miguel Ventura?

— En este momento de la investigación no tengo por qué mostrar nada —dijo Aurora subiendo el tono de voz lo que consideró inmediatamente como una falta de respeto y la obligó a contar hasta veinte mentalmente para calmarse. Últimamente contaba veinte demasiado a menudo—.

— Señor Sánchez, ¿ha estado alguna vez en el piso propiedad de Ventura Creaciones donde fue asesinado Jacinto Ventura?

— No, no he estado en ese piso en mi vida.

— Entonces, ¿cómo se explica que hayan aparecido huellas suyas en ese inmueble?

Chuso miró a Aurora sorprendido al no tener, al menos él, constancia de que hubiera huellas del contable en el piso. Quizás los técnicos le habían informado a ella directamente.

— Ahora que lo pienso, quizás estuve allí un día con don Miguel que me lo enseñó cuando lo compró. Pero fue hace mucho tiempo.

— Es normal que siendo el contable de la empresa y estando el piso a nombre de Ventura Creaciones puedan aparecer sus huellas —apuntilló el abogado—.

— ¿Mató usted a Jacinto Ventura? —preguntó la inspectora mirando fijamente a los ojos de Luis Sánchez—.

— No. Lo quería como si fuera un hermano pequeño. Siento mucho su pérdida.

— ¿Tienen ustedes alguna prueba física que relacione a mi defendido con el asesinato de don Jacinto Ventura?

— Vuelvo a repetírselo, letrado, que no es el momento de mostrárselas.

— Entonces creo que deberíamos de dar por terminado este interrogatorio. Mi defendido no va a contestar a ninguna otra pregunta.

Pese a la intención inicial de Aurora tuvo que dejar marchar a Luis Sánchez. Consideraba que había sido derrotada.

Cuando volvió a su mesa vio que tenía varias llamadas perdidas de su madre. Se había olvidado de llevarla a la estación de autobuses. Seguro que a Etelvina no le había gustado nada tener que pedir un taxi, pero, cuando la llamó, todavía estaba en su casa. Había perdido el primer autobús. Tendría que esperar al de la tarde. Aurora le prometió que iría a comer a casa y después, sin falta, la acercaría a la estación. Cuando colgó, el comisario Rubio estaba detrás de ella esperando a que le contara el interrogatorio y sus sensaciones.

Aurora estaba cada vez más convencida de la culpabilidad del contable en el asesinato de Jacinto y de su participación en el de Miguel, pero, como insistía su abogado, no tenía pruebas físicas, incluso el farol de las huellas no había puesto nervioso al sospechoso. Como le dijo al comisario, solo nos queda la baza de que algún testigo lo viera entrar en el edificio el día del asesinato. Tenía pensado peinar el barrio preguntando a los vecinos y a la gente que, de forma habitual, pasara por la zona en las horas previas y posteriores a la hora del asesinato. El comisario se marchó decepcionado y Aurora se quedó con la sensación de que no había dado la talla en esos dos crímenes. Quizás le venía grande el puesto de inspectora, aunque reconocía que la falta de pruebas físicas y de testigos no ayudaban a aclarar los acontecimientos.

La conversación que tuvo Aurora con su madre durante la comida y en el trayecto hasta la estación de autobuses le levantó dolor de cabeza. Etelvina no paraba de recordar a su hija la ilusión que le habría hecho a ella tener nietos, que no entendía cómo no se le había despertado el instinto materno cuando ella, de pequeña, no dejaba de jugar con muñecas, que las vestía, las desvestía, las peinaba y las paseaba en un carrito como si fueran sus hijas. Ahora, claro, ya se le había pasado el arroz, había dejado marchar ese tren y esperaba que, en el futuro, no se tuviera que arrepentir de no tener unos hijos que la cuidaran porque ella suponía que cuando su padre y ella fueran mayores y no se valieran, ella les atendería y esperaba que fuera en la casa del pueblo que para eso, su padre, la estaba arreglando y acondicionando aunque con ese medio memo que tenía de novio no tenía claro dónde iba a ir porque no sabía ni llevar una conversación, aunque, si seguía con él a quien tendría que atender sería a ese contable aburrido y soso que estaba casi tan cerca de la jubilación como sus padres.

Aurora aguantó todo el chaparrón con "sí mamá", "no mamá" y "claro mamá".

Cuando su madre se subió al autobús después de darse dos besos y varios abrazos, Aurora respiró aliviada. Qué descanso mental. Lo sentía por su padre, aunque, a diferencia de ella que no pudo elegir madre, el sí que pudo elegir otra esposa. Ahora le quedaba por resolver su relación con Ezequiel y no sabía cómo hacerlo.

Llamó a su psicólogo para concertar una cita a ver si, planteando el dilema a una persona externa, podía dar con la solución o le mostraba una posible salida. Es verdad que a Ricardo lo había conocido hacía muchos años, desde cuando entró en la policía y empezaron a pasarle factura mental las miserias con las que tenía que tratar. Hasta ahora nunca había planteado un problema personal íntimo, sentimental, doméstico o como quisiera que lo clasificara. Lo que tenía claro es que ella, en esos momentos, no sabía qué camino tomar. Ezequiel y ella no estaban muy mal juntos, pero tampoco estaban muy bien. Y mientras estaba dándole vueltas a estas diatribas contestó el móvil sin mirar quien era, mecánicamente.

— Dígame.

— Aury, he reservado mesa en La Caracola para cenar esta noche a las nueve y media.

A Aurora le costó identificar la voz que confirmó mirando el móvil. Javier Casasola. Le había prometido una cena o una comida y se la estaba cobrando y, lo grave, es que no le parecía mal.

— Pues está muy bien. Es un restaurante con manteles de tela, con sus respectivas servilletas a juego. Pero recuerda que soy yo la que tengo que pagar. No me seas machista y te adelantes.

— Vale. Yo invito a las copas de después.

— Estás seguro de que va a haber copas después. Ten en cuenta que yo mañana tengo que madrugar para trabajar, no como tú.

— Oye, oye que yo también trabajo. ¿Quedamos en el restaurante a las nueve?

— Perfecto.

Tenía tiempo de sobra para ir a casa, ducharse, arreglarse, relajarse y acudir a la cena.

En casa, mientras se estaba limando las uñas, llegó Ezequiel de la Facultad con un montón de exámenes bajo el brazo.

— Hola cariño.

El profesor intentó un acercamiento a la cara de Aurora que con un leve gesto rechazó como si hubie-

348

ra sido de forma involuntaria. Todavía estaba muy presente entre los dos la estancia que él iba a realizar en Canadá y que trastocaba las vacaciones estivales de ambos. Ante el silencio de la inspectora, Ezequiel empezó a contarle que durante el examen de esa tarde uno de los alumnos había intentado copiar con un pinganillo, pero que debió de tener algún problema porque en medio de la prueba se empezaron a oír ruidos metálicos como cuando se mandaba un fax y el alumno no lo soportó y tuvo que sacarse el aparato del oído. Los demás compañeros no hacían más que reírse. Ezequiel le invitó a entregar el examen. El alumno abochornado salió del aula con la cara roja y la vergüenza por los suelos.

— Pues muy bien —fue el comentario de Aurora—. Por cierto, esta noche salgo a cenar con el forense Javier Casasola. Como ves yo sí te cuento las novedades.

Ezequiel se sintió herido en su orgullo y, ante la evidencia, no tuvo más remedio que retirarse.

El restaurante La Caracola es uno de los mejores de la ciudad. Está situado enfrente del Museo de Nuevas Artes donde el arquitecto inspirador quiso plasmar los colores del arco iris en las vidrieras embutidas en cubos de hormigón que le daban un aspecto alegre a la zona donde estaba edificado. Todos los empleados del restaurante van uniformados con el logotipo bordado en el borde superior izquierdo de su camisa blanca, disponen de una tableta para tomar la comanda y están siempre atentos a las insinuaciones, gustos y requerimientos de los clientes. La decoración, en blanco, y con una iluminación intensa no deja ningún rincón del comedor a oscuras. Aurora llegó a la hora de la reserva después de dos llamadas perdidas de Javier.

— Ya pensaba que me habías dado plantón.

— Yo nunca te haría eso. Tenía tanto tiempo para prepararme que se me fue el santo al cielo y cuando quise darme cuenta ya eran más de las nueve.

Javier vestía un traje de un verde indefinido sobre una camiseta de cuello redondo que le quedaba como un guante. Se le notaba recién afeitado y perfumado con toques de sándalo. Aurora llevaba un vestido largo de flores grandes algo pasado de moda debajo de una chaqueta de punto en color hueso. Iba ligeramente maquillada y se había pulverizado agua de rosas. Visto desde fuera aquello parecía una cita romántica donde cada uno de los participantes quería impresionar al otro.

La cena transcurrió mientras se ponían al día de sus respectivos trabajos y comentaban anécdotas que les habían ocurrido hasta que el forense le preguntó qué tal era la vida en común con el profesor.

— Difícil, complicada y con continuas renuncias a principios que creía inamovibles además de con grandes esperanzas y alguna que otra alegría.

— No pareces muy convencida de la vida en pareja.

— No, no lo estoy, pero se llega a un punto en el que es mejor estar acompañada que sola.

Aurora reconoció que lo que estaba diciendo no lo sentía, pero no quería dejar abierta la puerta de que estaba disponible y predispuesta a una nueva relación y trataba, por todos los medios, de, sin grandes elogios, autoconvencerse de las bondades de vivir siempre con la misma persona, sin tener que estar acordándose del nombre del nuevo cuerpo que se despertaba a tu lado por las mañanas.

— Y tú, supongo que como siempre. Picando aquí y allá.

— Ya me conoces, como dice mi madre, "buey suelto, bien se lame".

Pidieron la cuenta y, ante la negativa de Aurora de ir de copas, llegaron al acuerdo de pagar a medias y se despidieron con la promesa de volver a repetir este tipo de encuentros. Aurora se lo pasaba bien con Javier. Cuando llegó a casa todo estaba oscuro y silencioso. Se enfadó al ver los cacharros de la cena de Ezequiel sin fregar. Por la mañana hablaría con él.

Cuando Aurora se levantó, Ezequiel había fregado los cacharros de la cena y le había dejado hecho el desayuno y, sin esperar a que se despertara, ya había marchado a la Facultad. Aurora se sintió aliviada. Podía retrasar su conversación a la sesión con el psicólogo al que todavía no había pedido cita, pero, después de haberlo consultado con la almohada, tenía clara su decisión de recobrar su libertad total.

Al llegar a la comisaría, Rubio le comentó que le había llamado el abogado de Virginia para hacer una declaración.

— ¿Se van a quejar del trato exquisito que les hemos dispensado?

— No lo sé.

— ¿A qué hora tenemos que ir a su casa?

— No, según el abogado, vienen ellos aquí.

Tanto el comisario como la inspectora estuvieron de acuerdo con que aquello no pintaba bien. No lograban entender por qué se desplazaba en esta ocasión la matriarca.

Ninguno de los tres policías, ni Rubio, ni Aurora, ni Chuso se creían lo que acababa de decir el abogado de Virginia Altozano nada más llegar al despacho del comisario.

—Mi representada, en contra de mi opinión profesional, viene a hacer una declaración de culpabilidad.

Virginia y su abogado habían llegado minutos antes a la comisaría y un funcionario advertido los había acompañado al despacho del comisario donde ya se encontraban Aurora y Chuso.

El abogado vestía traje gris de entretiempo con camisa malva y corbata morada, portaba una cartera de piel de buena calidad y se le notaba nervioso al lado de Virginia que, como era habitual, sorprendía a los presentes con un traje pantalón negro con blusa a juego y collar de perlas. El peinado de peluquería y el maquillaje de esteticista complementaban al aspecto alicatado de la Altozano.

—Si les parece, vamos a grabar su declaración —dijo el comisario al tiempo que llamaba a los técnicos informáticos para que instalaran una cámara—.

La distribución de los asientos quedó definida por la posición de la cámara de vídeo. Virginia y su abogado enfrente de la mesa del comisario que ocupaba su sillón mientras Aurora y Chuso en sillas traídas de otra oficina se situaron a la espalda del abogado y su representada.

—Cuando quieran —invitó el comisario a hablar a Virginia—.

Lo primero que dijo la mujer de Miguel Ventura y madre de Jacinto Ventura fue que se presentaba en la comisaría por iniciativa propia, sin coacción de ningún tipo y sin mediar requerimiento policial alguno.

Esas primeras frases le gustaron a Aurora ya que eliminaba cualquier insinuación a que ellos hubieran obligado de alguna manera a dicha declaración.

A continuación, Virginia empezó explicando que su marido, don Miguel, le había comunicado el Viernes Santo su intención de divorciarse de ella para iniciar una relación con su amante, una tal Maika Portocarrero.

Aurora hizo un gesto de incredulidad que no pasó inadvertido al comisario, sabiendo que Miguel Ventura llevaba ya mucho tiempo con la relación. No iba a iniciar nada, iba a intensificar esa relación.

Además, mi marido, siguió explicándose Virginia, me amenazó con cortar todo tipo de ayuda económica en negro. Tanto para mí, como para mis hijos. Solo dispondría de la manutención que estableciera el Juzgado de Familia.

Aurora entendía la postura de Miguel sabiendo que iba a tener que destinar recursos para su nueva pareja y para el hijo que esperaba. Sus actuales herederos ya eran mayores de edad y, aunque alguno sí que tenía la vida asegurada, los otros podían buscarse un trabajo remunerado.

Cuando mi marido volvió a marchar, supuse que a casa de su amante, llamé a Luis, su contable, para que fuese a la empresa y vaciase la caja de seguridad donde don Miguel guardaba el dinero negro y me lo trajese a casa. Mi sorpresa y la de Luis fue mayúscula cuando comprobó que había cambiado la combinación y me dijo que desde hacía meses él no se encargaba de ese efectivo. Cuando le comenté nuestra situación personal, Luis propuso una reunión entre los tres para tratar de reconducir la opinión de mi marido y hacerle entender que un escándalo de ese tipo iba a repercutir muy negativamente en la imagen de la empresa.

Hay que ver. Los sentimientos quedaban a un lado cuando se trataba de dinero y beneficios, pensó Aurora.

El Sábado Santo, como habíamos quedado, Luis se personó en nuestra casa para hacer entrar en razón a mi marido, pero, lejos de lograrlo, la discusión entre los tres se acaloró y, en un momento en el que don Miguel me amenazaba físicamente a mí, Luis cogió un rodillo de amasar de la cocina y le propinó un golpe en la cabeza que le desplomó inmediatamente.

Qué rodillo más oportuno a mano del contable. Aurora ni siquiera sabía si tenía rodillo en casa y, si lo tenía, no sabía dónde y, por supuesto, no a la vista ni a mano. Aurora se dio cuenta de que el informe del forense hablaba de un objeto romo de madera que, desde luego, encajaría con lo manifestado por Virginia.

Cuando tratamos de reanimar a mi marido vimos que no tenía pulso, aunque no había sangre. A iniciativa del contable que me propuso hacerlo pasar por un accidente en la empresa, acepté pensando que era la mejor opción para evitar el escándalo de lo que pensaba que había sido un accidente en defensa propia.

Y, de esa forma, pensaba Aurora, evitar las responsabilidades penales y adquirir derechos económicos de seguros. No estaba mal pensado. Menuda defensa propia que realiza el contable cuando la amenazada era Virginia. Aquí había una vía de agua.

Luis se encargó de llevar el cuerpo de mi marido en nuestro coche a la empresa y simular el accidente. Volvió andando y después de un tiempo simulamos que don Miguel no regresaba a comer así que Luis fue a buscarlo a la empresa con su propio vehículo para darme la noticia y avisar a emergencias.

Ahí entraba el testigo que vio a una persona de las características de Luis entrar por la puerta de atrás de la finca de los Ventura-Altozano y la pulsera que vio el vigilante de la entrada de la urbanización. Todo empezaba a encajar. Aurora se asombraba de que el relato que hasta ese momento estaba haciendo la viuda era como si no la afectara personalmente. Como si estuviera contando una película.

Virginia parecía querer hacer un descanso. El comisario Rubio aprovechó la pausa para preguntar.

— Entonces está usted diciendo que fue testigo ocular de la muerte de su marido causada por el señor Sánchez, ¿es correcto?

—Correcto.

Aurora ya estaba haciendo cálculos y pensando que cuando interrogaran al contable podría dar la misma versión solo que cambiando la mano ejecutora y atribuyendo la autoría a Virginia. No había forma, en ese caso, de poder probar quién de los dos había sido el culpable porque seguro que el rodillo ya no tenía ninguna huella o si la tenía sería de la empleada asiática.

— Subinspector Herrero, vaya con una patrulla a detener al señor Sánchez inmediatamente —ordenó el comisario—.

Aurora reconocía que la jugada de Virginia había sido muy buena adelantándose en la declaración y dando una mayor verosimilitud a su testimonio lo que supondría una rebaja sustancial de la pena por los delitos que la acusara el fiscal.

— ¿Qué me puede decir del asesinato de su hijo Jacinto?

A Virginia, ahora sí, se la notaba abatida, cansada incluso. Aurora desde su posición creyó ver que la viuda se llevaba un pañuelo a los ojos antes de aclarar que después de la muerte de su marido, tanto sus hijos como ella, como Luis habían acordado un reparto del dinero que había en la caja fuerte pero que el contenido del testamento al incluir su marido adúltero a su amiguita había trastocado la división original y más cuando se enteraron de que la periodista podría estar embarazada y su hijo tener derecho a parte de la herencia. El más combativo en romper el acuerdo inicial era Jacinto que pretendía dejar fuera del reparto a Luis y así se lo dijo dos días antes de que falleciera.

Aurora comprendió, por las palabras de Virginia, lo clasista que había sido Jacinto al excluir a Luis. Era un simple empleado, no era de la familia. No podía ser que se le considerase un Ventura, aunque, según sus hermanos, era el hijo que le hubiera gustado tener al difunto Miguel. Ya sabía cómo iba a continuar la declaración de Virginia. El asesino de su hijo Jacinto era Luis que había discutido con él por el reparto de la pasta.

Además, continuó Virginia relatando los últimos acontecimientos, ayer se presentó Luis en casa para decirnos que al fallecer Jacinto había que volver a repartir el dinero ya que ahora éramos menos en la división. La forma y manera en que nos lo dijo a ninguno de nosotros nos quedó la duda de quién había sido el asesino de Jacinto. Es más, nos sonó a mis hijos y a mí, a amenaza por si se nos ocurría estar en contra. Reconozco que he sido encubridora de la muerte violenta de mi marido.

Y se calló.

El abogado intervino para dejar constancia de nuevo de la voluntad de su representada de hacer una declaración voluntaria y de querer colaborar con el esclarecimiento de los dos asesinatos y de que se tuviera en cuenta su autoinculpación por haber ocultado quién era el responsable de las dos muertes en las que no había participado de forma directa.

Aurora estaba contenta porque su intuición no había fallado. Lo que no había conseguido eran pruebas y, si no hubiera sido porque Miguel incluyó en el tercio de libre disposición a Maika, la solución del caso podría haberse alargado en el tiempo y era posible que nunca se hubiera resuelto.

El comisario ordenó a una de las funcionarias policiales que acompañara a Virginia Altozano y a su abogado para que la ficharan.

Al quedarse solos Aurora y Rubio comentaron la declaración de Virginia y se felicitaron por la resolución, esperaban, de los dos casos. Quedaba por ver qué decía Luis Sánchez, el contable.

Aunque Chuso llevó a Luis a la comisaría antes de comer, no fue hasta primera hora de la tarde cuando el inspector y la subinspectora, en presencia de Santiago Izquierdo, el abogado, entraron en la sala de interrogatorios.

Los dos policías le expusieron los hechos tal y como los había contado Virginia sobre la muerte de Miguel Ventura y el acusado se negó a contestar las preguntas que le formularon por consejo de su abogado. Únicamente dijo, tal y como tenía previsto Aurora, que él no había golpeado a don Miguel. Que don Miguel era como un padre para él y que nunca le habría hecho daño.

Sobre el asesinato de Jacinto no comentó nada y solo fue el abogado el que solicitó que les mostraran las pruebas materiales o testigos oculares que situaran a su defendido en el piso donde se produjo la muerte de Jacinto.

Aurora le comentó que, en esos momentos, los técnicos de la policía científica estaban registrando el piso de Luis para obtener las pruebas que pedía. De momento, habían encontrado restos de sangre en la suela de los zapatos encontrados en un armario. La información que acababa de darle la inspectora hizo cerrar los ojos al contable, resoplar y hundir los hombros reconociendo implícitamente que había perdido, que ya no había nada que defender. El abogado se recostó en la silla y cerró la carpeta en la que iba anotando las preguntas que había hecho, hasta el momento, Aurora.

Ante las evidencias que ya tenía la policía y que podría conseguir, Luis, el contable de Ventura Creaciones, se decidió a dar su versión.

— Los Ventura-Altozano siempre caen de pie y los pobres curritos pagamos los platos rotos.

Aurora disentía de lo que estaba diciendo Luis. Él no era un pobre currito. Había sido la mano derecha de Miguel Ventura y, como le habían dicho los trabajadores de la empresa, tan cabrón como el jefe o más. Él era la cabeza pensante de la ingeniería contable y financiera que se aplicaba y que tan buenos resultados había dado.

— Es verdad que doña Virginia me llamó el Viernes Santo para que fuera a su domicilio para que hiciera entrar en razón a su marido sobre la idea de divorciarse. El sábado, cuando me presenté en su casa ya estaba la situación muy caldeada. Se oían las voces desde la calle y, aunque se moderaron un poco, sobre todo don Miguel que me preguntaba qué es lo que estaba yo haciendo allí y cuando le dije que pretendía que recapacitara y reconsiderara la decisión del divorcio volvieron los gritos. Empezó a agredirme cuando le comenté que no pude abrir la caja fuerte y fue en ese momento cuando su mujer le agredió con el rodillo de amasar.

Aurora bajó los ojos ya que tal y como se temía Virginia acusaba a Luis y Luis acusaba a Virginia. Así que los dos eran culpables, aunque en diferente grado. No habría forma de probarlo salvo que en el rodillo aparecieran huellas del contable. En ese caso, la responsabilidad de él estaba clara, pero se temía lo peor, que se hubiera limpiado el arma del crimen.

Luis seguía explicando que entre los dos habían decidido hacer pasar la muerte de don Miguel por un accidente y que debido a las influencias que ella tenía no se iba a investigar mucho. El acuerdo al que habían llegado era que el dinero que hubiera en la caja fuerte de la empresa sería un tercio para él, otro para ella y otro tercio a repartir entre sus cuatro hijos. Además, él se quedaría como director de la empresa, pero siempre bajo la tutela de doña Virginia. Las cosas se complicaron cuando se abrió el testamento. Al adjudicarse un tercio de los bienes de la herencia a la periodista se reducía el valor que les correspondía a los hijos y a Virginia, así que propusieron dejarme fuera del dinero negro, pero manteniéndome como director de la empresa. Todo saltó por los aires cuando se supo que Maika estaba embarazada muy probablemente de Miguel por lo que los hijos tendrían que repartir parte del botín con su futuro hermanastro. Ya ni me aseguraban que me pudiera quedar como director. El otro día fui a ver a Jacinto al piso de la empresa, se puso violento conmigo y, en un forcejeo, busqué algo con lo que agredirle, cogí un cuchillo y, casi sin darme cuenta se lo había clavado. Fue en legítima defensa, lo juro.

— Señor Sánchez —intervino Aurora para que constara en acta—, el cuerpo de Jacinto prácticamente no presentaba signo alguno de forcejeo. La estancia estaba completamente ordenada, si, hasta los cubiertos estaban colocados y, por último, pero no menos importante, la incisión en el corazón es tan precisa que es imposible que se produjera en una lucha, más teniendo en cuenta que Jacinto es bastante más alto que usted. Así que, señor Sánchez, no cuela. Usted llegó al piso, cogió el cuchillo y le mató. Seguro que pensó "uno menos a repartir".

— ¿Quiere añadir alguna otra declaración? —preguntó Chuso—.

Luis volvió a guardar silencio por lo que los policías ordenaron que le ficharan y volviera al calabozo hasta que declarara delante del juez.

Cuando Chuso y Aurora se quedaron solos, ella le ordenó que sacaran las huellas del rodillo de amasar de la cocina de los Ventura-Altozano, pero se comprobó que estaba, como ya preveía la inspectora, completamente limpio, salvo las huellas de la asistente asiática conocida de Aurora.

Por fin habían llegado al final del caso y aunque Aurora no estaba completamente satisfecha fue felicitada por el comisario Rubio que invitó a la inspectora y al subinspector a una ronda de cervezas en el bar Celona, el Versalles le pareció de baja categoría para la celebración.

Cuando el comisario Rubio se despidió a la puerta, Chuso le propuso a Aurora seguir de ronda de celebración en su casa con un licor de hierbas especiales que le habían regalado.
— Por qué no, la noche es joven —comentó Aurora mientras le agarraba del brazo y se iban caminando a casa de Chuso—.

Capítulo 15. Apertura

Transcurridos los periodos necesarios para la declaración de Luis Sánchez ante el juez y, por consejo de su abogado Santiago Izquierdo, el contable asumirá, a regañadientes, ser culpable de la muerte de Miguel Ventura como un acto en defensa de Virginia Altozano al creer que la vida de la esposa peligraba. Esta declaración favorecerá una rebaja de pena considerable por este delito, mientras que, por la muerte de Jacinto Ventura, será condenado por un delito de homicidio lo que le llevará a la cárcel durante muchos años. Hasta el cumplimiento de la sentencia, el contable tendrá tiempo para reflexionar pausadamente sobre las circunstancias que le llevarán a encontrarse en la situación en la que se encontrará. Pasará de ser el hijo que Miguel Ventura hubiera deseado, con un número indecible de privilegios en la empresa, a compartir celda, rancho y paseos en un patio lleno de delincuentes. No será consciente de que él será uno más en la población privada de libertad. De vivir en un piso que podría considerarse por la mayoría de los ciudadanos como lujoso a estar en la cárcel. Pasará de sentirse envidiado a sentir envidia, de viajar a no poder caminar más que entre cuatro paredes que le impedirán ver el horizonte y a no poder relacionarse con los amigos, amantes y conocidos que, desde el primer momento, le darán la espalda. Durante su estancia en prisión estudiará Derecho y se especializará en Mercantil y Penal. Su formación de contable le ayudará a superar muchos exámenes de la titulación. Tendrá tiempo de graduarse antes de que pueda pisar la calle y pueda empezar a ejercer como letrado.

Lo que más le costará en la adaptación a su nueva situación procesal será tener que prescindir de los trajes de buena costura y tener que sustituirlos por el chándal y la camiseta que es lo que más se estila entre la población reclusa.

Virginia tendrá más suerte. La pena a la que le sentenciará el tribunal será mucho menor que la de Luis y su estancia en el centro penitenciario de mujeres será muy llevadera y la reducirán sensiblemente el tiempo de estancia por su buen comportamiento y su colaboración en actividades sociales del centro de reclusión. Aunque al principio no caerá bien entre los colectivos, sobre todo de gitanas, negras y drogadictas, en cuanto empiece a repartir dádivas entre las lideresas de esos colectivos, las relaciones mejorarán ostensiblemente. Dedicará su tiempo en la cárcel a leer libros de temas religiosos y novela romántica. Hablará poco y se rodeará de un pequeño grupo de "amigas" que la protegerán y la acompañarán. Lo que será más duro para ella será la reincorporación a la sociedad civil. Sus conocidas de las asociaciones benéficas y actos de caridad evitarán su compañía, le darán largas para tomar un café y no tendrán tiempo para comer juntas por lo que, cuando sea consciente de esta situación, empezará a ejercer de abuela con sus nietos, a dedicarles tiempo, a ayudarles a hacer los deberes, a ir al parque, a ver sus partidos de fútbol y rugby incluso les inoculará el gusto por los museos. Será un duro golpe para el orgullo de Virginia la indiferencia y el ostracismo de la gente que consideraba de su clase. En su tiempo libre buscará refugio en la iglesia y en los actos de caridad individuales.

Los hijos supervivientes de Miguel Ventura; Miguelito, Elena y Marta, junto con su madre acordarán vender sus acciones heredadas de su padre, en el caso de los hijos y de su hijo, en el caso de la esposa, a la competencia. Una empresa catalana comprará las casi dos terceras partes del capital de Ventura Creaciones y, al ejercicio siguiente, abrirá las cuentas contables del nuevo ejercicio de la fábrica con el nombre de Novedades Muntaner, S.A. que, poco a poco, irá deslocalizando el proceso de fabricación de la pequeña ciudad de provincias donde venía produciendo ropa de cama desde hace casi un siglo. Se irán perdiendo puestos de trabajo a medida que los empleados se vayan jubilando o se les vayan terminando sus contratos. Se llevará la gestión administrativa desde la sede central hasta que pasados unos años se desmantelarán todos los activos no corrientes y se venderán los terrenos. Lo que se mantendrá, con una menor intensidad, será la costumbre de vender producto sin factura.

Los hijos recibirán una buena inyección de liquidez entre el reparto del dinero negro de la caja de seguridad que mantenía Miguel Ventura en su despacho y la venta de las acciones. Miguelito seguirá trabajando en la sanidad pública y con su nueva pareja, un enfermero de oncología, destinará una parte del dinero para quedarse con el piso y el coche que venía utilizando y que estaban a nombre de Ventura Creaciones. Otra parte lo dedicará a viajar por el mundo y, por consejo de su asesor bancario, abrirá un plan de pensiones que no le conviene nada según su perfil de inversor.

Elena y Pelayo se divorciarán quedándose ella con la patria potestad de los niños y marchándose él a buscar trabajo en otra provincia limítrofe cuando sea consciente de que no podrá disponer del dinero de su mujer. Pelayo acabará viviendo a costa de sus parejas sentimentales que le mantendrán hasta que vean que es un lastre y una nulidad como profesional y como persona. Echará de menos el *glamour*, el boato, la ostentación y el postín de los días pasados cuando formaba parte de la familia política de los Ventura-Altozano. Elena, en cambio, tendrá que emplearse en una empresa constructora como agente inmobiliario cuando, tras una serie de malas inversiones y la quiebra de la tienda de decoración elitista que abrirá con la venta de las acciones, sea consciente de la mala situación financiera que se avecinará para ella y sus hijos. Gracias a la ayuda de su madre, cuando salga de prisión, podrá compaginar la vida laboral y la personal. Como empleada no le irá mal, pero no se sentirá realizada. No volverá a casarse.

A la que sonreirá la vida será a Marta que, con una pequeña inversión informática, se hará *influencer* de nuevas tecnologías y *couching* de presencia digital lo que la lanzará a la popularidad y a disponer de amantes de ambos sexos sin parar. Nunca trabajará menos y vivirá mejor. Sus relaciones con el resto de la familia prácticamente no existirán. No convine a su imagen que se sepa que es la hija de una rea de la justicia.

Maika Portocarrero decidirá seguir adelante con el embarazo y pleiteará para que su hijo, al que también pondrá de nombre Miguel, sea reconocido como un Ventura más. La justicia se lo reconocerá después de varios pleitos y recursos asignándole la parte de la herencia correspondiente según el testamento de su padre. Ella no venderá las acciones de Ventura Creaciones que le corresponderán a su hijo y pasará, con el tiempo, a ser accionista de Novedades Muntaner. Seguirá siendo la imagen pública de las noticias de 35TV hasta que el edadismo la relegue a otras tareas fuera de los focos mediáticos. No se le volverá a conocer pareja estable y dedicará todo su empeño a educar a su hijo.

Aurora y Chuso seguirán siendo compañeros en la comisaría hasta que él sea trasladado a otra provincia. Se llevarán bien, muy bien, tanto a nivel profesional como en el plano personal, sin llegar a formar pareja sentimental estable. Chuso mejorará mucho policialmente al lado de la inspectora y siempre le agradecerá la oportunidad que tuvo de aprender con ella las técnicas policiales y la estrategia para hacer frente a los casos en los que intervenían.

La exitosa resolución de varios casos le supondrá a Aurora un reconocimiento profesional incuestionable además de varias condecoraciones al Mérito Policial y a la dedicación al Servicio Policial. Parece que su carrera profesional estará destinada a ser la primera mujer comisaria de policía que sale de esa pequeña ciudad de provincias con un amplio pasado histórico. En su vida sentimental no volverá a convivir con una pareja estable desde que Ezequiel volvió de estancia de investigación en Canadá. Sus vacaciones en la playa con Mamen le ayudarán a decidir romper con el profesor y centrar todos sus esfuerzos en su actividad profesional que la llenará mucho más pese a las reprimendas de su madre y el apoyo de su padre.

Ezequiel seguirá solo y se dedicará en exclusiva a la docencia y a la investigación.

Fuengirola (Málaga),
30 de mayo de 2024

ÍNDICE

NCT.20